~~Prix : 0 fr. 95 Net l'ouvrage complet~~
PROVISOIREMENT 1 fr. 50

ÉDITION ILLUSTRÉE.

PAUL MARGUERITTE

MA GRANDE

PARIS
MODERN-BIBLIOTHÈQUE
ARTHÈME FAYARD ET Cie, ÉDITEURS
18-20, RUE DU SAINT-GOTHARD, 18-20

MA GRANDE

A

MA MÈRE

Tendre

et

respectueux hommage

P. M.

PAUL MARGUERITTE

MA GRANDE

Illustrations d'après les aquarelles

DE

MAURICE FEUILLET

PARIS
MODERN-BIBLIOTHÈQUE
ARTHÈME FAYARD et Cie, ÉDITEURS
18-20, RUE DU SAINT-GOTHARD, 18-20

ARRÊTÉ SOUS DES SAULES QUI TREMPAIENT AU PLUS PROFOND LEURS CHEVELURES DE FÉES.

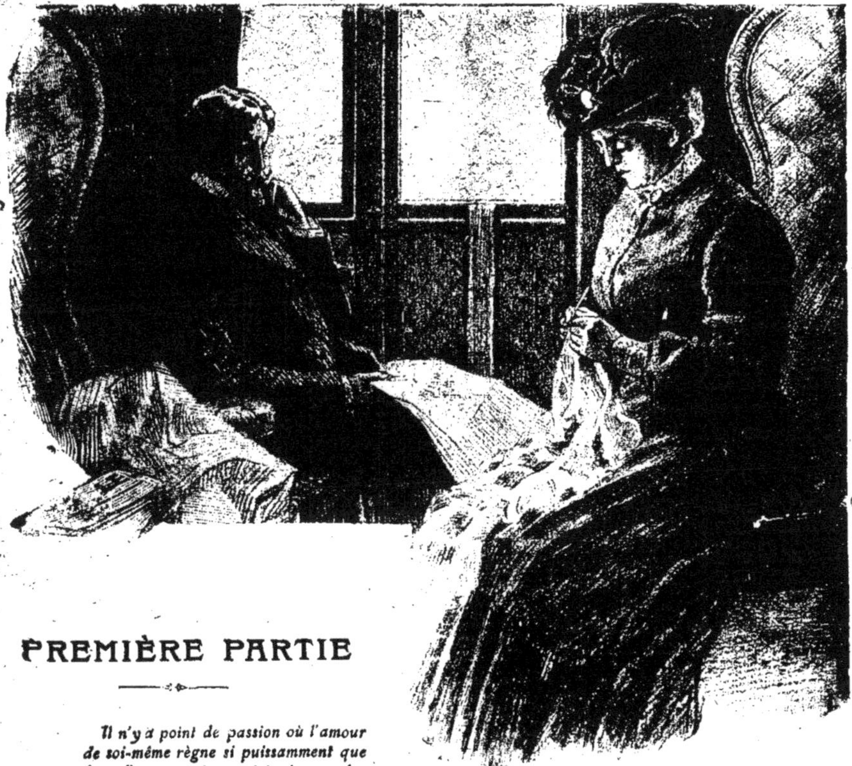

PREMIÈRE PARTIE

Il n'y a point de passion où l'amour de soi-même règne si puissamment que dans l'amour, et on est toujours plus disposé à sacrifier le repos de ce qu'on aime qu'à perdre le sien.

La Rochefoucauld.

IDYLLE

I

Ils étaient seuls, tous deux, dans le wagon. M. Guislain, l'air épanoui, un journal qu'il ne lisait pas ouvert sur ses genoux, rêvait, en contemplant sa sœur. La vieille demoiselle tricotait. Des bandeaux gris encadraient son front ; elle avait la figure longue, les sourcils gros, le menton volontaire. Avec ses yeux baissés, dont on ne voyait pas l'expression, elle montrait un visage attentif et absent, tout au travail mécanique de ses mains, tandis que sa pensée semblait loin.

— Marie-Anne, regarde !

Elle releva brusquement le nez, qu'elle avait fort et busqué, et appuya un regard sérieux sur son frère. Il lui indiquait les arbres, les taillis frais, les jolies feuilles qui couraient en sens inverse du train.

— Je vois, Noël, dit-elle paisiblement ; et elle respira l'air vif, parfumé des senteurs de résine.

— Hein ?... fit-il, et son intonation joyeuse sous-entendait : « Ça sent autrement bon que chez nous, rue Notre-Dame-des-Champs, ou que dans ma classe ! » Car il était professeur de seconde au lycée Louis-le-Grand. Mlle Guislain le devina très bien sans qu'il eût besoin de parler, car les gens qui vivent ensemble et qui s'aiment s'entendent habituellement penser.

— Oui, Noël ! dit-elle en le regardant ; et ses yeux verts, très beaux, devinrent limpides comme l'eau de roche ; son visage prit une tension ardente de tendresse maternelle. Elle l'examina alors avec une sorte de coquetterie, et elle le trouva beau et rajeuni. Il portait, en effet, un complet gris de fer, dont les plis neufs et amples le mettaient à l'aise plus que dans son vêtement noir de tous les jours. Elle avait renouvelé le petit ruban rouge de sa boutonnière. Et comme il s'était fait couper les cheveux et la barbe, cela lui ôtait de son air grave; on ne lui eût pas donné son âge : trente-cinq ans. Tout à coup, il éternua avec force. Elle, réprimant un regard inquiet vers le front un peu dégarni de son frère, leva immédiatement la vitre, et lui tendit sa calotte de voyage Il fut touché, car c'est dans les petites choses que se manifeste l'affection.

— Merci, Grande!

Ce mot, sur ses lèvres, prenait toujours un accent de déférence et de respect. Mlle Guislain s'était remise à tricoter; jamais elle ne restait oisive, l'activité était pour elle un besoin. Noël, à son tour, l'envisagea, pensif, retrouvant en elle, dans son maintien et jusqu'en certains gestes familiers, quelque chose de semblable à lui, qui les appariait. Leur fraternité, d'ailleurs, sautait aux yeux, et sur beaucoup de points ils sentaient de même.

« Grande! ma Grande! » répétait-il mentalement avec tendresse; et le fracas trépidant du train rythmait ces mots, évoquait, par analogie, en sa mémoire, leur vie commune, ressaisie au vol, dans le raccourci des années en fuite. C'était par images colorées, fulgurantes, qu'il revoyait son enfance et sa jeunesse; par images pareilles à ces coins de nature et de vie organisée qu'il traversait à toute vitesse : champs, bois et villages. Ici, un grand parc de hêtres, avec le château dans le fond, lui rappelait leur propriété de la Hêtraie, près d'Auxerre. En cet éclair, il voyait ressusciter les siens, son vieux père, et, grande alors de vingt ans, sa sœur Marie-Anne. Elle lui avait tenu lieu de mère, car Mme Guislain mourait trois ans après la naissance tardive de son fils, et Noël n'avait gardé d'elle aucun souvenir. Il s'en faisait, d'après ses portraits, l'idée d'une douce et excellente femme, trop faible, car elle n'avait pu retenir son mari sur la pente de la ruine où l'entraînait son amour de la science et des inventions aérostatiques. Pour découvrir la direction des ballons, il avait dilapidé peu à peu une belle fortune, imitant d'autre sorte ce Balthazar Claës, dont Balzac a raconté la sublime folie, dans sa *Recherche de l'Absolu*.

Mais une rivière, une ville blanche aperçues du haut du pont, Melun, firent franchir à Noël des années, l'emportèrent vers une vie rétrograde. Il se revit dans une ville à peu près semblable, à La Flèche, au bord du Loir; il avait dix ans, son père était mort, la Hêtraie vendue, Marie-Anne et lui orphelins. Une sœur puînée de M. Guislain, Mme de Pré-en-Pail, les avait recueillis; et chez cette veuve, riche, mais avare, il se rappelait des humiliations, des gronderies, et d'avoir souvent eu faim après les repas. Et Marie-Anne aussi souffrait; elle n'était plus la belle fille, la jeune maman fraternelle des temps heureux. La trentaine l'avait pâlie, glacée, séchée; sous la coiffe de sainte Catherine, elle avait l'air morne et dur. A présent, des champs plats, des routes poudreuses et grises transportaient Noël dans la campagne du Mans; ses promenades de collégien, le dimanche, en troupe, sous la surveillance du maître d'étude, vagabondant le long des haies et de fossés pleins d'eau; on grappillait des prunelles, on se piquait aux épines des mûres. Le Mans, c'étaient les années d'élevage au lycée, toute la tristesse pesante des internats, des visages à moitié évanouis de maîtres et d'élèves, des amitiés très tendres dont il n'était rien resté. Et la vie courait, courait comme le train! Sa pensée, une seconde, s'arrêta à une station qu'on brûlait, à une gare envahie par un flot rouge de réservistes; en gros souliers, musette de toile au dos, ils se bousculaient à coups de poing; et Noël crut voir l'image de la guerre; il se rappela 1870, nos désastres et l'espoir de revanche qui agitait alors de rage son âme d'enfant. Rien n'avait marqué plus fort sur elle. Il rattachait, à cette sensation poignante d'humiliation, bien des mélancolies personnelles, et ce pessimisme dont semblaient affligés les jeunes hommes de sa génération, en attendant que, par l'éternel retour des choses, de nouveaux adolescents, pleins de foi dans la vie et d'espoir en eux-mêmes, succédassent, vainqueurs de demain, aux fils de la défaite, leurs pères!

Et le passé, à ses yeux, se déroulait toujours, comme sur une toile panoramique. Des affiches géantes, tapissant une gare, et qu'il aperçut à la volée, symbolisèrent pour lui son arrivée à Paris, gare Saint-Lazare, lui rappelèrent ce matin blanc quand, après avoir vu défiler d'immenses murs peinturlurés à cru de réclames barbares et multicolores d'effroyables têtes hérissées, de flacons, de chapeaux et de parapluies gigantesques, il avait débarqué, provincial perdu, dans une ville endormie encore, où l'on n'entendait que le roulement des voitures de laitiers et des tombereaux de boueurs. La tristesse de son dépaysement, ce matin-là, se confondait avec celle de son entrée à l'Ecole normale. Alors commençaient les années sévères de l'étudiant pauvre, la semaine de labeur acharné, et les dimanches passés au concert ou à la Comédie-Française, dans les hauteurs du paradis. Il se sentait bien seul, bien loin de Marie-Anne. Mais leurs vies séparées se rapprochaient tout à coup et se soudaient étroitement. Mme de Pré-en-Pail, leur tante, mourait, leur laissant une partie de sa fortune, juste au moment où Noël, agrégé de la veille, se voyait expédié comme professeur dans une petite ville du Midi. Sa sœur, à quarante-trois ans, restait seule, et ils décidaient de vivre ensemble. Depuis lors, elle avait tenu son ménage de garçon. Econome, elle lui faisait une vie simple, mais aisée; elle protégeait son travail, et l'entourait de calme et de silence. Que devait-il à cette pure et grave influence? Tout lui avait réussi, depuis leurs premières étapes jusqu'à des postes plus importants, d'abord Grasse, Moulins, puis Lille, Lyon, et enfin, Paris. Jeune encore, à côté d'une rapide carrière dans l'Université, il s'était fait, par ses travaux d'exégèse latine, une place estimée dans la critique classique et un nom dans les revues spéciales : un avenir heureux l'attendait. Et de ressasser ces choses à la hâte, une agitation un peu fébrile se confondait en lui à la trépidation du train, qui fendait à toute vapeur la forêt, son panache de fumée au vent, et l'emportait pour les vacances, ainsi que les autres années, vers le petit coin de campagne qu'ils louaient à Sonnelles, près de Fontainebleau : très peu de chose, une jolie maison dans du vert, avec terrasse dominant, du haut du pays, la Seine au bas du coteau, et, par delà, le grand plateau rapiécé comme un tapis des champs jaunes, bruns et mauves!

Le train fendait a toute vapeur la forêt.

— Nous arrivons, Marie-Anne!

Ces mots, Noël les prononça en lui-même, les pensa seulement, comme si cet appel mental suffisait à tirer la vieille fille du labeur patient de son tricot, du va-et-vient de ses mains sèches entre-croisant les aiguilles d'acier, tissant une à une les mailles d'une brassière d'enfant. Elle travaillait ainsi pour les bébés pauvres du village; et rien ne symbolisait mieux sa vie et elle-même que cette œuvre de charité. Bien des layettes chaudes, petits bas, petites camisoles, petites jupes, tricotées par elle, avaient habillé des détresses nues, de pâles chairs anémiques. Elle, qui n'avait point connu les joies de la maternité, de ses doigts vierges tissait de la chaleur et du bien-être pour des innocents que, le plus souvent, elle ne connaissait pas, qui grandiraient en dehors d'elle; car, dans sa bienfaisance anonyme, elle travaillait pour des orphelinats, des hospices et des associations de charité. Et les petits vêtements s'en allaient à l'inconnu. Parfois, elle essayait bien de se représenter les corps blancs et menus qui rempliraient ces formes, dont le tissu souple simulait déjà une ébauche de vie humaine; mais elle ne pouvait imaginer un visage distinct; elle se représentait seulement des têtes blondes ou brunes, des yeux vagues et doux, des chairs de lait, une race d'enfants aux limbes, une floraison de plantes déshéritées, tous les petits parias de l'abandon et du vice. Et pitoyables, d'un mouvement agile et dur, ses aiguilles s'emmêlaient, empiétaient l'une sur l'autre, tric-trac! tric-trac! L'humble labeur avant, dans la médiocrité du tissu de laine, dans l'étroitesse du jeu des aiguilles, quelque chose de pauvre et de strict, parut à Noël très significatif. Il ressemblait à Marie-Anne, ce labeur, et au vêtement de simple toile de Vichy, noir à fleurs lilas, qu'elle portait; il s'identifiait à sa pose un peu raide, à la sévérité paisible de son visage; il incarnait son âme probe et fruste, faisait penser aux jours qu'elle avait vécus, tous neutres, tous blancs, tous égaux, comme les mailles régulières de ce tricot d'enfant

Alors, de nouveau ému, d'un élan de gratitude, tout bas Noël l'invoqua encore :

— Grande, ma Grande!

Et il la regardait fixement, saisi d'une de ces courtes tristesses où nous nous apercevons que la vie coule, que les êtres que nous aimons ont souffert, et qu'ils mourront, hélas! sans que nous puissions toucher au balancier de leur vie, avancer d'une seconde leur bonheur ou retarder leur souffrance. Comme il arrive, presque toujours, par le magnétisme de tendresse qu'exhale un regard fixé sur le visage d'autrui et quêtant un autre regard, Marie-Anne leva les yeux sur son frère. Cette fois, il dit tout haut :

— Nous arrivons!

Un paysage familier courait au rebours d'eux : voici la route qui mène à Sonnelles, le pont du pavé du Roy par lequel on va au bois de Jolizes, cueillir des fraises ou ramasser des champignons; voici...; mais déjà ils se hâtaient, tout à leurs préparatifs d'arrivée, pris par cette naïve peur de ceux qui voyagent, comme si, en son arrêt soudain, le train donnait à peine le temps de descendre, menaçait de repartir. Vite, elle avait noué les brides de son chapeau; vite, il avait pris les paquets, ils se tenaient à la portière; et elle, anxieuse, l'agrippant par son habit :

— Prends garde, attends que le train soit arrêté.

Une secousse les faisait se cogner, retomber assis, et tous deux riaient, le frère et la sœur, d'un bon et franc rire d'honnêtes gens. Un employé courait sur la voie, criant à pleins poumons :

— Fontainebleau! Fontainebleau!

Mlle Guislain, aussitôt affairée, se précipita vers un wagon de troisième classe :

— Vite, Margaude!

Deux grosses mains rouges lui fendirent une cage à serins, un panier d'où s'échappa un miaulement, puis toutes sortes de cartons, un attirail de cannes à pêche; après quoi la servante avança sa forte tête rouge, surmontée d'un bonnet breton, et gauchement, en un déhanchement lourd, elle sauta à terre, où elle parut toute naine, une épaule plus haute que l'autre. Mais solide et large, telle qu'un petit bœuf courtaud, elle restait inébranlable au milieu de la poussée des voyageurs; elle avait repris tous les colis, les portait à elle seule; et un sourire épanouissait sa face, tandis que sa maîtresse, d'un ton inquiet et plus haut qu'à l'ordinaire, répétait :

— Mon Dieu, où est donc mon frère?

Il revenait vers elles, après avoir été retirer du wagon de chiens leur épagneul Snorr, qui bondissait de joie au bout de sa laisse.

— Nous voici au complet, dit-il. Sortons. Voilà le père Rouquin!

Un cocher de campagne les attendait au milieu des hurlements de ses confrères, les cochers d'omnibus ou de voitures de place, qui hélaient les gens avec des voix rapaces.

— Bonjour, monsieur Rouquin, bonjour.

Ce n'était pas qu'il fût avenant, l'homme, à voir ses yeux jaunes et son nez d'orfraie, ses doigts crochus comme une serre d'oiseau, son air d'avarice méfiante et entêtée; mais les Guislain le connaissaient. C'était lui qui les conduisait à Sonnelles chaque année, et par ses habits râpés couleur de terre, par la branche de feuilles vertes qu'il avait passée au licol de son cheval pour chasser les mouches, il leur faisait sentir, à ces Parisiens, un avant-goût de terroir, comme une odeur de village.

Roule, calèche! Une bonne fraîcheur verte s'exhalait de la forêt, le soleil baissant traversait les arbres de rayons jaunes et doux; et c'était une volupté de se sentir emporté ainsi, mollement, au trot rapide de la bête flairant le retour à l'écurie.

— Eh bien, Margaude? demanda M. Guislain.

La servante, assise en face d'eux, ses paquets sur ses genoux, eut un sourire de brave créature; ses yeux, paisibles comme ceux des ruminants, couvaient le vaste paysage. C'étaient ses vacances, à elle aussi, le temps passé hors de la ville; les paysans, les vaches, les travaux des champs, tout lui rappelait son pays; et son servage lui semblait alors moins rude. Elle avait fort à faire, en effet, avec mademoiselle qui, depuis neuf ans, l'avait dressée aux soins du ménage les plus minutieux, et dont elle redoutait tout blâme. Monsieur, très bienveillant, ne la reprenait jamais. Elle était attachée à ses maîtres, exacte, fidèle, un peu taciturne seulement; et puis elle boudait en silence pendant des jours. C'était son seul défaut.

Mlle Guislain cependant entre-bâillait avec précaution le panier presque vivant qu'agitaient des tressauts de bête captive. Une tête de chat montra son petit nez rose, ses yeux d'or très dilatés, dont la pupille noire au grand jour s'amincit à vue d'œil comme un fil.

— Bien, Frimousse, bien! Nous allons arriver!

M. Guislain pensa aux bêtes. Son épagneul Snorr, le chat Frimousse et les canaris de Marie-Anne, deux petits ménages, Lireli, Lirelette, et Tric et Traque, avaient pris dans sa vie une importance réelle. Il leur donnait, à des degrés différents, une petite part de son cœur. Les bestioles ailées le touchaient moins; il les plaignait surtout de n'être pas libres. Frimousse et Snorr, ce dernier surtout, étaient ses favoris. Il les étudiait pendant de longs moments, pensif, curieux et presque inquiet, cherchant à deviner leurs âmes élémentaires, subtiles pourtant. Parfois, quand ils le regardaient bien en face, de leurs yeux attentifs et profonds, cela le troublait comme un regard humain. Et puis, le mystère qui les séparait et l'impossibilité de communiquer ensemble, sinon pour des actes simplifiés, la faim, le besoin et cette vague tendresse que l'homme et l'animal échangent, le portaient à songer, longuement, dans du vague. Car, comme beaucoup de célibataires repliés sur eux-mêmes, la rêverie poussait un jardin d'herbes folles dans son cerveau, la rêvasserie plutôt, sans but et au hasard. Suivant précisément une de ces idées, il compara la manière dont Marie-Anne et lui envisageaient ces bêtes, leurs compagnons d'existence. Pour elle, c'était une propriété dont elle usait avec douceur, mais tyrannie, leur parlant avec sévérité, s'ils lui en donnaient lieu, les châtiant au besoin, Snorr et Frimousse. Pour Noël, c'étaient des amis inférieurs, une incomplète camaraderie dont il jouissait naïvement, en gardant le respect de leurs instincts et comme un souci de leur dignité. Cela venait de ce qu'il était très sensible et ne pouvait voir souffrir ni bête ni enfant Jamais il ne tuait un insecte. S'il trouvait une araignée, il l'attrapait délicatement par un des fils de soie qui lui servaient de pattes et la mettait dehors, sur l'appui de la fenêtre. Marie-Anne n'avait point de ces faiblesses. Elles s'alliaient, chez lui, à un grand amour de la nature et au désir sincère que tous les êtres pussent s'épanouir au bonheur. Des lectures bouddhiques, aussi, avaient influé sur lui.

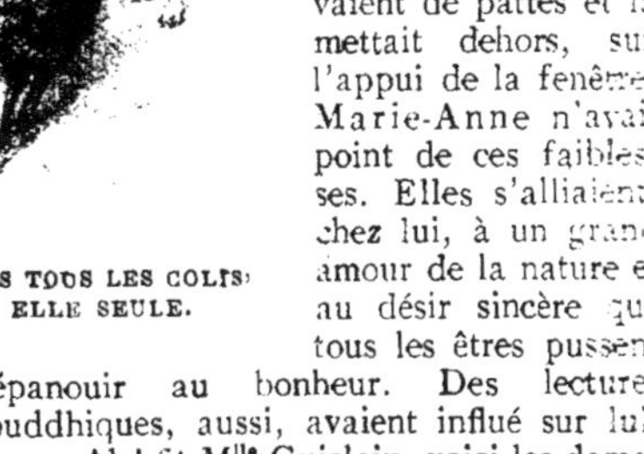

Elle avait repris tous les colis, les portait à elle seule.

— Ah! fit Mlle Guislain, voici les dames russes de l'an dernier.

Trois femmes, en une charrette anglaise qu'emportait un poney, venaient en sens inverse. Noël eut le temps de reconnaître la mère, une grosse dame blonde maquillée, et la fille, qui portait une blouse rouge serrée à la taille par une ceinture de cuir. La troisième, une belle personne, qu'il n'aperçut que de dos et de profil, car elle se tenait accotée aux deux autres sur la banquette de derrière, lui était inconnue. Elle se retourna, et il entrevit de brillants cheveux fauves, des yeux purs et bleus, une taille haute et fine, un charme d'élégance discret constrastant avec ce que ses compagnes annonçaient d'un peu excentrique : mais ce ne fut qu'un éclair. Son coup de chapeau donné, et les femmes inclinant la tête, déjà elles avaient passé, filaient loin.

— Voilà du genre! fit la vieille demoiselle, d'un accent peu bienveillant.

Rigide et asservie aux convenances bourgeoises, elle n'aimait point qu'on se singularisât par la toilette ou la grâce féminines. Ce lui semblaient des vanités dangereuses. D'instinct, elle vouait une méfiance à ce qui est rare, précieux, riche ou seulement agréable; et cela, autant par excès de scrupule religieux que par manque total du sens de la beauté. Elle n'estimait, par exemple, du Louvre, que les tableaux de piété; et d'ailleurs elle n'y mettait jamais les pieds, trop de peintures profanes choquant ses yeux. Très croyante, elle redoutait le mal partout, chez elle comme chez les autres. Elle s'abstenait, d'ailleurs, de porter un jugement téméraire sur le prochain. Après tout elle n'avait aucune raison de penser mal de ces étrangères, dont elle n'avait entendu dire que du bien; elle ne les connaissait pas, leur ayant parlé seulement une fois, l'an passé, chez des connaissances communes; depuis, on se saluait, sans se parler. Toutefois, cette rencontre à l'instant même ne lui avait fait aucun plaisir. Etait-ce, tant l'amour-propre nous meut, parce qu'elle s'imaginait que la vieille dame russe avait peu de considération pour elle, ou plutôt une indifférence parfaite? Supposait-elle un écart probable entre leurs façons de penser et de sentir? Elle n'en savait rien; mais sait-on jamais sur quelle base futile se fondent la sympathie ou l'antipathie qu'on porte aux autres!

Noël songeait différemment. Ce mot : « les dames russes », évoquait en lui, tout au contraire de sa sœur, un attrait d'étrangeté, un charme d'exotisme. La jeune fille peignait, l'an dernier, dans les champs; cela lui avait plu, sans qu'il sût pourquoi, peut-être parce qu'i' aimait le travail, l'art et tous les efforts de l'intelligence. Mais il revoyait surtout la troisième apparition, la belle personne qu'il ne connaissait pas, et dont la splendeur de jeunesse lui avait jeté au passage comme un éclair de bienvenue; car il ressentait fortement cette joie désintéressée qu'inspirent l'harmonie des êtres et la beauté des choses. La voix de Mlle Guislain fit diversion et coupa net le fil de ses pensées :

— Enfin! nous y voilà!

Le village élevait, au tournant de la route, ses maisons neutres couleur de pierre grise, ses toits d'ardoises mangés de mousse et hérissés de graminées libres. C'était la joie du pays, ces fleurs. Montés sur tiges de corail et s'épanouissant en petits lobes roses, elles pullulaient, au faîte des murs, au revers des fossés, au bord des gouttières. Leur pulpe tendre et de couleur vive faisait courir une fraîcheur gaie, partout. « Comme c'est joli! » pensa Noël, retrouvant là un charme de choses connues, amies; et il se sentit content, tant il faut peu pour goûter la vie.

Mais sa satisfaction s'accrut, et la secousse que donne une joie vive se précisa en lui au choc de la voiture s'arrêtant, devant la grille de leur maison. La jardinière, Mme Chicot, les attendait. Elle aida à décharger les malles, étant robuste comme un homme. Noël, après avoir payé le cocher, laissa les femmes se débrouiller, Marie-Anne ouvrir les fenêtres du petit salon, la servante allumer le feu, à la cuisine. Des sensations égoïstes le requéraient, ce besoin d'être seul qu'on éprouve, quand on vient de passer une heure ou deux en compagnie, fût-ce avec des parents ou amis chers. Oui, c'était bien cela, l'accueil sympathique du nid revu, du coin provisoire où il avait laissé de son lui intime, des heures de travail, des rêveries tristes ou gaies, de vagues ou de précises sensations, comme une ténue poussière d'âme qu'il retrouvait éparse dans l'air. Et l'odeur même de la maison le caressa : cette odeur de plantes sèches et de mortier qu'exhalent les murs de campagne.

Il monta dans son cabinet de travail, un atelier à grandes baies vitrées encadrant l'horizon vert, bois et prés, tel un tableau, dont les collines bleues, en un moutonnement de cimes rondes, faisaient les fonds. Il sourit à ses livres, à de vieux manuscrits, au pupitre haut sur lequel il écrivait, debout. Toutes ces choses de pensée faisaient un peu partie de lui-même; son cœur les salua, avec amitié. Une autre vie s'ouvrait pour lui; l'avant-goût des vacances e d'une liberté bien gagnée lui tira un chan tonnement d'allégresse; et ce fut avec un vivacité d'enfant qu'il endossa une vareuse, chaussa des souliers de chasse, et s'arma

LE VILLAGE ÉLEVAIT, AU TOURNANT DE LA ROUTE, SES MAISONS NEUTRES COULEUR DE PIERRE GRISE.

d'un gourdin d'épine. Un chapeau de paille, usé par trois étés, mit le comble à son amusement, car il aimait les vieilles choses, non par avarice, mais par habitude. Il descendit dans cet équipage et s'arrêta nez à nez devant sa sœur, qui, active, un grand tablier à bavette sur sa robe, allait et venait, déballant du linge.

— Oh! fit-elle choquée, n'as-tu pas honte de porter ce paillasson sur la tête.

— Bah! fit-il souriant, dans les champs!

Et il sortit, au bout du jardin, par une petite porte qui donnait sur un sentier, à travers les vignes. Des ornières d'herbe creusaient d'un ruban vert la terre sablonneuse. Noël marchait vite, d'un pas souple et ferme, en jetant autour de lui de larges et rapides regards, comme on respire, à grands coups, afin d'absorber en soi toute la saveur fraîche du paysage. Il lui semblait nager dans un bain d'air. Pour la première fois depuis des mois, il rapprenait à regarder le ciel. Il y voyait floconner l'ouate blanche des nuages, qu'emportait une brise lente vers l'Occident, où le soleil, disparu déjà derrière la forêt, les teignait d'un pourpre orange, qui peu à peu pâlissait en or blanc.

On avait coupé les foins, ils séchaient. Leur parfum exquis, leur fièvre de langueur embaumait, par souffles pénétrants. Un dos de paysan couleur d'ocre se redressa au bas d'une vigne. Et Noël en vit un autre, plus loin, puis un autre. La campagne, qu'il avait cru vide, lui apparut peuplée de ces dos courbés, de ces bras penchés sur la terre. En l'entendant passer, une paysanne parfois se relevait et le suivait d'un regard perçant. Il se sentit alors timide; la présence de l'homme, naturelle dans les villes, insolite dans ce grand vide, ici, l'étonnait. Et d'autres impressions confuses l'assaillaient. Les blés et les avoines jaunissaient à peine, tardifs. Des coquelicots et des bleuets les tachaient de fleurs de ciel et de fleurs de sang. Souvent, c'était l'éclat d'une mare rouge répandue. Ou bien des bleuets s'envolaient, étant des papillons d'azur, pareils. Noël trouvait cela doux, simple et beau. L'ivresse du silence et du calme le submergeait; la douceur du soir l'exaltait d'un sentiment de force neuve et rajeunie; il souhaitait que la minute présente durât longtemps, toujours. Et il goûtait une sauvagerie d'homme seul, habitué à renfermer ses émotions en lui-même.

Mais, comme il atteignait la lisière d'un

bois et s'engageait sous des taillis, le long d'un mur à demi écroulé, un revirement subit lui inspira un inattendu malaise de solitude, une gêne, confinant la souffrance, d'expansion rentrée. C'était le dépaysement heureux, mais trop brusque, d'un citadin transporté aux champs. Le vaste ciel et l'horizon lointain lui faisaient l'effet d'une machine pneumatique, raréfiant l'air et le bruit. Ses yeux habitués aux foules gardaient une obsession de la forme humaine. Un tronc d'arbre, une pierre brute, dans le jour vert des sous-bois, s'animaient pour lui d'une attitude d'homme ou de femme, immobiles et qui semblaient l'attendre. Des frémissements couraient dans les feuilles et l'agitaient d'un petit frisson de mystère. Des susurrements de mouches, des zigzags de papillons le surprenaient du frôlement de leurs ailes ; et il suivait, avec un plaisir un peu inquiet, leurs vols où il entendait palpiter la vie. L'herbe drue du chemin lui montait aux mollets ; en l'écrasant, il sentait la résistance élastique de tiges et de racines, et il avait conscience qu'il marchait sur de la vie, de la vie végétale épanouie en fleurs sauvages, de la vie d'insectes fourmillant par milliers dans ce vert, qui, froissé, dégageait une odeur de sève amère. Le silence, qu'il écouta, lui apparut alors peuplé de petites voix sourdes et tristes, de houles confuses, de rires. Bien qu'il n'y eût pas de vent, le bois chuchotait tout seul. Et, comment expliquer cela, il tardait presque à Noël de voir finir le mur qu'il longeait, et de rentrer dans les champs ras, où l'on voit loin de soi, et où le silence n'a plus la même voix ! Grandi, poétisé, le sentiment qu'il éprouvait là, fût, dans une forêt noire et profonde, devenu de l'horreur sacrée. Il ad-

UN TRONC D'ARBRE, UNE PIERRE BRUTE, DANS LE JOUR VERT DES SOUS-BOIS, S'ANIMAIENT POUR LUI D'UNE ATTITUDE ..

mira combien nerveuse, impressionnable est notre machine à sensations, qu'un rien trouble. Mais ce rien, au contraire, n'était-il pas tout? Quoi de plus mystérieux que de vivre et de plus stupéfiant que ce monde aux mirages infinis? Le merveilleux, n'était-ce pas que l'homme fût blasé, habitué sans le comprendre au mystère de la création; que cela lui semblât tout naturel de marcher, de respirer, de voir et de sentir? Pourquoi ne pensait-on jamais à cela, pas plus qu'à la santé, la maladie ou la mort — réflexions essentielles pourtant — et qui somnolent en nous insoucieuses jusqu'au petit heurt de réveil, au souffle brutal de la réalité?

L'influence de sa méditation rendit Noël un peu triste. La solitude l'étreignit plus fort; il oublia tout ce qui enveloppait sa vie d'un cercle magique d'habitudes, de préoccupations, de devoirs, d'amitiés; il oublia sa profonde tendresse pour Marie-Anne et se sentit seul, perdu loin de tout, fourmi ou ciron errant à fleur de terre. Alors, un ressouvenir biblique traversa sa brève, mais intense détresse : « Malheur à l'homme seul! » Et il évoqua le pur et beau symbole de la première femme, Eve, en sa fleur d'ingénuité blanche, vierge à toutes sensations, principe inconscient de vie, source de jeunesse, compagne d'Adam, mère de Caïn et d'Abel. Elle incarna dans sa pensée mille formes répercutées d'elle-même : ces nymphes qu'on rêve sous les feuillages, se baignant dans l'eau claire; et les jolies Parisiennes qui passent le long des blés, serrées dans leurs toilettes fraîches, sous des ombrelles pareilles à de grands coquelicots. Ces paysannes qui penchent leurs rudes corps tannés sur la glèbe, étaient la race encore, pauvre et déshéritée, d'Eve la blanche, aux mains oisives. Eve la très belle, sous ses cheveux de soleil, avec ses yeux couleur d'eau et son âme changeante, pénétra tout à coup le cœur de Noël de son invisible présence. Etait-ce la splendeur du ciel verdissant comme une émeraude vive, l'haleine des foins subtils, la suggestion des fleurs couleur de robes nuancées, les sourdes et fines analogies qui se dégagent des choses et les revêtent de grâce humaine et de féminine langueur? M. Guislain sentit flotter en lui un amollissement, qui avait le charme d'un rêve et la mélancolie d'un désir irréalisé. Son âme s'élevait vers l'éternel féminin, aspirait à une tendresse sans visage et sans formes, mystérieuse et infinie. Puis le vague de sa rêverie prit corps. Et il crut voir passer, dans la petite charrette anglaise, la belle demoiselle inconnue, avec les dames russes. Cette vision lui plut, mais elle ramena à terre sa pensée envolée, l'astreignit à des images précises et matérielles. Il se représenta, avec une grande netteté de contours, cette jeune fille qu'il avait entrevue, quelques secondes à peine; il revit la façon dont elle avait salué, en passant, d'un petit signe de tête élégant et calme; il se rappela la couleur de sa robe, la rose qu'elle portait à sa ceinture. Ces détails évoquèrent en lui des formalités mondaines rigoureuses et étroites : présentations, visites, promenades et, dans ces suppositions qu'on s'amuse à forger sans y croire, flirt décent, attachement tendre et, comme conclusion, la possibilité d'un mariage. La bizarrerie de cette idée l'amusa, puis le laissa rêveur.

Le mariage! Que de fois il y avait pensé. Que de fois il en avait parlé, théoriquement, avec Marie-Anne! Elle, par égoïsme inconscient, avide tendresse fraternelle, ne l'admettait qu'à regret, avec crainte, hostile d'avance, comme envers un danger où risquaient de périr leur bonheur, et surtout leur affection, leur confiance. Ne suffisait-elle pas à son frère? Où rencontrerait-il une passion plus pure, des soins aussi fervents? Quelle femme respecterait autant son travail, serait aussi fière de son nom et de son mérite, l'encouragerait au succès avec autant de désintéressement? D'ailleurs elle redoutait l'amour, elle en avait cruellement souffert. Elle portait un secret de jeunesse que Noël n'avait pu que pressentir, sans oser sonder une plaie, mal fermée sans doute. Elle avait aimé, à vingt ans, et s'était vu, après l'échange des aveux et les plus formelles promesses, abandonner, par un fiancé qui préférait une grande fortune à l'amour humble et reconnaissant qu'elle lui offrait, dans la toute pureté de son cœur. Depuis, elle n'avait plus aimé personne. Comme ces sensitives qu'un heurt referme, elle s'était repliée sur elle-même, avec une immense amertume, un désenchantement affreux, la peur et le mépris de l'homme. De son cas particulier, elle avait tiré une règle; la triste exception de sa vie lui semblait une tare commune à la plupart des femmes. Elle croyait au mensonge des serments, à l'improbité du cœur, n'admettait le bonheur que comme une exception bien rare, et toute tentative pour y atteindre que comme un calvaire de péril et de souffrances. Chère Marie-Anne! C'était un peu pour elle que Noël ne s'était pas marié jusqu'à présent, par peur de lire une douleur, un effroi dans ses grands yeux. C'était aussi, — égoïsme inconscient des meilleurs ! — parce qu'aucun des besoins de confort et d'intérieur qui poussent le célibataire au mariage ne le sollicitaient. Il était heureux. Table blanche et recherchée, car monsieur était gourmand ; soins délicats du ménage, attentions de tous les instants prévenant chacun de ses désirs, que pouvait-il lui manquer ?

Et cependant il se marierait un jour : ce serait la continuation de sa vie calme, aisée, laborieuse. Il s'appuierait sur une sûre tendresse, il élèverait des enfants. Marie-Anne était une mère, jalouse et envahissante à présent. Mais elle vieillirait, la pauvre amie ! Qui sait, alors, si d'elle-même elle ne souhaiterait pas voir son frère se créer une nouvelle famille, et si, grand'mère sans enfants, elle ne serait pas heureuse de tailler des tartines à des tout petits, ou à des blondinettes blanches et roses, qui seraient des Guislain comme elle et comme lui ? Seulement, un jour... pour eux, c'était loin encore, *ou* tout près, car sait-on jamais ce que l'inconnu vous réserve ? L'occasion seule avait manqué à Noël, que son âge, d'ailleurs, ne pressait pas. L'occasion ? Non, à la vérité, l'occasion mondaine, riche, agréable, ce qu'on appelle un « beau mariage ». Il n'eût tenu qu'à lui d'épouser des jeunes filles bien élevées, suffisamment instruites, ni trop ni trop peu coquettes, sachant de l'anglais et du piano juste ce qu'il en faut pour l'oublier après le mariage. Mais ces conditions de bonheur anonymes ne l'avaient pas décidé.

Etait-ce, sans qu'il s'en doutât, l'influence des idées de sa sœur ? Il redoutait le mariage ; sa liberté de travailleur lui était chère ; il craignait de l'aliéner. Des contradictions hantaient son esprit, qu'il ne savait comment résoudre. Il souhaitait une femme élégante, mais qui consentît à ne l'être que pour lui, car il aimait peu le monde, ne goûtait que l'intimité. Il souhaitait une compagne qui eût des qualités de ménagère, qui surveillât les comptes de la cuisinière, soignât le beau linge des armoires, sût mettre de la grâce dans l'arrangement d'une table bien servie ; et en même temps il eût voulu que la jeune et problématique Mme Guislain s'intéressât à ses travaux, aimât la littérature, afin qu'ils pussent, par des causeries et des lectures, remplir les longues heures de l'intimité. Surtout, il demandait mentalement de la douceur à celle qu'il aimerait, beaucoup de douceur et de bonté. Car, patient et paisible lui-même, il avait horreur du bruit et des querelles ; et même — mais cela il n'osait se l'avouer que tout bas ! — il espérait que sa femme, tout en manifestant une volonté droite et de l'énergie, n'aurait pas cette autorité un peu minutieuse, ces tracasseries légèrement tâtillonnes dont, malgré elle, comme presque toutes les vieilles filles, Marie-Anne ne pouvait s'empêcher. Or, elle et lui avaient beau s'aimer, ne constatait-il pas entre eux bien des points où ils ne sentaient pas de même : divergence de caractère, de sexe, d'éducation ? Quelques tampons de ouate que leur tendresse interposât entre eux, au contact de la vie quotidienne, comment ne pas se heurter parfois ? Heurts légers en surface, mais de vibration profonde ; car rien n'est indifférent entre gens qui s'aiment, et les désaccords les plus futiles sont entre eux les plus sensibles. Et Noël, affligé comme sa sœur d'une sensibilité extrême, d'une susceptibilité d'âme fière, se demandait s'il rencontrerait chez une jeune épouse assez de raison, de calme, un caractère assez moelleux, assez rassis en même temps, pour qu'ils ne se butassent point, mari et femme, continuels petits achoppements de vanité, d'amour-propre, aux mille et un malentendus que comporte le côte-à-côte, aux infinies variations d'humeur qui dépendent de causes minuscules, le temps, l'heure, la disposition des nerfs, et qui par elles-mêmes ne sont rien, mais deviennent tout, selon l'interprétation qu'on leur donne ?

Mais, si Noël avait peur du mariage, il avait foi, aussi, en sa ferme volonté, en son désir du bien. Puisqu'il souhaiterait résolument rendre sa femme heureuse, pourquoi n'y réussirait-il pas ? Et pourquoi, par elle aussi, ne connaîtrait-il pas le bonheur ?

Le soleil avait disparu derrière les bois ; la rosée mêlait son parfum d'herbes et de fleurs humides à la sèche et subtile odeur des foins coupés dont les fanes, décolorées par la mort, gardaient une âme de fièvre. Le jour insensiblement fonçait, mais avec tant de lenteur qu'on ne s'en apercevait qu'au bout de quelques minutes ; ainsi l'aiguille d'un cadran avance sans qu'on la voie marcher. La pourpre des coquelicots s'assombrissait, les bleuets s'azuraient de teintes sourdes, les champs d'avoine devenaient ternes, l'herbe bleuâtre ; seul, les chemins, d'ocre jaune, gardaient un éclat blême. Tous les lointains avaient fondu dans de molles grisailles violacées, le crépuscule semblait sortir de terre avec la vapeur des champs; la nuit venait, sans qu'on sût d'où ni comment, avec la lenteur pénétrante d'une force, la majesté d'une loi, la poésie d'une déesse antique; et Noël tout bas murmura, comme s'il l'adressait à une amie, ou à sa femme imaginaire, ce vers :

Entends, ma chère, entends la douce nuit qui marche !

Craignant d'être en retard pour le dîner, il hâtait le pas vers le clocher de l'église, qui dominait le village enfoui dans des noyers. L'angelus tinta. Noël l'entendit avec un plaisir déférent, où s'ajoutaient des ressouvenirs mystiques d'enfance. Car, s'il ne croyait plus, il aimait ce temps où il croyait. Et il respectait la piété fervente de Marie-Anne. C'était, d'ailleurs, un sujet dont ils ne parlaient point, la philosophie de son frère étant pour la vieille demoiselle une blessure secrète. Ce clocher de Sonnelles, depuis trois ans, Noël le revoyait, piquant l'horizon de sa flèche, orientant ses retours de promenade. D'autres clochers, au loin, annonçaient des villages. Quand ils tintaient pour la messe, les vêpres ou le glas, leurs sons grêles traînant sur la campagne prolongeaient en mélancolie des sonnailles de troupeaux épars. On pensait au bon pasteur ralliant ses brebis. Humble clocher de Sonnelles, froide et pauvre petite église où Marie-Anne avait sa chaise, sur un carreau de pierre, toujours le même ! Et cet angelus qui tintait, pacifique et lent ! Noël, en un de ces attendrissements de sentimentalité fugitive que provoque en nous la douceur de certains symboles, sentit s'élever son âme vers un désir de bien, de justice et de bonheur; sa pensée eut l'élan d'une prière que nuls mots ne formulaient. L'angelus se tut; et Noël songea que la cloche, en sa mystérieuse vibration, jetait le salut du soir aux créatures, exhalait une tendresse envers les choses, prononçait : *Paix aux hommes de bonne volonté!*

Comme il rentrait, la servante l'attendait sur le seuil de la cuisine; son silence et un regard de travers qu'il lui connaissait bien présageaient quelque chose d'insolite.

— Est-ce que je suis en retard, Margaude?

Elle demanda :

— Vous n'avez pas rencontré mademoiselle?

— Non, est-ce qu'elle est sortie?

Elle répondit, mécontente :

— Le petit garçon de la Ballonne vient de se casser le bras; dès que mademoiselle l'a su, elle y a couru.

Et d'un ton un peu bourru, qui dissimulait à la fois un attendrissement pour la charité de sa maîtresse et pour l'accident qui survenait aux paysans, elle grommela, en tisonnant son fourneau :

— Si monsieur ne va pas la chercher, le dîner ne vaudra plus rien, sûrement!

— Ce serait dommage, fit-il, car il venait de sentir une bonne odeur de tarte aux cerises.

Il reprit :

— La Ballonne, est-ce que ce n'est pas cette pauvre femme à qui ma sœur a fait du bien, l'an passé?

Elle fit signe que oui, d'un grand coup de tête; et doucement, avec une pitié d'âme du peuple :

— Il n'y a qu'aux pauvres gens qu'il arrive du guignon!

— J'y vais, dit M. Guislain.

II

Il se rappelait, pour avoir accompagné jadis Marie-Anne, que la Ballonne était une petite grosse femme barbue, ayant toujours trois ou quatre enfants pendus à ses jupes, un mari ivre qui la battait et, au fond d'une impasse mangée d'orties, une vieille maison de pierre dont le toit moussu portait, comme un chapeau de fleurs, un hérissement de saxifrages et d'asperges folles. Il vit, non sans étonnement, le petit cheval des dames russes arrêté devant l'impasse, attaché par les rênes à la palissade d'un jardin, dont il mangeait les plants de haricots en fleur. Noël s'approcha de la masure d'où sortaient des voix confuses et des gémissements, et il aperçut sur un banc de pierre deux dames, méconnaissables dans ce renfoncement d'obscurité. L'une d'elles parlait anglais avec volubilité; il devina Mme Tratkoff, la dame russe. L'autre, haute et fine silhouette d'ombre, devait être la demoiselle inconnue. Il se découvrit et poussa la porte, après avoir toqué légèrement.

Une odeur de pauvreté le prit à la gorge. L'éclairage insuffisant d'une bougie diffusait une tristesse pâle sur les murs, et sur un lit où reposait, blanc comme cierge, l'enfant au bras cassé. Autour, s'agitaient des femmes; et leurs ombres, projetées informes sur la muraille, y ébauchaient des gestes falots et démesurés : tout cela prenait le poignant de la réalité et le fantastique du cauchemar. Mais Mlle Guislain surgit du fond de la pièce ; en même temps,

AU FOND D'UNE IMPASSE MANGÉE D'ORTIES, UNE VIEILLE MAISON DE PIERRE.

Noël venait de reconnaître et de saluer d'une muette inclination Mlle Tratkoff, dont la blouse rouge détonnait étrangement dans cette masure. Il resta gauche et dépaysé, ne sachant que dire aux deux femmes. Mlle Guislain, surprise par son apparition imprévue, ne trouva pas non plus de phrase ; et un court silence de gêne régna, comme il arrive, quand la manière d'être convenue et l'aisance des gens du monde se voient déconcertées par quelque surprise. Alors la jeune fille, avec une grâce d'étrangère et une voix musicale un peu traînante, dit :

— Oh ! monsieur, le pauvre petit avait si grand mal qu'il s'est endormi de fatigue, à force de pleurer !

Il secoua la tête d'un air apitoyé, se pencha vers l'enfant ; des lamentations s'élevaient dans l'angle de la chambre. Il reconnut la Balonne ; elle se désolait, avec deux ou trois petits sauvages réfugiés auprès d'elle et un nouveau-né qui pleurait dans ses bras.

— Est-ce que le médecin ?... demanda-t-il en s'adressant à Mlle Tratkoff.

— On a été le chercher, monsieur, et il n'arrive pas !

Sa voix, pleine de pitié, et dont chaque intonation se nuançait d'une gravité réfléchie et volontaire, eut prise sur Noël, car il était fort sensible au charme de sympathie ou au recul de méfiance que suscitent un timbre de voix et tout ce qu'une femme sait y mettre d'intentions bonnes ou mauvaises. Aussi, ému par la détresse du lieu et des gens qui l'entouraient, souffrant de son impuissance, il se sentit par surcroît gêné du désaccord moral, du contraste matériel que lui suggéraient la présence de sa sœur, de la jeune fille et de lui-même, leur élégance et leur air de confort, en opposition avec la pauvreté nue et l'infériorité brute des paysans. Le sentiment des différences sociales et de l'inégalité des castes le troublait toujours, d'ailleurs, comme une injustice profonde et incurable. C'est pourquoi il ressentait, en ce moment même, un malaise indécis où entraient pour beaucoup la con-

LEURS OMBRES, PROJETÉES INFORMES SUR LA MURAILLE, Y ÉBAUCHAIENT DES GESTES FALOTS ET DÉMESURÉS.

fusion de rang et de personnes où ils se tenaient, ce contact avec de pauvres et inférieures créatures, et la pitié de les voir souffrir, sans qu'il pût les guérir ni les consoler. Cependant Marie-Anne, qui gardait le sens des convenances, et que l'échange spontané de ces quelques mots entre son frère et Mlle Tratkoff avait légèrement choquée, dit à cette dernière, avec une dignité un peu froide, qui ramenait entre eux de l'officiel et du convenu :

— Voulez-vous me permettre de vous présenter... Et son geste, les mettant face à face, les fit s'incliner comme dans un salon : Mon frère !

— Oh ! je connais bien monsieur, dit la jeune Russe. Je vous ai rencontré souvent dans la forêt. Vous êtes grand marcheur, n'est-ce pas, monsieur ?

La lumière éclairait son visage. Noël vit qu'elle avait de très beaux yeux, mais ne put en discerner la couleur. De près, elle ne lui parut pas plus jolie qu'il ne se l'était représentée, de loin. Sans grand éclat de jeunesse, portant à peu près vingt-trois ans, elle avait le teint un peu sec, sous une plaque de poudre de riz. Mais sa taille restait mince, avec des épaules et des hanches larges. Ses mains s'effilaient petites comme des mains d'enfant. Ses cheveux, durement tordus, en épais chignon, annonçaient la force et la santé ; ils se lustraient, à la lumière, d'un reflet d'or brun. L'impression d'ensemble qu'elle donnait était particulière, très peu banale, devait plaire ou déplaire nettement, et plut à Noël. Il répondit avec une politesse vague : n'avait-il pas de son côté rencontré la jeune fille peignant, dans les champs ? Aussitôt, la glace fut rompue ; ils se reconnurent moins étrangers l'un à l'autre, pour s'être avoué qu'ils s'étaient réciproquement remarqués jusqu'à ce jour.

Mais des voix à la porte annoncèrent le médecin, un vieux bonhomme rasé comme un acteur et portant cravate blanche comme un notaire de province. Il faisait l'important et parlait haut, d'une voix un peu factice de théâtre ; il se tut en apercevant du beau monde et salua très bas. Derrière lui étaient entrées Mme Tratkoff et sa jeune amie, belle, froide et silencieuse. La dame russe semblait très émue, comme si on lui avait causé un dommage personnel.

— Docteur, je vous prends à témoin ! s'il est possible de négliger à ce point les enfants ! Ce petit malheureux était seul, il se balançait à la volée sur une corde, à toute volée, docteur ! Il est tombé, et Dieu sait ce qu'il s'est cassé. Si ce n'est pas à maudire ses parents !

Elle avait dit cela très vite, d'un air évaporé, avec un mélange d'indignation et d'attendrissement ; le docteur interloqué l'écouta jusqu'au bout :

— Ah ! voyons ! voyons cela ! fit-il en se penchant sur le lit où gisait tout habillé le petit blessé. Il ajouta : « Je prierai quelqu'un de m'éclairer. »

Noël prit le chandelier des mains de Mlle Tratkoff ; la Ballonne, ne gémissant plus, s'était approchée, les mains pendantes, les yeux fixes où se tendait on ne sait quelle angoisse stupide.

— C'est vous, la mère ? dit le médecin. Bien ! Aidez-moi à déshabiller votre fiot !

— Je m'en vais, déclara Mme Tratkoff, je ne pourrai voir cela. Soniencka, viens, rentrons ! Macha doit croire que nous sommes tombées dans la rivière ; et son dîner, quelle bouillie ce sera ! le chat lui-même n'en voudra pas !

L'enfant, réveillé en pleine douleur, poussait des cris entrecoupés de sanglots ; sa mère, tout effarée, le secouait de gestes rudes qui lui faisaient mal. Mlle Guislain intervint :

— Laissez-moi faire ! Et doucement, se substituant à la Ballonne qui se recula inerte, elle dévêtit le garçonnet. Pendant ce temps, la jeune Russe refusait nettement de suivre sa mère.

— C'est bon ! dit celle-ci avec un geste d'impuissance comique, il n'y a rien à espérer de toi. Je vais attendre devant la porte avec Jinny. Que tu es ridicule !

Et elle regarda en soupirant Mlle Guislain comme pour l'invoquer ; mais celle-ci, inclinée vers le lit de souffrance, envoyait, avec des yeux inquiets, un sourire maternel à l'enfant. Presque nain malgré ses sept ans, il montrait une toute petite figure d'écureuil, si douloureusement grimaçante qu'elle faisait peine à voir.

— Fracture simple, prononça d'un ton délibéré le médecin qui venait de soulever et de palper le bras malade. Et il réclama des lattes de bois pour y tailler des attelles, de la ouate et des bandes de toile afin de poser un premier appareil.

— Je vais à la maison chercher ce qu'il faut, dit Mlle Guislain.

Noël s'empressa :

— Mais, Marie-Anne, voulez-vous que...

— Merci, vous ne sauriez où trouver cela.

Et aussitôt elle s'esquiva sans bruit, d'un pas léger de bonne garde-malade.

— Vous n'allez pas me faire du mal? demanda tout à coup une voix plaintive, au milieu de gros pleurs doux, qui coulaient comme une source étouffée.

— Mal, mon garçon? aucun mal! déclara le docteur. — Comment t'appelle-t-on?

— Pierre.

— Eh bien, Pierre, je vais te guérir; et après tu pourras encore te balancer à la corde.

— Et je t'apporterai des bonbons. Aimes-tu les bonbons? dit Mlle Tratkoff de sa caressante voix grave, qu'une émotion troublait.

Le médecin, un vieux bonhomme...

Noël, qui tenait toujours la bougie, la releva, et dans ce mouvement éclaira en plein le visage de la jeune fille. Il rencontra de nouveau ses regards; ils étaient lumineux et bons, d'un gris de cendre, avec une prunelle d'un noir profond et dilaté. Elle lui sourit, sans doute en pensant aux bonbons et à la consolation qu'ils apporteraient au petit garçon. Il sourit à ce sourire, et il n'eut plus le sentiment de se tenir en parade, comme dans un salon; il perdit cette impression de fausseté et d'artificiel que lui suggérait leur présence chez ces paysans. Il se trouva à l'aise tout à coup, et en sympathie avec la jeune fille.

— Ce sera long? demanda-t-il au docteur, qui dépliait un mouchoir immense avec solennité, comme si se moucher avait pour lui l'importance d'une opération chirurgicale.

— Long! demanda l'autre en se prenant le nez avec toute la main, et il retira par-dessous le mouchoir qu'il s'appliquait déjà sur la figure; — quarante jours sans bouger; demain, nous mettrons le bras dans du plâtre.

Il contempla son mouchoir, parut hésiter comme s'il craignait de manquer l'opération, et tout à coup, avec une brusque mais froide énergie, il précipita son nez en avant; et avec une violence telle qu'il devint rouge comme une pivoine, il tira trois détonations, sèches et sonores comme des coups de pistolets.

Mme Tratkoff aussitôt fit irruption dans la pièce :

— Bonté du ciel, que se passe-t-il? Ah! c'est vous, docteur? Dieu vous bénisse! J'ai eu peur. Soniencka, aie pitié de ta mère. Il faut rentrer. Le dîner..., songe qu'il y a des *bliny* (1) pour dessert!

— Tout à l'heure, maman; retournez auprès d'Etoile! dit celle-ci. Et à l'interrogation irréfléchie qu'elle lut dans le regard de M. Guislain, elle répondit :

— Mon amie s'appelle miss Star, et moi je l'appelle Etoile! N'est-ce pas qu'elle est belle comme une étoile, mon amie?

Noël allait en convenir. Tout à l'heure, en sa courte apparition à la lumière, la jeune fille lui avait paru d'un éclat de neige, avec sa chair délicate, ses radieux cheveux fauves, et ses yeux bleus scintillants qui faisaient d'elle la bien nommée : miss *Star.* Mais Marie-Anne apparut, les mains chargées d'ouate et de bandes de toile.

— Ah! à la bonne heure, dit le médecin, sans déguiser le plaisir qu'il semblait éprouver, comme la plupart de ses confrères, à opérer quelqu'un. — A la bonne heure! répéta-t-il, en regardant avec inten-

(1) Gâteau russe : *bline* au singulier, *bliny* au pluriel.

tion le petit garçon qui, très peu rassuré, recommença à pleurer.

— Je ne resterai pas là! déclara Mme Tratkoff avec force. — Ma sensibilité me le défend. Soniencka, est-ce que tu vas assister... ? Comme tu as le cœur dur! Oh! moi, à l'idée qu'on me remettrait le bras!... Non, je ne puis voir souffrir une créature de Dieu! Allons-nous-en!

— Retournez auprès de Jinny, maman! répéta Mlle Tratkoff avec une douce fermeté.

La bonne dame eut un geste éloquent de désespoir et s'élança vers la porte, comme si elle allait se noyer dans les ténèbres, mais elle recula précipitamment en poussant un cri. Interdit, sur le seuil, un paysan se balançait lourdement, n'osant rentrer; c'était le mari de la Ballonne, ivre, comme toujours. La vue de tout ce monde le déconcerta; cependant, en homme qui a l'usage de la société, il essaya de soulever de sa tête sa casquette, qu'il ne trouva qu'après un long tâtonnement dans le vide, et bégaya :

— Bonsoir, la compagnie!

Sa femme s'avança vers lui et avec autorité l'entraîna dans un coin, le fit asseoir. Il roulait des yeux vagues et mornes; son visage spongieux exhalait une vapeur d'alcool, un petit brouillard empesté comme l'odeur d'une futaille.

— Oh! mon Dieu! soupira Mme Tratkoff, et elle s'éventait de son mouchoir; puis impétueusement, elle sortit.

Aussitôt l'ivrogne se mit à parler d'une petite voix douce et triste; il tenait des discours incohérents où revenait la préoccupation d'une partie de cartes qu'il avait jouée et perdue au cabaret. Et les noms des paysans, ses partenaires, figuraient dans ce vain et plaintif rabâchage : le grand Michu, et Riz-pain-sel et Louis-Philippe, car au village ils n'étaient connus, comme leurs pareils, que sous des sobriquets. Des histoires de femmes, aussi, enchevêtraient inextricablement ce monologue d'ivresse : Déplaisante, la fille de la Croulebarbe, avait cassé son balai sur le dos du chat de la Maréchale qui lui avait volé une côtelette qu'avait déposée sur la table la vieille mère Quiquille. » L'homme continuait, intarissable, si loin de tout ce qui l'entourait, si étranger à ses propres misères, si indifférent à son fils qu'il entendait cependant hurler entre les mains du médecin, que cela était à la fois grotesque, insensé et touchant. Et ceux qui l'écoutaient, Noël et Mlle Tratkoff, tous deux face à face éclairant d'une bougie le lit de souffrance, ne savaient s'ils devaient s'indigner ou sourire de mépris. Mlle Guislain, moins patiente, éleva tout à coup la voix :

— Faites donc taire votre homme, c'est scandaleux!

La femme, intimidée, mit alors la main sur la bouche de son mari, comme on met un tampon à la bonde d'un tonneau; quelques glouglous de voix sortirent encore, étouffés; elle appuya davantage, et on n'entendit plus qu'un petit filet indistinct, puis qu'un sifflement bizarre, puis rien. Mais personne n'eut envie de rire, car les cris de l'enfant avaient quelque chose de sauvage; brusquement ils s'arrêtèrent; et un lourd et trouble silence plein de douleurs confuses, de pitié et de soulagement régna.

— C'est fini! dit le médecin.

Il souffla : « Phou! » en regardant Mlle Guislain, qui était subitement devenue très pâle.

Alors l'expression un peu crispée qui tirait comme les lèvres d'un masque s'effaça sur le visage de Noël, et une seconde après, par imitation, sur celui de Sonia. Leur regard plaignait encore l'enfant; mais leur sourire indécis s'accentua, en rayon faible de soleil. Seule, Marie-Anne demeurait sérieuse. Maintenant qu'elle avait recouché et bordé le petit Pierre, ses yeux faisaient le tour de la chambre misérable, semblaient inventorier ce qui manquait; soucieusement elle regarda de travers, sous de gros sourcils gris, la Ballonne accablée qui allait et venait, les petits qui s'endormaient de fatigue par terre, l'homme vautré sur la table. Et elle secoua la tête avec une grande et mécontente pitié :

— Je pense, Noël, que...

Un bruit à la porte l'interrompit. Margaude, sur ses ordres, arrivait, pliant sous le poids d'une paillasse qu'elle déchargea dans la chambre, avec des couvertures, des draps, et diverses provisions qu'elle tira de ses poches : force sucre, du café, et une bouteille de sirop de groseille pour désaltérer l'enfant, la nuit.

Mme Tratkoff, derrière ce déballage, surgit; elle considéra avec curiosité tout le monde, arrêta son dédain sur l'ivrogne endormi, fit une risette perdue à l'enfant dont les grands yeux, fixés au plafond, clignaient lentement avec une expression de souffrance et de fièvre; puis, très digne, elle déclara :

— Sonia, j'attends tes ordres.

— Partons, maman, partons! dit celle-ci avec empressement, cette fois.

— Bien! dit Mme Tratkoff prenant note de cette soumission, mais ne désarmant en rien de son air calme et sévère. — Sais-tu quelle heure il est, Sonia? T'en doutes-tu? Il est neuf heures bientôt, Sonia! Songe que tous les honnêtes gens ont dîné. Dieu m'est témoin que je ne dis pas cela pour les « bliny », quoique mon estomac soit dans mes talons. Mais Macha doit croire que nous sommes tombées dans la rivière. Certainement, elle le croit! La nuit est noire, les chemins ne sont pas sûrs; peux-tu me dire comment nous rentrerons?

— Partons, maman!

Un moment de confusion suivit. La blanche miss Star était rentrée; mystérieuse en son fier et charmant silence, elle s'approcha du lit, près de Noël, et contempla l'enfant. Mlle Guislain et le docteur conféraient avec la Ballonne. Mlle Tratkoff en profita pour parler à l'oreille de sa mère qui fit :

— Ah! tu crois?

Elle fouilla dans sa poche et retira de son porte-monnaie une pièce d'or qu'elle glissa discrètement dans la main de la paysanne. La Ballonne, immédiatement, serra les doigts avides, en coulant un regard sournois vers son mari; puis, la curiosité l'emportant, elle lorgna l'aumône. A la vue de l'or, ses yeux pâles s'animèrent; elle n'avait rien su dire à Mlle Guislain pour la remercier, mais en regardant Mme Tratkoff, elle balbutia :

— Merci, ô merci, ma bonne dame!

— C'est bon! dit celle-ci, et elle rougit, confuse, car en face d'elle la vieille demoiselle venait de pincer les lèvres, au milieu du silence de gêne qui suit toute charité prise en flagrant délit, et revêtant, par là, un semblant d'ostentation. Ce petit incident, et l'air de dépit qu'elle prêta à tort à Mlle Guislain, inspirèrent de l'amertume à la bonne dame. Elle se redressa avec importance, vexée, et s'écria d'une voix de tête aiguë :

— Eh bien, Sonia?

La jeune fille, sans répondre, alla rapidement au lit et, du pouce, traça un petit signe de croix à la russe sur le front de l'enfant, puis sortit derrière sa mère. Les Guislain suivaient. On arriva au bout de l'impasse; il faisait un beau clair de lune, et des odeurs de foin soufflaient par bouffées. Devant la balustrade du jardin, à laquelle on avait attaché le cheval, Mme Tratkoff poussa un oh! consterné, et s'arrêta béante : poney et voiture avaient disparu. Un concert d'exclamations vaines s'éleva, et chacun se regardait avec surprise.

— On a volé Pilgri! gémit Mme Tratkoff. Où l'a-t-on emmené? Est-ce possible! Courez, les voleurs ne doivent pas être loin!

Sur le seuil, un paysan se balançait lourdement.

— Il se sera ennuyé, maman, insinua Sonia, vous l'aurez mal attaché et il sera parti!

— Parti! s'écria la mère, quel absurde

caprice ! Voilà une idée de cheval, une idée bête comme les bêtes ! Et où sera-t-il allé ? Dis-le-moi, toi qui le sais !

Et se mettant à appeler et à siffler comme pour un chien :

— Pilgri, Pilgri, mon petit cheval, où êtes-vous ? Venez ici, Pilgri !

L'insuccès de sa tentative l'irritant, elle

SA BEAUTÉ AVAIT QUELQUE CHOSE DE SI ÉCLATANT.

se retourna avec brusquerie vers Margaude qui, stupéfaite, la dévisageait en ouvrant une bouche et des yeux énormes :

— Allons ! c'est vous aussi ! Vous lui aurez fait peur en vous promenant avec un matelas sur la tête ! Ne dites pas non, car pourquoi se serait-il sauvé ?

Mlle Guislain porta son buste en avant comme pour défendre sa servante, mais l'interpellée répondit avec la raideur d'un arc qui se débande :

— Je ne sais pas pourquoi votre cheval s'est sauvé, il ne me l'a pas dit, madame ; et il y a une bonne raison pour cela, c'est qu'il n'était déjà plus là quand j'ai passé avec ma paillasse. Et il ne faut pas dire qu'elle lui aurait fait peur, car s'il avait été solidement attaché, il serait encore là.

Mlle Guislain parut approuver cette ferme réponse ; son frère intervint :

— J'ai bien peur que votre poney ne soit rentré simplement à l'écurie ; c'est encore ce qu'il faut souhaiter de mieux.

— D'ailleurs, interjeta Margaude regrettant sa sortie, il n'est peut-être déjà pas si loin ; je m'en vas voir !

Et elle se mit à courir sur la route.

Mme Tratkoff ne répondait pas ; elle regardait fixement Noël, avec une attention intense, comme si elle pouvait avoir le moindre soupçon qu'il fût l'auteur ou le complice de l'enlèvement de Pilgri, et qu'il le recélât en lieu sûr :

— Très bien, déclara-t-elle tout à coup avec un sourire inattendu et des grâces de cour, c'est au mieux, c'est exquis, c'est tout à fait charmant !

Elle fit volte-face vers sa fille, et d'un air d'ironie sombre :

— Sonia, peux-tu me dire si nous mangerons les « bliny » avant minuit ?

Elle ajouta, dolente et la voix altérée :

— Ce n'est pas que j'aie faim, je n'ai aucune faim. On me servirait là des « bliny » excellents que je n'en mangerais pas ! Mais à la pensée que notre petit Pilgri est perdu, et qu'il faut que je marche pendant plus d'une lieue clopin-clopant, moi qui porte des bottines en étoffe tant j'ai les pieds délicats et tant je crains la fatigue, j'aimerais mieux ne plus manger de « bliny » de ma vie, et que pareil malheur ne me fût pas arrivé.

On vit bien qu'elle avait envie de pleurer, et tout ce que présentait de ridicule l'accident, et de tragi-comique les doléances de la pauvre dame, fut oublié ; on ne pensa plus qu'à la consoler. Marie-Anne, la première, la pria d'accepter un moment l'hospitalité chez eux, afin de s'y restaurer un peu avant de se mettre en route. Noël s'offrait à les raccompagner ensuite. Mme Tratkoff, qui s'était défendue d'abord, se soumit quand sa fille eut dit :

— J'accepte pour ma mère, mademoiselle ; merci de tout mon cœur !

Là encore, sa voix grave et ferme, d'un timbre profond, caressa l'oreille et le cœur de Noël ; car il redoutait toute dissonance, comme ceux qui ont l'ouïe très affinée et qui aiment passionnément la musique. Seule, à son léger étonnement, miss Star, à qui son amie venait d'adresser quelques mots en anglais, continua de garder le silence ; cela allait bien à sa beauté ; cependant, il n'eût pas été fâché d'entendre le son de ses paroles.

LES MAISONS DU VILLAGE, AU CLAIR DE LUNE, PRENAIENT UN ASPECT FÉERIQUE ET ENCHANTÉ

Mlle Guislain fit les honneurs de chez elle avec une politesse grave et empressée, cette secrète satisfaction que l'on éprouve à recevoir dans une salle à manger bien tenue, où la lampe de la suspension éclaire des couverts scintillants et une nappe blanche sentant bon la verveine. Il ne fallait pas compter sur un dîner régulier, mais il y avait un poulet froid qu'elle déposa sur la table avec une large tarte aux cerises ; de l'eau bouillant sur le feu, elle fit immédiatement du thé. Mme Tratkoff ne put se refuser le plaisir de reprendre de l'importance par les refus obstinés avec lesquels elle repoussa l'aile qu'on voulait mettre dans son assiette ; puis, tout à coup, elle céda et mangea de fort bon appétit; un pilon et les sot-l'y-laisse vinrent s'ajouter bientôt à l'aile prestement dévorée. Après les tristesses de la masure, les souffrances de l'enfant, chacun éprouvait une réaction souriante, une bonne humeur, le plaisir d'une subite et fortuite intimité dans un cadre bourgeois et aisé; on se consola momentanément pour Pilgri, on plaignit Margaude qui courait les chemins, on déplora la misère, l'incurie et l'ivrognerie des paysans, et l'on s'aperçut qu'on avait oublié de saluer le docteur, en partant.

Noël, qui mourait de faim, mangeait résolument; cette satisfaction immédiate lui versait des forces et de la gaieté; puis cette communion merveilleuse de la table, cette fraternité du pain rompu et du sel partagé, agissaient sur lui comme sur les femmes; il perdait cette sensation d'inquiétude et de ne pas savoir où l'on va qu'inspire une première entrevue avec des étrangers; il lui semblait connaître depuis longtemps Mme Tratkoff et sa fille. A la vérité, miss Star lui causait un peu d'embarras par son silence insolite, et les muettes inclinations de tête dont elle remerciait ses offres ou ses services. Il ne pouvait s'arrêter à l'idée irrévérencieuse qu'elle fût muette et sourde, ce qui eût été bien déplorable chez une aussi ravissante personne, ou qu'elle manquât également d'intelligence, car ses yeux protestaient d'avance par leur pure splendeur, leur clarté d'eau bleue où tremblait une étoile. Une noblesse chaste, réservée et fière s'exhalait de toute sa personne aux attitudes un peu raides, juste assez pour lui donner un caractère original, sans déplaire. Sa beauté avait quelque chose de si éclatant, sans qu'on pût dire ce qui l'emportait en elle. sa longue et fine taille, son teint de lait, l'or fauve de ses cheveux ou ses yeux de nuit azurée, qu'elle faisait l'effet d'une lumière dans l'obscurité; tous les regards, naturellement, se dirigeaient sur elle. Comme les statues, elle semblait faite pour le plaisir des yeux, et l'idée ne venait pas d'exiger autre chose d'elle que de briller et de plaire. Cependant, ne fût-ce que par hospitalité, Noël tint à lui adresser quelques mots. Une jolie rougeur passa alors sur les joues de la jeune miss, et elle répondit, en jetant un regard de détresse à ses amies russes :

— *I don't understand!*

— Mon amie, s'empressa de dire Mme Tratkoff du ton un peu confus dont on répare un oubli, mon amie ne parle pas le français; elle le comprend un peu, mais ne peut le parler, parce qu'elle ne sait que trop peu de mots.

Mlle Guislain exprima par son air que cela devait bien gêner miss Star, et parut la plaindre sincèrement. Celle-ci, pendant qu'on parlait d'elle, avait cessé de rougir et reprenait à vue d'œil sa blancheur nacrée; elle tenait ses yeux attachés sur Sonia : un délicieux sourire d'enfant timide éclairait son visage.

— *I don't know,* répéta-t-elle avec douceur, presque bas, comme une excuse et un regret; et son regard passa, avec un charme de fleur, sur le visage de Mlle Guislain. La vieille demoiselle, les traits tendus, l'œil inquiet, semblait chercher une pantomime appropriée à la circonstance, un moyen d'exprimer à l'étrangère la bienveillance qu'elle ressentait. D'une inspiration subite, elle fit sauter un énorme pan de tarte aux cerises dans l'assiette de miss Star, qui, d'abord stupéfaite, poussa le plus franc, le plus joli, le plus perlé des éclats de rire, auquel firent chorus les dames russes, Noël et Mlle Guislain elle-même, tant ce rire répandait de jeunesse et de gaieté contagieuse, tant les petites dents éblouissaient par leur éclat de sucre, entre des lèvres de cerise fraîche.

Le roulement d'une voiture s'arrêta devant la porte; et presque aussitôt Margaude entra, annonçant d'un air de triomphe qu'elle essayait de rendre modeste, mais qui éclatait sur sa rude figure :

— Votre cheval est retrouvé, madame; il était au bas de la côte et s'en retournait tranquillement chez vous, en s'arrêtant pour manger les feuilles des arbres.

— Pilgri! s'écria Mme Tratkoff, et son visage exprima le ravissement le plus céleste, car elle tenait à cœur d'approprier toujours son air et ses paroles aux mouvements extrêmes de son âme. — Vous avez retrouvé Pilgri! Dieu soit loué. Vous êtes une excellente fille. Comme vous voilà essoufflée!

Et sans qu'on pût la retenir, elle se leva et courut à la porte; on l'entendit parler au poney, le gronder et le flatter; quand on arriva, elle avait pris la tête de Pilgri et lui baisait avec tendresse les naseaux!

Il fallut songer au départ. Margaude vint allumer la lanterne de la petite voiture, et ces dames prirent congé. Mais Mme Tratkoff ayant exprimé quelque inquiétude sur la sécurité des chemins, Noël, — malgré le mécontentement dissimulé de Marie-Anne, fâchée de le voir sortir, bien qu'elle sût qu'il ne courait aucun danger, — s'offrit à faire la conduite à pied, jusqu'au carrefour des Epines. Sa sœur le força à prendre une pèlerine, car la nuit fraîchissait. Les remerciements et les adieux s'élevèrent alors dans le silence du village endormi, un chien réveillé aboya, Mme Tratkoff prit les guides et le fouet, et Pilgri partit au pas, dans le tintinnabulement de son collier de clochettes.

On ne se parla point, tout d'abord; une détente de l'amabilité prolongée de tout à l'heure, jointe au dépaysement de l'ombre et de la solitude, laissait tomber naturellement le silence; et on en jouissait comme d'un repos. Les maisons du village, au clair de lune, prenaient un aspect féerique et enchanté, avec leurs murs blêmes et la mystérieuse floraison des graminées se découpant en crête sur le ciel. Des feuillages noirs se miraient en découpures d'ombre sur la route, qui blanchoyait. Des lointains bleus de brume fondaient, sous la douceur d'une gaze. Une splendeur pure et molle baignait la nuit. Aussi la petite lanterne n'éclairait pas; sa lumière courait amortie sur la clarté du chemin.

Noël, qui marchait dans ce sillage pâle, frôlé par des souffles frais, sentait une joie légère et profonde, faite d'oubli de tout, où persistait seule la conscience de la présence des trois femmes dans la voiture, à ses côtés. Une sympathie montait de son cœur vers elles; et il éprouvait un orgueil puéril d'avoir la garde et la responsabilité de leur faiblesse. Son gourdin d'épine frappait sur le sol; qu'on les eût attaqués, il eût cogné dur; puis il sourit de l'inanité de cette supposition. Partagé entre la beauté anglaise de Mlle Etoile et le charme slave de Sonia Tratkoff, il goûtait le plaisir de sentir leur présence, sans arrière-pensée, sans souci du lendemain, sans espoir d'intimité plus grande, tout à l'heureuse minute et à l'émotion sereine de la nuit.

Dans l'ombre qui enveloppait les formes et baignait les visages, les deux jeunes filles, dont il distinguait mal les traits, perdaient leur réalité conventionnelle et leur identité mondaine; de même le paysage et la route, tout autres qu'au jour, avaient dépouillé leur signification banale et précise, pour se revêtir d'une grâce de mystère, qui permettait de croire que cette promenade se passait ailleurs qu'ici, en quelque décor de Belle au Bois dormant, au gré d'une vie chimérique, ou en songe. S'oublier tout en se sentant vivre est une telle douceur, que Noël partait, selon son habitude, pour l'au-delà des choses, — ce que Marie-Anne, en le voyant silencieux, les yeux vagues, appelait : « le voyage de son frère en ses terres de la lune »; — et c'était bien véritablement vers l'astre à l'orbe blanc, doux comme un visage et triste comme un regard, qu'il élevait vaguement, sans y penser, son âme. Et les âmes des jeunes filles, peut-être aussi, s'en allaient sur cette mer de silence, au delà des champs noirs et des feuillages d'ombre, loin, dans l'éther, au pays fluide.

Mme Tratkoff rompit l'enchantement, en voulant le formuler, là où, faute de se taire, quelque babillage de jeunes filles, en sourdine, comme on parle la nuit, ou une mélancolique chanson voilée, seuls eussent été de mise :

— Quelle « pouâsie ». déclara-t-elle; et accentuant bizarrement ce mot pour faire partager sa conviction, elle répéta : — Une véritable pouâsie!

Noël retomba sur terre, ramené au réel : ce chemin qu'il avait suivi bien des fois conduisait à Fontainebleau et, par le carrefour des Epines, au pont de Malves, chez les dames Tratkoff. Celles-ci n'étaient plus que deux étrangères, la mère un peu ridicule, la fille sympathique, mais si inconnue, et si loin de lui! Mlle Etoile redevint miss Star, une belle figure de keepsake, et rien de plus. Seul, le poney gardait une physionomie énigmatique de petite bête falote, marchant d'un pas allègre et relevé, avec de menus hochements de tête satisfaits. Se réjouissait-il sournoisement du tour qu'il avait joué, comprenait-il le sens du mot « pouâsie », et appréciait-il le comique inconscient dégagé par sa maîtresse? Noël se le demanda et il eût été bien aise de le savoir. Mais Pilgri ne jugea pas à propos de faire connaître sa pensée autrement que par un petit hennissement rauque, qu'on ne pouvait guère attribuer qu'à sa satisfaction de rentrer à l'écurie; car on débouchait justement au carrefour, sur le pavé du Roy.

Là, Mlle Tratkoff voulut remercier Noël et l'invita à s'en retourner. Il insista pour descendre jusqu'au pont. Quand on y fut, il prit congé, mais à regret. La vieille dame et miss Star le saluèrent de la tête: mais Sonia lui tendit spontanément la main, une main fraîche, dont le contact avait quelque chose de viril et de sûr.

— Bonsoir, monsieur; nous vous remercions extrêmement!

La voiture s'engagea sur le pont de bois,

en faisant du bruit sur les poutrelles goudronnées. Noël, accoudé au-dessus de l'eau dans laquelle scintillaient de rares étoiles, regarda se fondre le groupe, suivit la lumière de la lanterne, qui se précisait en diminuant. Au bout du pont elle tourna, descendit la berge. C'était un petit point jaune vague, cahotant d'une sorte de vie somnambulique. Noël, pensif, subit cette mélancolie qui suit les sympathies interrompues, les séparations grandes ou petites; ensuite il lui sembla que le vent lui apportait un confus chuchotement, une hallucination de l'ouïe lui fit entendre le mot « bliny », prononcé par Mme Tratkoff. Alors, une gaieté franche l'envahit; il se sentit heureux sans savoir de quoi, sans doute des vacances, de sa liberté, des bonnes marches en forêt. Puis il pensa à Marie-Anne qui l'attendait; et, à grands pas, il s'en revint, précédé de son ombre qui gesticulait, géante, sur la route blanche de lune.

À GRANDS PAS, IL S'EN REVINT, PRÉCÉDÉ DE SON OMBRE QUI GESTICULAIT, GÉANTE, SUR LA ROUTE BLANCHE DE LUNE.

III

Deux jours après, par une royale après-midi tout or et bleu, où le soleil faisait miroiter les feuilles comme des aigrettes de lumière, Noël prenait son café au jardin, tandis que Mlle Guislain s'occupait de ses canaris. Elle les avait retirés de leur cage pour les mettre dans une grande volière, composée d'une chambre carrelée, plantée de deux arbres morts en guise de perchoirs, et close par une porte en grillage. Tandis que les femelles couvaient, les deux mâles, M. Lireli et M. Tric, venaient se poser sur une travée de bois qui étayait la porte, et là, dans un rayon de soleil, bec contre bec, ils faisaient des grâces, avec de vifs et jolis petits coups de tête, des airs malins, en braquant en tous sens leurs yeux ronds, pareils à des perles de jais. Pendant ce temps, fraternels, le chat et le chien s'étaient allongés côte à côte aux pieds de M. Guislain; et lui, dans une béatitude vague, regardait vivre Marie-Anne, les bêtes familières, les fleurs, les feuilles, et les nuages de neige glissant très haut dans le ciel transparent, d'un bleu d'alcool qui brûle.

— A quoi penses-tu, mon ami?

Deux mains affectueuses se posaient sur ses épaules. Il renversa la tête et sourit à la grande sœur; elle le surprenait souvent ainsi, à l'improviste, pour attraper au vol ses pensées secrètes.

— A quoi, Marie-Anne? En vérité, je serais en peine de le dire. Au beau temps qu'il fait, à la joie de vivre. Tiens, à l'excellent gâteau de pommes de terre au fromage que tu as daigné faire toi-même pour ma gourmandise.

Il disait cela pour lui faire plaisir, feignant d'être plus gourmand qu'il ne l'était en réalité, quoiqu'il le fût pas mal, du reste.

— Oh, oui, gourmand! déclara-t-elle; et elle eut un joli rire vieillot de moquerie, en même temps que son regard semblait l'absoudre, comme d'une faiblesse d'enfant gâté.

— Où est le mal? demanda-t-il gaiement. Bien manger est une joie honnête et virile; elle témoigne d'une bonne conscience et d'un meilleur estomac. C'est toi, en me soignant si bien, d'ailleurs, qui m'as rendu si difficile. Si je me mariais jamais, sais-tu que je risquerais d'être très malheureux?

— Oh! fit-elle; et, secouant la tête d'une façon lente et pensive qui lui était familière, elle sembla suggérer par là qu'il existait, pour souffrir en ménage, d'autres motifs plus graves que ceux qui proviennent d'une cuisine médiocre.

— Bah! reprit-il, est-ce que je te quitterai jamais? Même marié, nous continuerions à vivre ensemble; et tu nous ferais de si bons petits plats; ce serait tous les jours jour d'entremets!

Elle pinça les lèvres, — encore une de ses habitudes, quand il lui venait à l'esprit une pensée qu'elle refoulait; — et une ombre de tristesse passa sur sa figure. Noël lui prit les mains; et d'un ton de gronderie affectueuse, cessant de la tutoyer, lui disant « vous » comme devant le monde ou quand il voulait plaisanter, s'ils étaient seuls :

— Je vous taquinais, Grande! Non, tenez, je pensais à ces fleurs; et il désigna un massif de zinnias dardant leurs yeux jaunes, roses, grenat, bleu pâle. Ne trouvez-vous pas que les fleurs ont des regards?

— Non, Noël, dit-elle avec une douceur mêlée de fermeté, en femme pratique qui refuse de se laisser aller aux illusions poétiques, depuis peut-être qu'elle en avait cruellement souffert; — non, pour moi les fleurs n'ont pas d'yeux.

— Mais elles ont une âme? fit-il malicieusement. Ne croyez-vous pas que Frimousse et Snorr en aient une aussi!

— Non, certes, dit-elle. Seuls, l'homme et la femme ont été faits à l'image de Dieu, et à eux seuls il a donné une âme.

Son ton grave arrêta Noël; s'il la taquinait souvent par tendresse, jamais il n'eût voulu l'offenser.

A ce moment sur la crête de tuiles rouges du mur, un chat noir bondit; il se rasa, méfiant, explora du regard le jardin, puis d'un bond élastique, il sauta dans un marronnier et de là se laissa glisser sur le sol, au ras duquel il rampa, aplati et ondulant, vers la cuisine. Noël s'amusa à regarder sa silhouette de rôdeur maigre, aux diaboliques yeux d'or verdâtre. Légèrement, il poussa du coude Marie-Anne pour l'avertir.

Noel prenait son café au jardin.

— Pille! s'écria-t-elle aussitôt, d'une

voix dure qui réveilla Snorr et Frimousse. Ils aperçurent l'ennemi, s'élancèrent sus. Déjà, il détalait à travers la pelouse; il fit une cabriole de clown, s'envola jusqu'à la crête du mur et disparut, poursuivi par le chat, tandis que l'épagneul, arrêté net, aboyait furieusement, le nez en l'air.

— Comme les bêtes ont l'instinct de la propriété, fit Noël en riant. On dirait vraiment que Snorr et Frimousse se croient les maîtres de cette maison, de ce jardin.

Mlle Guislain répondit sérieusement, comme s'il pouvait y avoir une arrière-pensée dans ses paroles :

— Mais moi aussi, j'ai l'instinct égoïste de la propriété. Les gens et les choses que j'aime, j'y tiens bien; et il ne faut pas qu'on y touche!

Elle ajouta :

— D'ailleurs, je déteste les chats noirs; ils portent malheur.

— Bon! fit Noël, qui connaissait les petites superstitions de Marie-Anne : sa crainte du pain retourné, des couteaux en croix, et du sel renversé sur la nappe.

Il reprit, après avoir hésité, car, à d'indéfinissables indices, il devinait aujourd'hui sa sœur un peu réticente, fermée, hostile à la vie; — et souvent elle avait ainsi l'âme légèrement teintée d'amertume :

— Comment allait le petit Pierre, ce matin?

— La fièvre est forte; je crois que le vieux médecin n'entend rien à son affaire.

— Les dames russes n'y sont pas retournées?

Mlle Guislain regarda le bout de ses mitaines et dit :

— On n'a que faire de leurs embarras. Elles croient avoir tout fait en donnant de l'argent. Je n'ai jamais vu quelqu'un d'aussi ridicule que cette grosse femme. A son âge, se teindre et se farder comme une actrice!

Noël n'insista pas; il eût parlé volontiers de miss Star et de Mlle Tratkoff : il s'abstint, craignant d'entendre sur leur compte un jugement défavorable. Il toussa légèrement. Sa sœur le regarda, soupçonneuse :

— Est-ce que vous ne vous seriez pas enrhumé, l'autre soir, en *les* reconduisant?

— Mais non, Marie-Anne.

— Vous n'avez pas travaillé ce matin? fit-elle après un silence.

— Ma foi, non, j'ai paressé. Cependant, j'ai écrit à Delorme..

C'était un de ses camarades de l'école, resté son ami, et qui allait se marier.

— Je lui ai fait tes amitiés; ajouta-t-il, reprenant le tutoiement comme plus intime et plus près du cœur.

Elle répliqua :

— Mais pas mes compliments, j'espère! Puisqu'il fait une sottise, libre à lui; mais je ne vais pas jusqu'à l'en féliciter.

— Tu dis cela pour sa future belle-mère? car Noël savait que sa sœur ne pouvait souffrir cette personne, une madame Ebelin, sèche et désagréable.

— Je le dis surtout pour sa fiancée! riposta-t-elle.

— Mais, Marie-Anne, elle est bien élevée, instruite; elle a du goût pour les arts.

— C'est ce que je lui reproche; on fait d'elle un phénomène : ses deux brevets, son piano par ci, sa peinture par là; est-ce qu'elle ne sculpte pas, aussi? — (Et imitant avec un rare bonheur la voix d'une mère qui exalte les talent de sa fille) : — « Ah! si vous saviez, ma Louise est si bonne musicienne; c'est Lory, de l'Opéra, qui lui donne des leçons! Et ses aquarelles! Vous savez qu'elle a exposé au Salon? Et patati et patata! » Non, conclut avec fermeté la vieille fille, ne me parlez pas des femmes élevées en poseuses et en artistes, alors qu'il suffirait d'être de simples et bonnes femmes de ménage!

Sans savoir pourquoi, Noël pensa à Mlle Tratkoff, non qu'elle ne parût très simple et réservée; mais par la peinture à laquelle elle s'adonnait, et sans doute aussi par la musique, qu'elle devait aimer comme tous les Slaves, elle semblait tomber sous la condamnation de Mlle Guislain. Aussi il objecta :

— Mais, ma bonne amie, quel mal vois-tu à ce qu'une femme soit intelligente? Ne peut-elle se dévouer à son mari, à ses enfants, et cependant peindre ou jouer du piano, entre temps, comme distraction permise? Tu blâmes donc l'éducation des femmes?

Mlle Guislain éluda, comme il lui arrivait souvent, suivant la tactique féminine, et hochant gravement le menton, elle affirma :

— Du reste, tout cela vient du manque de religion. Les Ebelin n'en ont pas. Car la religion prescrit la modestie, l'humilité, la simplicité de cœur; et tout ce beau savoir, ces prétendus talents d'artiste prouvent un seul et même péché : la vanité!

Elle avait ainsi des aphorismes formels, un peu étroits, qui barraient net la conversation, Noël préférant se taire que de discuter sans la convaincre. Cependant, en lui-même, il la trouvait parfois un peu injuste, comme en ce cas.

Elle reprit :

— Et Vuillaume, a-t-on de ses nouvelles ?

C'était un autre ami de Noël, marié celui-là, depuis trois ans.

— Non ; je pense qu'il est à Etretat, chez ses beaux-parents.

— Encore un !... fit-elle avec une intention pleine de sous-entendus, et d'un ton qui contrastait avec sa douceur habituelle : « Une femme coquette, ne pensant qu'au plaisir, à la toilette, aux visites, au bal, le forçant à dépenser plus que son revenu. Pauvre Vuillaume, il ne doit pas être heureux, non plus, avec elle !

— Mais, Grande, il n'y a pas, permettez-moi de le dire en vous exceptant, bien entendu, il n'y a pas de femme parfaite !

— On ne se marie pas, en ce cas.

— Mais comment savoir, d'avance ! En France, selon nos mœurs, avant de s'épouser, on se connaît à peine, ou pas du tout !

Mlle Guislain ne répondit pas, le visage pensif et sévère. « Non, c'est vrai, on ne se connaissait pas, entre jeunes gens. Comme elle s'était trompée, elle-même ! Comme elle avait cru aux belles paroles, aux aveux de fiançailles ! » Son silence eut quelque chose d'amer, et une mélancolie de réflexions non exprimées expira sur leurs lèvres, l'idée de cette rancune inconsciente, qu'elle gardait au mariage.

Une diversion imprévue le fit sursauter : un léger bruit, suivi chaque fois d'une envolée d'oiseaux, venait de se renouveler au-dessus de leur tête, dans les arbres soudain vides de pépiements.

— Mon Dieu ! s'écria-t-elle, voilà ce méchant petit garçon de l'an dernier qui recommence à mettre en fuite nos oiseaux, avec sa maudite sarbacane !

Au même moment, elle poussa un cri ; un moineau, frappé par une boulette, venait de tomber sur la pelouse, où il se débattait, happé déjà par les crocs de l'épagneul. Noël, d'un bond, fit lâcher prise au chien, rapporta dans ses mains la bestiole à sa sœur.

— Du sang ! il a l'aile cassée, vois ! s'écria-t-elle d'un ton altéré, prête à pleurer. Quel garnement que ce petit Chesne !

C'était le fils de gros marchands, leurs voisins, gens bruyants et vulgaires, dont on entendait fréquemment les voix, d'un jardin à l'autre, ainsi que les exercices de piano de Mlle Estelle, leur fille, une insignifiante personne en robe rose. Déjà, l'année précédente, Mlle Guislain avait en vain prié le petit garçon de s'abstenir ; une démarche auprès de ses parents n'avait pas eu grand succès non plus. Cette fois, Noël irrité déclara, en faisant sa grosse voix :

— C'est surprenant ! il tombe des gouttes, et le ciel est serein !

— Allons, il faudra que je lui tire les oreilles !

Sa sœur, aidée de Margaude, venait de panser avec du vin la blessure de l'oiseau ; tout chaud de vie soyeuse, il essayait en vain de s'envoler, et son cœur, dans les vieilles mains de Marie-Anne, pantelait vite et fort.

— Pauvre petit, fit-elle. Nous allons te mettre dans la volière, avec les autres !

Elle ouvrit délicatement le grillage, et s'adressant aux canaris mâles qui picoraient des grains longs :

— Tenez, voici un compagnon : ne lui faites pas de mal. C'est à vous, Lireli, que je m'adresse, car vous êtes moins querelleur que Tric !

Elle dit cela simplement, si gentiment

que Noël sourit, presque touché, loin de trouver la scène ridicule. Mais qu'eût pensé le petit Chesne de cela ? Sans doute, il eût manifesté le plus violent mépris à en juger par le redoublement de boulettes que sa sarbacane invisible soufflait dans les feuilles.

Un coup de sonnette tinta derrière la maison, à la grille du jardin d'entrée. Margaude y courut et revint, à leur grande surprise, annoncer précisément leur voisin, M. Chesne en personne. Il la suivait de près ; et avant que les Guislain eussent pu faire un geste de dénégation ou de fuite, il se précipita sur eux, aussi vite que le lui permettait son corps d'apoplectique. L'air enchanté de lui-même, il parlait haut, en soufflant dans ses joues comme s'il gonflait un ballon rouge :

— Mademoiselle, tous mes respects ! Monsieur, mes compliments ! Excusez-moi, je suis venu en voisin, sans cérémonie ! — (Là, un regard satisfait à son complet de flanelle blanche et à ses espadrilles de couleur.) — Une petite visite en passant, comme cela ! Je ne vous dérange pas, non, bien vrai ? — Il n'attendit pas la réponse et s'assit : — Monsieur, je viens vous demander un service.

M. Guislain fit un geste vague d'acquiescement et de réserve, car bien que voisins, on ne se fréquentait pas. Marie-Anne voulut s'éclipser, mais M. Chesne la pria de se rasseoir, d'un geste :

— Mademoiselle, cela n'a rien de mystérieux. J'ai pour fils un imbécile, un crétin, une huître, un cancre !

Cet étrange début fit supposer aux Guislain que M. Chesne venait excuser la conduite scandaleuse de son fils ; et ils se regardèrent en même temps du coin de l'œil ; mais il les détrompa aussitôt en poursuivant avec vivacité :

— Je ne parle pas, bien entendu, de mon cadet Gustave ! (Ah ! il s'appelait Gustave, le vaurien ?) Celui-là, oh ! celui-là — (M. Chesne eut l'air d'avaler un peu de miel) — il est plein d'intelligence, c'est tout mon portrait ! Actif, remuant, inventif à un point dont vous n'avez pas idée. Surprenant pour son âge ! Je n'en suis pas en peine ; ce sera un marchand extraordinaire, en vrai bois de *Chêne!* Ah ! Ah ! Ah ! Il ira loin, le gaillard !

Noël, et surtout sa sœur, eurent peine à réprimer quelque doute. M. Chesne, ouvrant une parenthèse, se tourna vers la vieille fille.

— Je vais vous étonner. Figurez-vous que je passe pour un homme très mal élevé ! — (Elle n'eut pas l'air extrêmement surpris.) — Cela vous étonne, je le vois, cela vous étonne ? Oui, je le sais, on me trouve généralement mal élevé. On dit : « Chesne est rond en affaires, brusque en paroles, franc du geste. » — (Il leva la main pour lancer une gifle, et la jambe pour donner un coup de pied à quelqu'un d'invisible. « Si ça pouvait être au petit Gustave ! » pensèrent les Guislain.) — On dit : « Chesne n'a aucune éducation, il est trivial, mal é-le-vé ! — (Il força les syllabes.) — Mais aussi, quel gaillard intelligent ! Il a fait fortune en vendant des pommes d'arrosoir et des fauteuils de jardin ; car il s'y connaît ! » Ainsi, tenez, mademoiselle, — (Nouvelle parenthèse ! — M. Chesne frappa du plat de la main le fauteuil en fer sur lequel il était assis.) — vous avez acheté cela 29 fr 75, aux Quincailliers réunis : je le sais, je le devine ! pure camelote, mademoiselle, c'est un article que je vends, moi, 37 fr. 50, et j'y perds ! mais c'est du bon, du solide ! on est là comme dans un lit ! Oui, on dit donc de moi : « Il s'y connaît, Chesne ! Aussi il est riche, il sera ce qu'il voudra quand il le voudra, conseiller général, député ! » — (Il changea de ton, s'assombrit, conclut :) — Eh bien, mademoiselle, jugez de mon guignon, j'ai pour fils aîné un benêt, un apocot, un rien du tout !

Il respira, s'épongea le front, au milieu d'un silence d'étonnement, sous lequel pointait déjà une envie de rire, qui chatouillait les Guislain à la gorge. Le quincaillier enrichi continua :

« Cet imbécile, puisqu'il faut l'appeler par son nom (il s'appelle Isidore, comme moi !) vient, figurez-vous, de se faire refuser au baccalauréat pour la troisième fois ! Alors, j'ai pensé, je me suis dit qu'en voisin, à la bonne franquette, commme professeur, vous consentiriez à lui donner des répétitions. Sérieusement, là ! comme on engraisse les canards ! Vous le bourreriez de latin, vous le farciriez de grec : en veux-tu, en voilà ! Quant au cachet, fixez-le vous-même. Je ne regarde pas à la dépense, j'ai de quoi ! »

Et il tapa sur son gousset, en regardant Mlle Guislain. Comme il s'était adressé tout le temps à elle, sans doute parce que le sérieux de Noël l'intimidait, elle crut comprendre que c'était elle que M. Chesne invitait à bourrer son fils de grec et de latin, langues qu'elle ignorait, et dont le grimoire peu chrétien l'induisait en méfiance; aussi ne put-elle dissimuler un certain trouble. Ses idées d'ailleurs flottaient en désarroi, et elle examinait avec inquiétude ses fauteuils de jardin, depuis que M. Chesne les avait discrédités, en flétrissant la maison des Quincailliers réunis du nom de camelote. Mais il n'attendit pas qu'on lui répondît, et levant subitement le nez vers le feuillage, d'où pleuvait de temps à autre quelque boulette agressive, il proféra :

— C'est surprenant! il tombe des gouttes, et le ciel est serein!

— Serein, en effet, répéta Mlle Guislain, avec une intention irrespectueuse; et elle se croisa les bras en pinçant les lèvres, dédaigneusement.

— Bon, sur ma main! encore une! fit M. Chesne.

Noël s'était penché; il ramassa une petite bille en terre glaise et la tendit au marchand, qui, la prenant entre le pouce et l'index, la guigna curieusement :

— Qu'est-ce que c'est que ça?

— Une bille de sarbacane, fit l'autre d'un ton détaché. Il en pleut comme cela depuis hier dans notre jardin!

M. Chesne regardant tour à tour son interlocuteur, la bille et le ciel pur avec perplexité, Noël lui vint en aide :

— J'ai tout lieu de croire que M. votre fils n'est pas étranger à cette fusillade. Nos oiseaux en savent quelque chose. En voici un (il désigna la volière) auquel il vient de casser l'aile.

M. Chesne roula des yeux ronds et, incrédule, déclara brutalement :

— Gustave, impossible!

Il précisa :

— Je lui ai formellement défendu de jouer avec sa sarb... *sabracane*, depuis qu'il a failli crever l'œil de mon chien. Il est donc impossible qu'il ait eu l'audace de me désobéir.

Immédiatement, un démenti vint claquer sur son chapeau, et avant qu'il eût eu le temps de se reconnaître, un second démenti l'atteigniait à l'oreille.

— Oh!... hurla-t-il avec une stupeur indignée. Et on le vit devenir rouge, puis violet, se lever d'un bond, grimper sur le fauteuil dans lequel il était assis, et de là, se haussant sur la pointe des pieds, essayer, mais en vain, de voir par-dessus le mur. Noël lui proposa de monter dans son cabinet; là il pourrait se convaincre, la fenêtre plongeant sur son propre jardin. M. Chesne accepta en donnant des marques d'une agitation insolite, et disparut en grommelant :

— Ah! si je le croyais!...

Restée seule, Mlle Guislain, d'abord immobile, se livra à une pantomime soucieuse; successivement elle examina ses chaises et ses fauteuils de fer, en s'asseyant sur l'un, puis dans l'autre; et elle murmura :

— Grossier personnage!... mes fauteuils sont excellents!... s'il pouvait donner une bonne fessée à Gustave!

Et elle se tenait immobile, prêtant déjà l'oreille, dans l'attente d'un événement extraordinaire. La voix de Margaude,

LA JEUNE RUSSE PORTAIT DANS SES BRAS UNE ÉNORME BOTTE DE GLAIEULS.

répondant à une autre voix, la tira de cette expectative, qui n'était pas sans charmes. Elle s'avança pour savoir qui était là, et elle vit surgir Mlle Tratkoff, accompagnée de son inséparable miss Star. La jeune Russe portait dans ses bras une énorme botte de glaïeuls roses, chair et pourprés. Elle s'avança vivement avec un joli haussement de sourcils et un soudain brillant dans les yeux, qui éclairait toute sa physionomie :

— Pardonnez-nous de vous déranger, mademoiselle. Mais ma mère m'a chargée de vous offrir ces fleurs, et de vous présenter ses remerciements, pour la bonté de votre accueil, l'autre soir.

Ce fut dit avec une grâce charmante, et avec l'imperceptible hésitation d'une étrangère pour qui s'exprimer en français exige, à chaque mot, un petit effort d'attention. Un peu déconcertée, Mlle Guislain avait rougi ; pourtant, sensible à ces avances, elle remercia et pria les jeunes filles de s'asseoir. Un petit silence suivit.

— Madame votre mère se porte bien ?

— Mais non, mademoiselle, elle a une fluxion qui lui fait très mal, et elle est restée au lit.

— Oh ! fit Mlle Guislain d'un air peiné, et elle se représenta, malgré elle, Mme Tratkoff gémissant sous les édredons, la tête enveloppée de ouate et si enflée qu'on ne lui voyait déjà plus les yeux.

— Mais elle espère être bientôt guérie, reprit la jeune fille, et elle m'a priée de vous inviter, ainsi que M. votre frère, à venir goûter chez nous, jeudi prochain. Pour que vous ne soyez pas fatiguée, nous vous ramènerons en voiture.

Mlle Guislain balbutia, mais ne put se dispenser d'accepter, l'invitation étant faite d'un ton trop aimable ; elle se sentit même disposée plus favorablement envers ces dames, et elle regarda Sonia et miss Star avec un sourire bienveillant. Seulement, elle était un peu embarrassée ; et voyant languir la conversation :

— Mais vraiment, ces glaïeuls sont superbes ! Vous avez deviné que nous aimions les fleurs, mon frère et moi.

— Elles viennent de notre jardin, dit la Russe.

— Voulez-vous visiter le nôtre ? proposa Marie-Anne avec empressement. Oh ! il n'est pas très grand ! »

Elle commençait à les guider, sous des charmilles que de grands rosiers-thé embaumaient, quand, dans le jardin voisin, éclata, comme une poudrière, la voix furibonde de M. Chesne :

— Ah ! polisson ! je t'y prends ! Comment, non ?... (Deux claques formidables sonnèrent, suivies de cris lamentables...) Non ? quand je te prends avec ta sar... *sabracane!* Donne-la-moi, que je la casse ! là ! là ! Tiens !... (Les morceaux, s'envolant par-dessus le mur, vinrent tomber à quelques pas des dames.) Alors, non content de blesser mon chien, tu veux éborgner ton père ! Ton père, galopin ! Ton père, mauvais drôle ! Ah ! je te tirerai les oreilles !... — (Des hurlements terribles annoncèrent que M. Chesne ne s'en tenait pas au futur, mais au présent.) Allez, montez dans votre chambre, et je vous défends d'en sortir ! Et plus vite que ça, ou !...

Sans doute la menace d'une main ou d'un pied levés produisirent un effet électrique, car on entendit s'éloigner les sanglots du petit Gustave, avec un tremblement cahoté qui trahissait une fuite précipitée. Les deux jeunes filles, médusées d'étonnement, regardaient de leurs grands yeux Mlle Guislain, dont les lèvres s'étaient amincies en un sourire de béatitude.

— Ce n'est rien, déclara-t-elle avec bonhomie, continuons !

Et arrivée aux débris de la sarbacane qui jonchaient l'allée, elle se donna le plaisir de les pousser du pied ; sa satisfaction était trop vive pour qu'elle pût la taire ; et subitement, elle raconta avec animation toute l'histoire, en s'adressant particulièrement à miss Star, qui écoutait religieusement, sans comprendre. Quand elle eut fini, Mlle Tratkoff se tourna vers son amie et lui traduisit en quelques mots les méfaits du petit Chesne. Marie-Anne les amena devant la volière et leur montra l'oiseau blessé. Ce fut alors de l'horreur qu'exprima le visage de Mlle Etoile, tandis que celui de Sonia se voilait de compassion.

La porte du perron s'ouvrit, derrière elles. Noël, un épanouissement contenu sur les traits, parut. De la fenêtre de son cabinet, là-haut, il avait assisté comme au théâtre à la correction infligée à Gustave. Il serait descendu plus tôt, si, en apercevant les jeunes filles, il n'avait pris le temps de changer de vêtements, ceux de campagne qu'il portait étant trop négligés. (Marie-Anne remarqua cette coquetterie.) Il s'avança vivement, l'air enchanté, vers Mlle Tratkoff et miss Star ; et elles l'accueillirent avec un élan réciproque, la main tendue en *shake and* libre. A la vue de la gerbe de glaïeuls, il s'extasia. L'invitation pour jeudi le toucha d'un réel plaisir. Bientôt, à ce contact magnétique qu'apporte ou que rompt une présence au milieu de tiers, les paroles se lièrent, vives et aisées, entre eux. On plaisanta au sujet des Chesne; et Noël apprit que Mme Tratkoff ne pouvait souffrir le gros homme, depuis qu'avec son breack il avait failli, en passant grand train, accrocher Pilgri et culbuter la petite charrette; la faute, il faut le dire, étant d'ailleurs toute à la bonne dame, qui conduisait ce jour-là en dépit du bon sens. Ces détails et la demi-intimité de cette conversation mirent tout le monde à l'aise, Marie-Anne, et surtout Noël. C'était la seconde fois qu'il se trouvait en contact de sympathie aussi franche avec ces jeunes filles, et rapproché d'elles par une sorte de communauté accidentelle, aujourd'hui par les Chesne, l'autre soir, chez les paysans, par l'accident du petit Pierre.

On parla de lui, et du vieux docteur qui soignait, M. Mirage; on discuta sa capacité. Certains bruits fâcheux couraient, qu'on relata à mots couverts, en les enveloppant de doute, par cette sorte de réserve pudique qu'on garde en disant du mal du prochain : d'abord, il n'était qu'officier de santé; à Sourches, on ne l'appelait plus depuis qu'il avait rendu boiteux pour la vie un gars qui s'était donné une entorse; enfin, à Brolande, il aurait expédié toute une famille. Des vieilles femmes affirmaient qu'il jetait le « mauvais œil »; des esprits faibles le redoutaient pour leurs bestiaux; mais les libres-penseurs affirmaient que c'étaient des calomnies propagées par le parti prêtre.

Mlle Tratkoff, qui sortait de chez la Ballonne, à laquelle elle avait apporté quelques hardes, ainsi que des bonbons pour le petit Pierre, avait rencontré au chevet du lit un nouveau médecin, appelé de Melun. Noël la regardait parler et suivait le mouvement de ses lèvres, son sourire sur de fines dents dures : elle gardait une douceur sérieuse et un ton de malice sans méchanceté. Il ne remarqua point, cette fois, son teint mat; il ne fut frappé que par ses yeux, et il les trouva encore plus beaux au soleil qu'à l'éclat des bougies. Elégante, on ne pouvait dire qu'elle le fût; très simple, au contraire, avec un cachet de naturel exotique.

Elle ne portait plus cette blouse rouge, qu'il n'avait pas trop aimée, la première fois, mais un costume de petit drap, sobre et neutre. Mlle Etoile, d'ailleurs, répandait de la clarté pour son amie; cela réchauffait le cœur de la voir, et on avait envie de la remercier d'être si belle. Ce sentiment, en même temps qu'une délicate et respectueuse attention, Noël le traduisit en allant couper, à un grand rosier, d'espèce rare, deux boutons ouverts, dont il offrit le premier à l'Anglaise, et le second à Sonia. Elles se levaient déjà pour partir; et comme on les reconduisait :

— Mais je ne vois pas votre petit cheval, dit Mlle Guislain.

— Nous l'avons laissé de l'autre côté de l'eau, chez des amis, à Brolande, parce que j'ai peint toute la matinée dans les champs. Nous avons traversé la Seine sur le bateau du passeur, et nous allons retourner par le même chemin.

Brolande, un gros village, faisait face à Sonnelles, qu'une rue prolongeait jusqu'au bord de l'eau. Un barrage bouillonnait à cent mètres au-dessous; et il n'y avait point de pont; quant au passeur, il était toujours ivre. Aussi Mlle Guislain s'inquiéta :

— Comment, vous avez ce courage? Moi, jamais je ne passerais; un malheur est si vite arrivé. Vous savez que cet homme a déjà chaviré plusieurs fois? — Un bon et spontané mouvement lui fit ajouter : — Il faut que je descende au Bas-Sonnelles; voulez-vous que je vous accompagne?

On accepta, certes! et Noël, à descendre la rue du village, aux côtés des jeunes filles, éprouva cette même joie mâle et simple, qu'il avait eue à les reconduire, dans la nuit. Il faisait si beau, d'ailleurs, qu'on souriait machinalement, d'une allégresse qui gonflait le cœur d'un besoin de parler et, si l'on eût osé, de chanter. Des paysans, le teint cuit et fumé, en habits terreux, remontaient la côte; des paysannes ployaient sous des charges de foin; leurs physionomies suaient le labeur brut et animal; leurs yeux seuls exprimaient une curiosité et les plis froncés de leur bouche l'avarice. Noël se sentit, lui et ses compagnes, d'une autre race plus haute, privilégiée : il eut beau s'en vouloir, ce lui fut une jouissance. On déboucha sur le fleuve. Un clair paysage de champs et d'eau s'étalait, hérissé d'îles de joncs et de grands peupliers, sous l'azur d'un ciel en feu. Une petite presqu'île faisait coude; et dans la chaude après-midi, la rivière exhalait une fraîcheur moite, l'envie de s'y plonger et d'y boire.

— Comment, encore! s'écria Mlle Guislain.

Au milieu de gens du bord de l'eau en *suits* de plage et toilettes vives, Parisiens et Parisiennes en villégiature qui, chaque été, habitaient les cottages verts, jaunes ou lie de vin du Bas-Sonnelles, elle venait d'apercevoir M. Chesne. Il avait l'air, par la façon dont il s'épongeait la tête, en gesticulant à voix haute, d'arriver à l'instant; sa femme et sa fille essayaient de le calmer. Dans le groupe figuraient les Lamy, une famille que connaissaient les Guislain, et qui saluèrent au passage.

— Ah! monsieur, un mot! s'écria M. Chesne; et s'emparant sans façon de Noël, qui continua à marcher, il lui déclara, non sans jeter un regard de côté à Sonia Tratkoff, sans doute en mémoire de sa mère et de l'incident des voitures :

— Eh bien! vous avez entendu? je l'ai salé, mon vaurien. Tout cela nous a empêchés de terminer notre affaire. (Il appela) : Isidore, venez ici.

Un grand dadais mou et blême se détacha du groupe; mis à la dernière mode, étriqué dans un complet mastic, il portait guêtres, escarpins vernis, gants; et un monocle se balançait sur sa poitrine grêle. Il marchait les jambes arquées, les coudes en arrière, en sportsman, portant haut une très petite tête de sarigue, allongée sous un chapeau de paille. Il salua en guillotiné, d'un coup raide; si correct et si en bois que M. Chesne sourit, flatté tout de même.

— Eh bien, quand commençons-nous les répétitions?

— Mais, fit Noël évasivement, je ne pense pas que je puisse... à un autre moment, nous en reparlerons.

— Ah! ah! s'exclama, aboya plutôt le marchand. Ah! vraiment? Ah! Eh bien, voyez, réfléchissez, à votre aise!

Et comme Noël le plantait là, il se ravisa, en voyant ces dames s'approcher de l'embarcadère.

— Ah! dites donc, vous n'auriez pas envie de m'acheter mon canot, par hasard? Un canot excellent, dont je ne fais rien, pas cher!

Marie-Anne, qui les précédait, et dont le dos et les coudes collés au corps annonçaient un profond dédain, se retourna en lançant un brusque regard.

— Excellent! répéta M. Chesne. Venez un peu par ici. Regardez, madame, un joujou; c'est léger, fin, solide : sapin de Norvège et acajou. Je vous le céderai pour rien, j'en suis dégoûté. Mes femmes ont peur de l'eau, et ce grand cornichon aussi! »

Isidore, qu'il désignait, fit un violent haut-le-corps de surprise et d'indignation, tandis que son visage mortifié du blanc passait au pourpre. Il essaya de protester, balbutia quelque chose de très vague, et ses yeux de myope s'égarèrent, entre des cils clignotants. Fallait-il attribuer son trouble à la honte de posséder un père aussi commun, ou à celle de s'entendre qualifié aussi cruellement devant ces dames?

— Mademoiselle, interrompit Sonia, en voyant approcher de la rive le bac du passeur, ramenant des gens de Brolande, nous allons vous remercier et vous quitter.

M. Chesne, entendant cela, s'avança avec émotion, si précipitamment qu'il faillit buter contre une pierre et choir à l'eau :

— Madame, mesdemoiselles, pour l'amour de Dieu, n'en faites rien! Ne passez pas! Le Zouave (c'était le sobriquet du passeur) est ivre mort. Regardez-le seulement!

Le bac, en effet, approchait avec des zigzags inquiétants, et sous les coups de rames irréguliers de l'homme, positivement, il titubait.

— Non! s'écria M. Chesne en retenant Noël par le revers de son habit, — non! passez vous-même ces dames, montez dans mon canot. Vous l'essaierez d'autant mieux! Embarquez, mesdames, je vous en prie, vous verrez quel canot c'est, nerveux, obéissant, un cheval arabe, un vrai cheval arabe!

Et d'autorité il les poussait, les éloignait de l'embarcadère. Un grand cri les fit retourner. Le bac, en abordant l'escalier, avait failli chavirer. Le passeur, hirsute, avec des yeux de chacal et une grande barbe sale d'ancien zou-zou, se démenait, bleu d'ivresse, en jurant. Sa gaffe haute griffait la berge; elle mordit enfin sur des pierres; et les passagers, des paysannes et un monsieur bien mis, sautèrent à terre avec un sourire de soulagement blême.

— Vous voyez, dit M. Chesne, prenez mon canot! Essayez-le seulement, vous m'en direz des nouvelles.

Et il désignait, d'un geste engageant et impérieux le bateau de luxe verni, clair et pimpant, mirant dans l'eau sa poupe où des majuscules bleues inscrivaient le nom : *Zéphyr*.

— Le fait est... murmura Noël; il crut voir hésiter Mlle Sonia; quant à Mlle Etoile, devenue pâle comme cire, elle semblait bien décidée à ne passer pour rien au monde avec le Zouave. Marie-Anne avait son grand air qui désapprouve, on ne savait trop quoi au juste, mais elle désapprouvait formellement.

— Qu'en pensez-vous, Grande? demanda-t-il en souriant.

— Oh! venez avec nous, mademoiselle!

s'écria Sonia ; vous rassurerez Etoile qui a si peur de l'eau.

— Mais, mais... c'est que je ne suis pas très brave moi-même, objecta la vieille lemoiselle.

— Embarquez ! s'écria M. Chesne d'une voix de boniment ; et très animé, tendant aux dames sa main énorme et velue : « Tenez, mademoiselle, posez le pied bien au milieu. Là, ça y est ! »

Quand tout le monde y fut, il repoussa du pied le canot en commandant à la rive, en vrai marin :

— Avant partout, nagez !

Noël se courba sur les avirons, mettant son amour-propre à ramer de son mieux ; car, attiré par les exclamations de M. Chesne, tout le groupe en bérets et robes roses des gens du bord de l'eau s'était approché de la berge. La famille Chesne se détachait en avant : l'énorme mère, la vague et fade demoiselle, et l'impeccable silhouette de modes de M. Isidore. Tous suivaient des yeux les démonstrations de M. Chesne, qui, le bras etendu, exaltait encore la légèreté de son canot. Heureusement la presqu'île de verdure, allongeant son cap à doubler, isola les femmes et Noël de la terre, et leur fit perdre de vue gêneurs et curieux.

— Ouf ! Et tout interloqué encore, Noël regarda ces dames qui, comme lui, réprimaient leur envie de rire, excepté Mlle Guislain.

— Je pense, Noël, déclara-t-elle, que pour or ni pour argent, vous ne donnerez de répétitions à *son* dadais de fils ?

— Certes, je suis venu ici pour me reposer, et non pour donner des leçons.

Une paix infinie [illegible] du ciel fluide.

— Je pense, reprit-elle, avec plus de fermeté encore, que vous le donnât-il pour rien, vous n'allez pas acheter son canot ?

— Ah ! là, je demande à réfléchir, fit-il gaiement. Vous savez, chère sœur, — et sa voix et son regard trahirent l'intention suppliante d'un enfant qui convoite un jouet, — vous savez que depuis si longtemps c'est mon rêve de pouvoir canoter ?...

Il se hâta d'ajouter, câlin :

— Tu sais combien je suis prudent !

Elle ne répondit pas ; et son silence hostile présagea nettement que la question pour elle n'était pas tranchée et restait en litige. Noël, qui la connaissait, sourit, un peu contrarié cependant dans son amour-propre masculin. Mais Sonia le regardait, et elle lui sourit avec une si douce expression de franchise et d'intelligence qu'il se sentit tout de suite doux au cœur. Afin de prolonger la paisible traversée, sans se presser, mollement il rama, coupant de biais la Seine.

Elle épandait un frisson glacé; en même temps, le soleil tombant d'aplomb sur elle y brasillait comme de l'or fondu : cette double sensation pénétrait l'être d'un plaisir déconcertant et exquis. Mlle Guislain, sous son ombrelle, clignait les yeux, étourdie. Mais les jeunes filles, leurs yeux grands ouverts avec des pupilles qui rêvent, s'abandonnaient, immobiles, à une langueur. Mlle Etoile laissait tremper sa main au fil de l'eau, qui se déchirait autour des doigts en un petit sillage de perles. Sonia, penchée sur le bordage, contemplait la forêt qui palpitait sous le transparent cristal vert : herbes de fleuve, serpents de lianes, sapins tremblotants, tiges courbées dans un vibrant effort de redressement, nénuphars en fleur pareils à des œufs de cygne. Des hirondelles de rivière voletaient au ras de l'île de joncs. Une paix infinie tombait du ciel fluide, baignait l'immense paysage de verdure et d'eau; c'était si simple et si merveilleux qu'on ne pouvait trouver de parole pour exprimer cela.

Déjà Noël voyait avec regret approcher la rive de Brolande, et la séparation. Il ferma les paupières un instant, en s'arrêtant de ramer, afin de condenser en soi l'ivresse radieuse de cette minute, la joie de vivre, l'expansion jeune de ses forces, et la présence de ces êtres qu'il aimait, sa vieille Marie-Anne et ces étrangères, car il les aimait, comme on aime ce qui est sain, naturel et beau — déjà!

IV

Mme Tratkoff, depuis le matin, était comme les mouches par les temps d'orage; elle tracassait la servante, une Petite-Russienne au nez épaté, aux yeux un peu bridés, aux pommettes saillantes; elle s'était disputée avec Sonia à propos du goûter, qu'elle voulait servir dans le verger, tandis que la jeune fille, à cause des guêpes qui bourdonnaient autour des prunes, disposait la nappe et le samovar dans la salle à manger, très fraîche et pleine d'ombre. De plus, Mme Tratkoff, qui ne se levait jamais avant onze heures, n'avait pas fait après le déjeuner sa petite sieste habituelle; aussi, la chaleur un peu lourde aidant, avait-elle les nerfs très agacés, ce que traduisait chez elle une volubilité agressive suivie de silences imposants. Elle avait alors une façon très particulière d'éluder toute question, en la ramenant à une sorte de vérité générale tout à fait déplacée dans l'instant, mais qu'elle jugeait irréfutable. Par exemple, Sonia lui disait :

— Maman, pourquoi mettez-vous ce gros sucrier prétentieux sur la table, au lieu de notre joli petit sucrier d'argent de tous les jours?

Elle répondait d'un ton piqué :

— Mon enfant, je crois avoir l'usage du monde, Dieu merci! Mon mari n'a pas été pour rien un gros fonctionnaire. Ce sucrier n'a jamais été prétentieux, il a même coûté fort cher, et, je puis te l'affirmer, il n'y en a pas de plus beau chez le prince Orloff!

Ou bien :

— Mais, maman, peut-être que Mlle Guislain et son frère n'aimeront pas vos « bliny »? Tout le monde n'est pas fait à la cuisine russe.

Aussitôt Mme Tratkoff, mortifiée comme si on lui avait fait la plus cuisante injure :

— Mes « bliny », Sonia?... — (Un sourire amer glissait sur son visage!) — J'avais cru jusqu'à présent recevoir le monde comme il convient. Du moins je m'en étais toujours flattée. A Kiew, mes réceptions étaient vantées. Nous recevions la meilleure société, des généraux, le maréchal de la noblesse! Mais peut-être qu'ils n'aimaient pas mes « bliny», et qu'ils faisaient semblant, quoiqu'à la vérité jamais aucun n'en ait laissé le quart d'une seule sur son assiette!

Et à partir de ce moment, Mme Tratkoff, persuadée que sa fille avait suspecté sa parfaite connaissance du monde, se livrait à de petites allusions pincées, à des demi-mots aigrelets où son dépit perçait, en coups d'épingle. Mais Sonia, qui connaissait ces ruses sournoises d'une âme faible, refusait d'y donner prise et se renfermait dans un silence paisible. Rien n'irritait autant sa mère, qui se livrait alors à des monologues dépités, relevés par une mimique expressive des sourcils et des lèvres : une véritable comédie dont aucune des deux n'était dupe. C'est ainsi qu'elle déclara, feignant un doute, tandis qu'elle se mirait dans la glace :

— Peut-être que cette robe n'est pas du meilleur goût, non plus? (En effet, Sonia eût préféré voir à sa mère une robe moins voyante, et moins de rose et de blanc sur ses joues.) Peut-être qu'elle ne me convient pas et qu'elle est trop jeune pour moi? Il y a des jeunes filles qui n'aiment pas voir leur mère trop bien habillée? Je ne dis cela pour personne, — reprenait-elle vivement, avec la peur et l'envie à la fois d'une franche dispute, — je parle en général. Il y a des jeunes filles comme cela. J'en ai connu à Kiew!

Une attente cauteleuse d'un instant; puis, voyant que rien ne réussissait à ébranler le calme de Sonia, Mme Tratkoff poussait un profond soupir et des larmes altéraient sa voix :

— Ah! il est bien dur à mon âge, après toutes les épreuves par lesquelles j'ai passé, de m'entendre dire par ma fille que je n'ai aucun usage du monde et que je lui fais honte par la façon dont je m'habille!...

Sonia, n'ayant soufflé mot de cela, haussait doucement les épaules devant cet accès habituel — et un peu trop fréquent — de sensibilité égoïste. Mais Mme Tratkoff revenait à la charge, et ne cessait de la harceler que quand, à la fin, un signe de mécontentement ou de lassitude échappait à sa fille. Alors, craignant d'avoir été trop loin, elle lui tendait languissamment le front :

— Allons, méchante, je te pardonne. Embrasse-moi, ma pigeonne, ne le fais plus! Ne sois pas si dure pour Barbe Alexandrowna, ta petite mère!

Et Sonia lui donnait un baiser sérieux, que la mère jugeait invariablement trop court et trop froid. Elles s'aimaient bien, pourtant...

Miss Star entrait. L'approche des Guislain qu'elle venait signaler (du haut de sa fenêtre, elle les avait reconnus, en barque), rappela à Mme Tratkoff toute sa distinction de Kiew; elle sortit précipitamment de sa poche une petite boîte d'ivoire, se tamponna les yeux de poudre de riz, passa du carmin sur ses lèvres, et souriant en cœur, se tint prête à recevoir.

Comme, de son côté, Mlle Guislain, malgré un peu de migraine aggravée par le canot, apportait les plus bienveillantes dispositions, cet effort que l'on fait sur soi-même pour paraître très aimable, l'entrevue prit tout de suite une vivacité et une amabilité un peu trop marquées, mais qu'il fallut soutenir, Mme Tratkoff ayant lancé ses compliments, comme si c'était un air de chant, juste un demi-ton trop haut. Aussi feignit-elle un empressement extrême :

— Mais comme c'est aimable à vous! Mais comme je suis contente de vous voir et de vous remercier encore! Ç'a été si ridicule que Pilgri se soit sauvé de la sorte! Ma fluxion? Oh! fi, ne parlons pas de cela! On ne me voyait plus les yeux, et pendant trois jours je n'ai pu manger que de la *cacha;* c'est de la bouillie de gruau, vous savez? Sonia était forcée de me mettre la cuillère dans la bouche! Vous regardez ce sucrier? (Noël en effet contemplait le samovar et un assez joli service de tasses de thé.) C'est un sucrier!... le prince Orloff a le pareil; mais beaucoup de personnes, hem! ne le trouvent pas à leur goût. Oh! ne regardez pas ainsi ma robe, mademoiselle! (Marie-Anne n'y pensait point.) Fi! non, ne la regardez pas ainsi, c'est une horreur; ma fille juge qu'elle ne me va pas, mais on ne trouve plus de bonnes couturières. Et ce petit garçon, comment va-t-il, avec son pauvre petit bras cassé?...

ELLE SE TAMPONNA LES YEUX DE POUDRE DE RIZ

Mlle Guislain avait d'abord essayé de la suivre, en appuyant de la tête avec un sourire poli ; mais devant ces sautes d'esprit bizarres, elle laissa percer une légère inquiétude. Heureusement Mme Tratkoff s'écria :

— Mais vous ne connaissez pas... voulez-vous visiter notre maison, ôter votre chapeau dans ma chambre? Sonia montrera le jardin à M. votre frère, et nous rejoindrons après ces jeunes gens!

Noël, Sonia et Mlle Etoile, celle-ci un peu en arrière, se promenaient sous les tilleuls, qui descendaient en terrasse jusqu'à la Seine. Le canot, que Sonia reconnut, s'amarrait juste au pied du mur de la petite grille, dont le séparait un étroit chemin de halage.

— Vous avez gagné votre procès, monsieur? demanda-t-elle en souriant.

— Oui, non sans peine ; mais ma sœur est si bonne qu'elle a cédé à mes instances, malgré son inquiétude de me savoir sur l'eau. Seulement, comme je ne sentais pas cette barque assez mienne, je l'ai

UN TRÈS VIEUX MENDIANT A BESACE LES IMPLORAIT

fait revernir et repeindre. J'ai changé jusqu'à son nom : elle s'appelle à présent la *Marie-Anne.*

Sonia parut approuver ce sentiment délicat de la propriété. Le soleil, traversant son grand chapeau de paille, projetait des points lumineux sur son front et ses yeux. Le jour lourd et moite faisait paraître son teint un peu rose ; Noël aujourd'hui la trouvait presque jolie et vraiment jeune.

— Il est si doux, reprit-il, d'aller sur l'eau, ou même seulement de la regarder couler. (Son geste large embrassa la Seine qui miroitait, comme un grand poisson d'or.) Ne trouvez-vous pas qu'il s'exhale une magie de l'eau? Elle flotte et glisse, pareille à elle-même et cependant différente, comme la vie. La poésie d'un fleuve est chose intense et mélancolique. Sur l'eau, il semble que le temps s'épanche, que votre âme flotte entraînée par une force douce et souveraine, sans retour. Parfois on croit remonter le courant, on a l'illusion que l'eau reste immobile ; mais elle court, emportant la jeunesse et la vie. C'est le beau vers triste du poète :

On ne se baigne pas deux fois au même fleuve!

Il s'était laissé aller à dire cela simplement, comme s'il ne doutait pas d'être compris. En effet, Sonia, qui fixait sur lui ses regards pendant qu'il parlait, les détourna vers la Seine dont les flammes s'étaient éteintes et qui roulait, glauque et terne, sous de gros nuages :

— Oui, comme c'est vrai et comme c'est beau! Je connais une chanson bohême qui exprime un sentiment pareil.

Il murmura :

— Vous aimez la musique, n'est-ce pas?

Elle répondit :

— Beaucoup!... Un éclair d'âme passa sur son visage ; et ce mot, qu'elle avait laissé tomber d'un accent pensif, descendit, comme une pierre dans l'eau, au fond du cœur de Noël. Il s'aperçut qu'elle rougissait, tellement toute franchise semble chez la femme un léger manque à la pudeur ; mais surmontant l'embarras d'un aveu intime à un étranger, elle poursuivit :

— Je ne manque jamais les concerts du dimanche au Châtelet ou au Cirque d'Eté.

Il répondit :

— Nous aurions pu nous y rencontrer ; j'y vais régulièrement.

Ils parlèrent de morceaux qu'ils avaient entendus : Glück, Mozart, la *Symphonie*

Pastorale, le prélude de *Lohengrin*. Miss Star, à ces noms, prêtait l'oreille, souriante. Noël l'admira : elle semblait faite de lumière; et dans le coup de soleil trouble qui baignait à nouveau les tilleuls, elle répandait l'éclat d'une fée scandinave, tout or et neige, avec ses yeux purs et scintillants d'étoile.

— *Lohengrin!* murmura-t-elle tout à coup, en dressant en l'air un doigt pâle comme un rayon. Cette parole inattendue, rompant le silence habituel qu'elle gardait, fut comme une incantation qui les unit, tous trois, en une communion de rêve et de souvenir, où le blanc chevalier virginal surgit, dans sa nacelle traînée par un cygne!

Mais alors — contraste décevant de la réalité! — une voix lamentable s'éleva, sous eux, au pied du mur. Un très vieux mendiant à besace, si poudreux que son visage disparaissait sous un masque de terre, et que son corps semblait tout entier pétri de boue sèche, les implorait, les mains étendues à plat, dans une pose de profil lamentable et hiératique, où s'incarnait, en plus de l'éternelle misère, on ne sait quelle effigie ancienne de pauvre hère, de claque-dents du moyen âge. Noël en fit la remarque tout en cherchant quelque monnaie :

— En effet, dit Sonia, je pensais que ce malheureux ferait un excellent modèle pour mon tableau. Elle ajouta, avec une grâce qui s'excuse et le geste indécis de deux doigts frappant en *meâ culpâ* la poitrine : J'ai eu tort et je m'humilie.

— Pourquoi donc? fit Noël, touché de ce reflet mystique qui avait passé, en ombre de vitrail, sur le visage de la jeune fille.

Elle répondit, grave, se parlant à elle-même :

— N'est-ce pas mal d'oublier la misère de cet homme pour n'en voir que le côté artiste et théâtral? Nous sommes trop habitués aux plaies du prochain; notre égoïsme est blasé; la souffrance d'autrui nous paraît toute naturelle.

Elle se retourna pour chercher des yeux miss Star, qui avait disparu vers la maison :

— Quand j'étais petite, — reprit-elle avec cet air de douce moquerie, qu'on prend envers les erreurs de sa jeunesse, — j'aurais voulu que nous donnions tout notre bien aux pauvres et que nous allions nous-mêmes mendier sur les grandes routes. Ma mère et mon père se sont tellement moqués de moi! Comme on a le cœur plus généreux, quand on est enfant!...

Noël sourit, retrouvant en sa mémoire des fraîcheurs d'âme semblables, alors qu'il était tout petit; et il se revoyait avec des pantalons courts et il s'imaginait Sonia Tratkoff en petite fille, avec de grandes nattes et des tabliers brodés.

Miss Star revenait, un gros morceau de pain blanc dans ses mains. Elle le tendit au mendiant, tandis que Noël lui jetait une pièce d'argent. Il prit le pain et fit le signe de la croix, il ramassa la pièce et la toucha des lèvres; puis il s'en fut, courbant vers la terre son dos, un haut d'épaules si bas, qu'on n'apercevait pas sa tête et qu'il marchait comme décapité.

— Tout ce qu'on croit, enfant! répéta Sonia, les yeux loin, tournés vers le passé, vers une aube disparue d'enthousiasme, de crédulité, de foi.

Et Noël la sentit femme, d'une âme sérieuse et mûre, à côté de la radieuse enfant, son amie. Il pressentit que de sourdes affinités, de précieuses correspondances les uniraient, les unissaient déjà, elle et lui. Car les mots ne sont rien, mais l'accent qui les pénètre et l'au-delà qu'ils suggèrent. Noël eut l'impression qu'il voguait sur une eau profonde. Il se dit que Sonia avait dû beaucoup réfléchir, n'étant plus une toute jeune fille, et ayant joui d'une liberté de lecture et de causeries, d'une émancipation d'art plus grande qu'il n'est coutume en France; elle avait peut-être souffert, peut-être aimé?... Comme elle ressemblait peu aux jeunes personnes qu'il avait rencontrées dans les salons!...

Mais déjà, comme si se laisser aller à sa vraie nature constituait, aux yeux du monde, une incorrection, elle échangea quelques mots avec miss Star; et l'anglais, que Noël ne comprenait point, prit un joli son bizarre en passant par sa bouche; puis se tournant vers lui, gracieuse :

— Aimez-vous les prunes? Voulez-vous en goûter? Notre verger en est plein...

Le verger, auquel on accédait, au fond du jardin, par un escalier moussu, s'étalait en contre-haut, bien exposé au soleil. Des chasselas y tordaient, le long des murs, leurs ceps noueux, cachés sous les fusées de sève des grappes et des feuilles; des pêchers en espalier tendaient leurs bras égaux. Il y avait des poiriers très vieux et des amandiers très jeunes; mais l'odeur qui dominait était celle des prunes : odeur sucrée, pénétrante et tiède de confitures. C'était bien le paradis des prunes que ce verger : elles arrondissaient partout leurs petits globes lisses, qu'une poussière de diamant cou-

vrait : reines-Claude d'un vert blond, mirabelles jaunes, longues couètches violacées. Et c'était aussi l'Éden des guêpes et des frelons : on les voyait rebondir et voleter, comme des grains d'or qu'on eût vannés, en un bourdonnement d'ailes continu et un susurrement métallique. Frelons ni guêpes ne piquaient, étant ivres et dansant une sarabande effrénée. Mais miss Star, qui les redoutait, s'arrêta au seuil du verger, tandis que Noël et Sonia, plus braves, s'aventuraient au cœur des branches, se glissant sous les arbres bas, écrasant des prunes tombées sous leurs pieds. De temps à autre, il s'en détachait une qui s'aplatissait sur le sol sourdement. Et cela était si doux, si parfumé et si grisant, que Noël sentait une langueur l'envahir, et il ne souhaitait même pas le plaisir gourmand de goûter les beaux fruits. Mais Sonia y pensait pour lui. Une échelle double s'élevait dans un prunier géant, dont les reines-Claude étaient grosses comme des pommes reinettes. Elle monta deux ou trois échelons, étendit les bras, et, suspendue en plein ciel, elle lui jeta prune sur prune, dans les mains. Redescendue à terre, elle en mangea

LE VERGER AUQUEL ON ACCÉDAIT PAR UN ESCALIER MOUSSU S'ÉTALAIT EN CONTRE-HAUT, BIEN EXPOSÉ AU SOLEIL.

Sous son air détaché, elle cachait une petite angoisse d'attente.

aussi, en jetant les noyaux autour d'elle; cela leur rappela un charme de joies enfantines et de fruits volés.

— Mais, Mlle Etoile! s'écria-t-il tout à coup, en n'apercevant plus sa robe à travers les feuilles.

— Oh! Et Sonia eut un joli sourire de malice qui lui donna une expression tout autre, la fit paraître très jeune fille et espiègle : « Etoile se moque bien des prunes! Etoile est aimée! Etoile pense à son fiancé qui l'attend à Londres! Etoile est heureuse parce qu'elle se mariera cet hiver! »

— Ah! fit Noël, comprenant, c'est pour cela! Et il s'expliqua l'éclat féerique de la jeune miss, cette irradiation lumineuse que son bonheur répandait. Cela l'émut et l'attendrit. Ses regards, qu'il promenait autour de lui, tombèrent sur un chevalet droit, un pliant et des toiles retournées : le travail quotidien de Sonia, dissimulé à l'ombre d'une haie :

— Ne peut-on voir? demanda-t-il timidement.

— Oh! ce n'est rien qui vaille, fit-elle avec simplicité. Je m'amuse seulement... Et pour lui faire plaisir, sans attendre qu'il insistât, elle prit un tableau commencé et le lui montra : il fut frappé par la sincérité du dessin, les qualités de franchise et de couleur. Le métier nécessairement manquait encore : mais un don réel s'accusait là ; et il la complimenta, sans exagérer. Sous son air détaché, elle cachait une petite angoisse d'attente, la peur des critiques qui étreint tout apprenti artiste : l'éloge mérité lui fut si sensible qu'elle rougit de plaisir. Elle fouillait dans un carton : il en tomba un dessin à la plume que Noël ramassa : en y jetant involontairement les yeux, il reconnut la caricature du jeune Isidore Chesne, sous les traits d'un kanguroo habillé à la dernière mode. C'était frappant et drôle.

— Ah! s'écria-t-il, je ne vous savais pas ce talent là!

Mais elle, lui arrachant d'un geste prompt le portrait, s'excusa, balbutiant, comme si cette plaisanterie pouvait la diminuer dans l'estime de Noël, faire mal augurer de son caractère ; en même temps, le sourire involontaire qu'elle réprimait, et une malice au coin de ses yeux, laissaient luire sur son visage une petite expression sournoise et rusée, très amusante, où la femme et ses menues traitrises apparaissaient, avec ce rien d'énigmatique que prennent les faces de chat ou de sphinx.

— Voici ce que je voulais vous montrer.

Et elle lui tendit, sérieuse, un petit pastel représentant miss Star.

— Ah! charmant! dit-il, mêlant l'éloge du portrait à celui du modèle. Exquis vraiment!

A revoir ainsi l'Anglaise, en cette sorcellerie du dessin captant, figeant dans l'immobilité la ressemblance et la vie d'un être ; à la contempler, chose permise ici, longuement et minutieusement, Noël s'expliqua, mieux que jamais, le prestige surnaturel de la jeune miss, son étincellement de bonheur, si absolu et si extraordinaire qu'elle avait l'air d'être lointaine et absente, au milieu même de ses amis. Cette impression, qu'il avait subie sans la raisonner encore, lui fit comprendre pourquoi, bien que charmé par la magique beauté de miss Star, il ne s'était senti attiré vers elle que par une respectueuse sympathie, alors que Sonia, beaucoup moins belle, par on ne sait quoi de complexe, de curieux, d'exotique, par tout ce qu'elle semblait contenir de sensibilité, d'intelligence, l'attirait, l'envoûtait presque; ne subissait-il pas, en ce moment même, seul avec elle, sa sobre et puissante grâce? Etaient-ce les effluves d'un orage imminent, ou la simple réaction magnétique de deux êtres jeunes l'un sur l'autre? Quelque chose de trouble et de doux pénétrait son cœur : cet on ne sait quoi de tendre qu'apporte toute présence féminine, et où s'ajoutait, ici, un sentiment grave que Noël ressentait, inexprimable encore, mais chaste et profond.

— Une *Elsa* si belle, dit-il en rendant le portrait de miss Star, ne peut épouser que Lohengrin, un chevalier au cygne, un prince de féerie?

— Oui, dans les romans français, dit Sonia avec un peu de malice ; mais dans la prosaïque réalité, Etoile épouse un simple gentleman, sir John Castle, qui dirige la grande fabrique de mousselines de Newton : un millionnaire d'ailleurs, qui a château en Ecosse et grand yacht sur la Tamise.

— Eh bien, dit Noël, c'est encore de la féerie : les richards ont remplacé les princes. Mais pourquoi dites-vous : « Dans les romans français? »

— C'est — dit Sonia, avec le léger embarras de développer sa pensée, et craignant aussi de se prononcer trop hardiment, — c'est qu'il me semble qu'à côté de vos écrivains réalistes, dont je ne parle pas, puisque les mères n'en permettent pas la lecture à leurs filles, il existe, chez vous, bon nombre de romanciers soi-disant idéalistes et romanesques, qu'on tolère davantage et qui — ne trouvez-vous pas? — ont le grand tort de faire reposer leurs histoires sur le mensonge et l'exception. L'importance qu'ils accordent à l'amour n'est-elle pas exagérée et ridicule? N'est-ce pas mentir volontairement que de faire de l'amour le nœud et le centre de toute intrigue, alors que ce doit être, j'imagine, un sentiment si rare, et surtout si discret, presque muet dans ses joies et dans ses douleurs?

Elle avait parlé d'un ton de franchise, avec sérieux et réflexion; en même temps elle avait l'air d'exprimer, charmante, un doute, sur ces choses qu'elle était censée ignorer. Noël sourit, approuvant de la tête. Tant de romans, en effet, vivent de l'amour, passionné ou coupable, s'y campent en mélodramatiques attitudes, en phrases bouffies, en dénouements de théâtre! Mais dans la vie!... C'est autrement simple, douloureux et pudique; Noël le savait par des exemples pris autour de lui!

Elle poursuivit :

— Tenez, ce qui me plaît dans les romans étrangers, anglais et russes, c'est qu'à côté de leur réalité, de ce que j'y sens vrai de vie de tous les jours, de la vie relative et particulière de chaque personnage, ce qui me plaît dans Dickens, dans Tolstoï, c'est que l'amour n'y tient pas toute la place, mais seulement celle à laquelle il a droit; leurs romans sont remplis de bien autre chose qui est la vie quotidienne : le travail, l'ambition, l'art, les affections de famille, la nature, les petits plaisirs de l'habitude, et tout le reste.

— Alors, selon vous, dit Noël, un roman doit refléter la vie, avec ce qu'elle a de beau et de laid, de grand et de petit, de complexe et de simple; avec ses luttes pour la fortune ou le bonheur, ses aspirations déçues, son idéal réel? Vous estimez qu'il vaut mieux qu'une jeune fille, par ses lectures, se fasse de la société une image exacte que de s'attendre à la chimère, au prince charmant, à l'amour romanesque et impossible, à une existence de rose et de lys où l'homme qu'elle aimera n'aura rien d'autre à faire que de vivre à ses pieds, uniquement à la servir, en féal chevalier, en esclave poétique?

— J'aime, avoua Sonia, les livres qui peignent la vie sous des couleurs vraies, et qui enseignent qu'on ne doit pas trop lui demander. J'ai des amies romanesques qui sont mariées; elles sont très malheureuses! — Et dans son sourire indécis, Noël crut lire des regrets de jeunesse personnels, ou un doute sur son propre bonheur, dans l'avenir.

— Certes! répondit-il, il faut prendre la vie et l'aimer comme elle est : elle a du bon et comporte après tout, pour les âmes hautes, les grandes idées, les purs dévouements, les plus invraisemblables sacrifices. Mais pour le commun, parmi lequel il faut avoir la modestie de se ranger, le mieux est de vivre avec le plus de simplicité et de courage possible. Beaucoup de travail utile, quelques beaux rêves, des jouissances d'art, une intimité d'affections choisies, l'amour du soleil et des fleurs, l'entretien d'une bonne santé : voilà, ce me semble, ce qu'il y a de plus naturel et de plus vrai.

— Vous me faites vraiment plaisir de parler ainsi, dit Sonia; et elle plongeait ses yeux, pleins de confiance, dans les siens, en cette minute où ils avaient le bonheur d'exprimer à fond tout ce qu'on ne se dit jamais, d'ordinaire, sans les réticences et à travers les difficultés de la conversation. Il sourit, heureux de sentir qu'ils étaient, eux qui ne se connaissaient pas auparavant, si proches d'esprit, âme contre âme, et en même temps si loin des autres, de Mme Tratkoff et de Grande.

— Et puis, reprit-il gaiement, cela n'empêche pas l'amour, ou, ce qui vaut mieux que ce grand mot vague profané par les sots : la sûre tendresse, l'estime, le respect, ce sur quoi se fonde, au mariage, la vraie vie!

Sonia, sous son regard, avait baissé les yeux; elle ne répondit pas; et un tact juste l'avisant qu'ils en avaient assez dit, pour cette fois :

— Nous oublions ces dames, fit-elle, ou plutôt elles nous oublient.

Et comme ils se dirigeaient vers la maison, ils virent accourir la bonne :

— Barbe Alexandrowna votre mère, dit-elle, m'envoie vous dire qu'il y a un étranger au salon. Son bon plaisir est que vous daigniez venir.

Pendant ce temps, Mme Tratkoff, restée seule avec Mlle Guislain, n'avait pas perdu son temps. Elle lui avait fait visiter du haut en bas sa maison, et en particulier sa chambre, où brûlait une petite veilleuse sous des icônes. Elle lui avait montré tous ses bijoux, et elle en avait de fort beaux, contenus dans un coffre en fer. Elle lui avait raconté à grands traits sa vie, son mariage et la mort de son mari. Rien ne la retenant plus en Russie, où, lasse de procès avec ses voisins, elle avait vendu toutes ses propriétés, elle était venue, après une année passée

SA CHAMBRE, OU BRULAIT UNE PETITE VEILLEUSE SOUS DES ICONES.

à Vienne se fixer l'hiver à Paris et l'été à la campagne. Un peintre, leur voisin, leur avait indiqué Sonnelles. Riches, ces dames voyageaient constamment. Après avoir été à Bayreuth, elles avaient parcouru la Suisse et l'Allemagne. Tout cela enchevêtré de détails et de souvenirs de traverse qui rendaient très compliquées les explications de Mme Tratkoff, si bien que la vieille demoiselle, submergée par ce flot, perdait pied et sentait, comme quand on se noie, bourdonner ses oreilles et s'égarer sa vue.

— Regardez, disait Mme Tratkoff, en retirant d'une boîte une miniature qu'elle tourna en bon jour, c'est lui, Piotr Ivanowitch, mon mari, président du tribunal de Kiew. Quel homme, ma chère demoiselle! Une dignité et une aisance! Toute la ville l'admirait. Il avait une façon à lui d'écraser du cosmétique sur ses moustaches; et quand il entrait dans un salon, en toussant d'une certaine façon, tout le monde se retournait. Si vous l'aviez vu jouer au whist! A son sérieux, vous eussiez dit un diplomate. A la vérité, je devais congédier mes servantes, parce qu'elles le regardaient d'un trop bon œil; il était si bel homme! Et il m'a rendue bien malheureuse, car c'était une volonté de fer, un caractère terrible sous son air calme; avec lui, il fallait toujours plier. Mais quelle dignité! quand il siégeait au tribunal, tout le monde, jusqu'au greffier, retenait son souffle. On entendait voler une mouche!

Elle partit de là pour parler de sa seconde fille, Marpha, la cadette, mariée en Amérique; et elle en profita pour se plaindre amèrement de Sonia et de son caractère autoritaire, en déclarant que son autre fille était d'une humeur beaucoup plus agréable :

— Oh certainement! Et je l'ai toujours dit, quand Sonia sera mariée, c'est auprès de Marpha que j'irai vivre. Son mari, qui est docteur à New-York, m'adore; vous ne pouvez vous figurer comme il raffole de moi! (Mlle Guislain ne broncha pas, quoique étrangement sceptique.) Voilà deux ans qu'ils nous supplient d'aller les voir, eux et leur baby; et voyez-vous, nous irons cet automne. Nous ramènerons Jinny Star à Londres et nous partirons en octobre pour New-York! Cela contrarie Sonia qui n'aime que Paris, mais elle cédera à ma volonté. Je suis comme Piottr Ivanowitch, mon mari ; il faut qu'on plie devant moi !

Ce disant, elle plissa le sourcil et la bouche d'un air très autoritaire ; mais aussitôt elle se retourna avec la peur que Sonia ne l'eût entendue, car on frappait à la porte. Sa bonne lui ayant remis une carte, elle se troubla :

— Ah ! C'est un jeune homme qui... que... enfin, il fait des vers, un « pouâte » ! de la nouvelle école. Je ne pense pas que son nom soit très célèbre encore, mais il est assez... hum ! ou peut-être trop... Enfin, il ne ressemble pas à tout le monde ; et voyez-vous, c'est ce que j'aime, chez les artistes. Il y en a de si originaux ; oh Dieu ! Croyez-vous que notre grand compositeur Posselsipoff, pour faire ses opéras, se met au piano, les pieds dans un baquet d'eau à la glace, et la tête enveloppée de cataplasmes de fécule bouillante ? Cela lui attire à la tête le sang et les idées !

Et se retournant, dans l'escalier, vers Marie-Anne peu rassurée, comme si le nouveau venu allait se livrer à d'aussi troublantes excentricités :

— Regardez, hem ! sa carte de visite. N'est-elle pas assez... ou peut-être trop :..?

Mlle Guislain lut le carton : une plaque de papier du Japon, à l'angle de laquelle s'éployait un oiseau d'or ; et ceci, en profondes lettres rouges, s'incrustait :

ÉDÈSE KASTOR

Cela seul, et rien de plus. Mais la fermeté du carton, son absolue blancheur, la netteté sèche de l'inscription et le faste de l'oiseau d'or prenaient un sens décisif et impérieux, appuyaient, de toute la vigueur du point final, la sommation faite à chacun de reconnaître le titulaire de cette carte pour quelqu'un de rare, et, à qui était dans le secret, de saluer en lui un des seuls vrais et définitifs poètes qui eussent existé ou existassent, Homère compris, dans le présent, le passé et l'avenir !

— Qu'est-ce que cela peut être ? se demandait Mlle Guislain perplexe ; et elle se représentait un grand diable sale, avec des cheveux gras en tignasse. Son étonnement fut vif d'apercevoir une sorte de petit personnage qu'elle prit d'abord pour un enfant, parce qu'il portait des culottes et des bas, et dans ces bas, les plus pauvres petits mollets ! C'était là le poète, si grêle et si fluet qu'on devenait triste à le voir. Un gilet de peluche nacarat collait sur la cage étroite de son thorax. Décolleté fémininement, son veston s'étriquait si fort qu'il lui découvrait, révérence parler, le bas du dos ; mais c'était quelque chose de si nul et de si piteux que les regards s'en détournaient discrètement, attirés par une tête extraordinaire. Extraordinaire en effet, à force d'insignifiance, des malintentionnés y auraient vu le masque triste et plat d'un collégien de quatrième, qui, à force de « piquets » devant le mur, a fini par refléter la teinte morne et grise de ce mur.

— Oh ! quelle aimable surprise ! s'écria Mme Tratkoff. Vous voilà donc dans nos parages ! Vous goûterez avec nous, n'est-ce pas ? Je crois que vous ne détestez pas les « bliny » ?

M. Kastor ébaucha un geste d'extrême condescendance qui semblait l'élever bien au-dessus d'une vile question de nourriture ; et il redressa sa menue personne d'un air de suffisance raide.

— Je suppose — avança Mme Tratkoff,

C'ÉTAIT LA LE POÈTE, SI GRÊLE ET SI FLUET

éprouvant le besoin de s'expliquer la culotte courte et les bas de soie du visiteur, — que vous êtes venu en vélocipède ?

LES NUAGES ACCOURAIENT EN BLOCS SOMBRES ET MOUVANTS.

Il y eut un silence assez grave, au bout duquel il laissa tomber, avec mépris :

— Je condamne tout exercice physique et en délègue ma part aux sociétés de gymnastes et aux hercules de foire!

— Peut-être êtes-vous venu à cheval? — suggéra-t-elle en lui voyant une cravache dans les mains. Je comprends que vous soyez venu à la campagne! Il y fait si beau, ce petit pays est si vert, la Seine est si belle, les arbres sont si... et il y a aussi des petits oiseaux!

Mais il trancha son enthousiasme d'un geste :

— Oh! balançoire! mirages de Maya! Le monde extérieur n'existe pas pour moi.

— Ah! fit-elle interloquée. Et après s'être gratté le nez avec une légère anxiété : — Avez-vous composé de nouvelles poésies?

— Depuis quelques mois je mûris et parachève un sonnet.

— Oh! vous nous le direz!

Il daigna répondre ineffablement :

— Peut-être.

Mais il revêtit un masque d'austérité en apercevant, derrière Sonia et son amie qui entraient, M. Guislain, en qui il flaira aussitôt le bourgeois, l'ennemi. Quand il sut que Noël appartenait à l'Université, sa méfiance se changea en certitude ; et il laissa percer un air de rancunes récentes. Noël, l'ayant aperçu dans une soirée littéraire, le lui rappela en ajoutant poliment qu'il avait lu ses vers, dans de jeunes revues. Son sourire bienveillant persuada à M. Kastor, en sa prodigieuse vanité souffrante, que le monsieur se moquait de lui; et cela l'ulcéra. L'amertume ordinaire de son âme ne tarda pas à s'exhaler. Mme Tratkoff, persuadée qu'il fallait entretenir les gens de ce qui les concernait, de près ou de loin, lui demanda :

— Vous avez lu le nouveau volume de Victor Hugo. Qu'en pensez-vous?

Il parut très incommodé, comme si ce nom seul provoquait en lui les premières atteintes du mal de mer, et il répartit :

— Je ne lis *déjà* plus, madame, je *re*-lis! (Il rougit et se troubla :) — Quant au nommé... Victor Hugo — (il fit claquer son doigt et dit :)

— Prout !

Cela jeta un froid. La physionomie rébarbative de Mlle Guislain devint à peindre. M. Kastor contemplait ses pauvres petits mollets :

— Génial imbécile !... soupira-t-il. On se regarda, ne sachant s'il parlait d'Hugo, ou de quelqu'un d'autre. Puis il regarda la vieille dame et se mit, du bout des ongles, à se jouer une petite polka sur son clavier dentaire.

— Oh ! Dieu ! — gémit-elle, tout à fait démontée — quel orage il va y avoir !

En effet, de lourds effluves, irritant les nerfs, se répandaient de plus en plus dans l'air ; et chacun, surtout le poète, sentait l'oppression des nuages. Ils accouraient en blocs sombres et mouvants, éclairés d'un jour livide. Mme Tratkoff, superstitieusement, alluma une bougie de cire sur laquelle était peinte une Vierge noire, dont la vertu passait pour dissiper l'orage. Une association d'idées bizarres se fit sans doute, dans l'esprit de M. Kastor, entre ce signe religieux et le nom célèbre de l'auteur de la *Vie de Jésus*, car il laissa échapper un petit ricanement, et levant un index augural, il grimaça :

— Renan !

Un silence stupéfié suivit : un nouveau rire de supériorité courut sur ses lèvres, et il affirma :

— Renan ! ah ! ah ! ah ! vieille nourrice sèche du Scepticisme ! — (et du même geste tranchant de guillotine :) — aucun talent !

— Sonia, s'écria Mme Tratkoff très alarmée, sers le thé ! Macha, apporte la zakouska, vite !

Et, dans sa hâte de diversion, elle faillit renverser le samovar. Mais un effroyable coup de tonnerre, succédant à un grand éclair blanc, la pétrifia, au milieu d'un signe de croix. Les nuages s'étaient étalés en mer grise ; et tout à coup cette mer, avec un sourd murmure, se déversa, gicla, coula, sabrant les arbres, bouillonnant en ruisseaux, faisant lac. On ne parla point de quelques minutes. Puis, la grêle d'eau diminuant, une forte odeur de terre et d'électricité, une fraîcheur s'élevèrent, pénétrant l'être.

— Ah ! cela détend ! soupira Mme Tratkoff ; si nous goûtions ! Les jeunes filles s'empressèrent à grand bruit de chaises et d'assiettes. Edèse Kastor, seul, restait étranger à ce mouvement. Il contemplait le paysage, qui, ranimé, beau de jeunesse et de vie, répandait un exquis arome mouillé, tandis que de sourds grondements s'éloignaient, et que vague, l'arc-en-ciel prenait déjà le ciel en écharpe.

— Pitoyable ! maugréa-t-il. Orage de théâtre ! Tonnerre en zinc ! Et le même spectacle toujours, toujours ! Des arbres, des fleurs, le ciel, la pluie. Vivre, bâiller, mourir. Rien de neuf ! A quoi bon cela ! Ah ! que monsieur de l'Etre déploya peu d'imagination en créant cette planète !

Et son petit corps s'affaissa sous le poids d'une écrasante lassitude morale.

— Quel pessimisme ! s'exclama Mme Tratkoff. Goûtez donc mes bliny ; je sais que vous les aimez.

— Pessimisme ? — insinua-t-il en piquant de sa fourchette une de ces petites crêpes grasses, que Mme Tratkoff adorait. — Mais est-ce que la vie ne dégoûte pas toute âme qui se respecte ? Oh ! la vie, l'amour, la gloire, éternelle blague ; il ne faut pas nous la faire ! — (Il escamota la crêpe d'une bouchée.) Devant l'impudente duperie de cette existence, j'estime que le suicide seul est logique, correct et distingué !

— Pourquoi ne se tue-t-il pas tout de suite, alors ? pensa Mlle Guislain qui, heureusement, tint sa langue.

— Ah ! comme on se tuerait — déclara-t-il, répondant précisément à sa question. — n'était la peine à prendre, et que la vie vraiment ne vaut même pas qu'on s'en prive ! — (Il se brûla et faillit s'étouffer en avalant une nouvelle crêpe !) — Excellents, madame, ces bliny !

Ce mot aimable, le seul qu'il eût encore dit, épanouit Mme Tratkoff ; elle empila sur l'assiette de son hôte des gâteaux au miel et aux grains de pavot, qu'il arrosa de tasses de thé fort :

— Si... maintenant... vous nous disiez... une de vos charmantes pouâsies ? Vous savez que je ne connais rien de vos œuvres ?

— Vous n'êtes pas la seule !... répliqua-t-il amèrement ; et élevant très haut son index hiératique, il annonça :

ÉPISCAPHIE

— *Epis*... Quoi ?... fit-elle.

— ...*caphie!* Et en une mélopée plaintive, accentuant bizarrement les voyelles, comme l'eût pu faire un Bulgare, il déclama :

Flamme veule à la poupe ni même de barre!
Quais de l'espoir et la Dame dans son atour
Et le regard de cette foule sur la tour
Extrorse vers la mer vide de mes gabares.

Hémérocalles! c'est le salut du retour.
Cette lampe haute où tournoyèrent les phares
Cette fleur et nénie en buccins et fanfares
Ont bien signifié toute mort de l'autour.

Bon rêve que ne surent rafraîchir les palmes,
Nuls breuvages impératoire ni copalmes
Et la poupe enlisée et le vol abattu...

Telle nue où s'érige le doigt de la Fée
Emmi la cendre tiède à ce phénix têtu
Dextrochère tendant l'unanime trophée.

Un silence pénible accueillit ces vers, un silence où chacun s'efforçait, par politesse, d'avoir l'air de comprendre, et en même temps essayait, mais en vain, d'articuler un mot. Edèse Kastor s'en chargea; et appréciant le sonnet :

— Somptueux, n'est-ce pas? mais beaucoup trop clair! D'ailleurs, plein de musique!

Un nouveau silence consterné pesa. « Comme il a dû se donner du mal! » pensait-on. Et impossible de parler, même pour le plaindre; on restait là paralysé! Mme Tratkoff, heureusement, s'accrocha au mot musique, et prononça comme en rêve, les yeux un peu égarés :

— Ah! la « mousique! » Sonia, si tu nous jouais du Schumann?

Sonia au piano, sa voix grave s'élevant, tout de suite l'ensorcellement du malaise cessa; et une autre atmosphère, artificielle et bonne, une soudaine entente de silence et de plaisir régnèrent. Ce fut comme si le thermomètre avait monté: les petits désaccords nerveux des assistants se fondirent en un courant de sympathie. Et Noël, s'abandonnant au charme véhément de la musique, se sentit une autre âme, épurée et noble. En écoutant le *Faust* de Schumann et la voix simple et profonde de Sonia, il oubliait; il échappait au milieu convenu de cette minute, il s'élevait vers un ciel libre. Une douceur coulait en lui, bonne à son corps et à son âme, volupté imprécise qui l'enveloppait de partout, comme un bain en rivière, et qui le rendait plus léger et plus subtil.

La même magie transformait les objets, leur enlevait de leur signification sèche et banale, leur prêtait un charme de décor familier, les faisait participer en quelque sorte à l'intimité de ces êtres, communiant, à des degrés divers, en une seule émotion. D'ordinaire, Noël buvait la musique, s'y délectait à cœur plein. Mais la présence de Sonia influait aussi sur lui. Il lui semblait, depuis qu'elle jouait, être plus près d'elle, qu'il la devinait mieux et la pressentait davantage. Par la façon émue, recueillie et ardente dont elle chantait, elle lui laissait, sans s'en douter, pénétrer un peu plus son âme passionnée, sous des dehors calmes. Puis, l'intelligence musicale n'allait pas sans une vive compréhension, un esprit souple et large; et là encore, elle trahissait ses meilleures qualités. Mais, à d'autres moments, Noël l'écoutait sans penser à rien, et goûtait une joie sans mots qui pussent la formuler, un plaisir machinal et divin. Quand Sonia s'arrêtait, les notes vibrantes se prolongeaient en lui, et il ne se ressaisissait qu'après quelques secondes, en un réveil.

Il se rapprocha du piano, offrit de remplacer Mlle Étoile et de tourner les pages. Là, il se sentit beaucoup plus près de Sonia encore. Leurs doigts se mêlaient au feuilletement des partitions. Ils se rappelaient tel air de Schumann, telle sérénade entendue, un admirable clair de lune, une chanson de soleil, ou les lyriques *Deux Grenadiers;* et suggérées par les vivantes ondes sonores, l'harmonie de paysages, l'élan d'âmes profondes, le cri de passions tumultueuses, tout un peuple d'images intenses se répercutaient dans leur cœur.

Parfois, à de courtes pauses, le réel reprenait ses droits; et M. Kastor, si oublié, si disparu dans la pensée de tous, se détachait alors, dans l'importance de sa taille grêle, comme une figure de tapisserie. Mais Noël n'éprouvait aucune malveillance contre lui, bien au contraire. Il comprenait si bien que la jeunesse passe par une crise extrême de vanité, de négation et de révolte contre les idées reçues. Même — grâce à la générosité altruiste où le portait en ce moment la musique, — il eût voulu ne pas être méconnu, suspecté à tort d'intolérance ou de pédantisme; car il aimait les jeunes gens pour leurs erreurs, leurs illusions, leur égoïsme enfantin qui fait d'eux seuls le centre du monde; et aussi pour leurs opinions tranchantes, absolues : maladies dont on revient, heureusement, et si vite! Le jeune Kastor, il est vrai, par son pessimisme outré, semblait plus malade que d'autres; mais là aussi, il fallait tenir compte de beaucoup de pose, d'influence de camarades, d'intoxication la nuit avec des bocks frelatés, dans la fumée des brasseries. Noël connaissait cela; il pensait avec bonhomie :

IL SE RAPPROCHA DU PIANO, OFFRIT DE REMPLACER Mlle ETOILE

« Si seulement ce petit misérable comprend un peu Schumann, s'il aime la musique, il peut être sauvé. Trois mois de campagne, de la gymnastique, du bon rosbif, du fer et des toniques sous forme de belles lectures : Eschyle, Shakespeare, Hugo, des heures passées au musée du Louvre; et ce pâle petit-crevé pourrait devenir un homme! »

Mais, comme il pensait à ces choses, Sonia se rassit au piano. Elle savait beaucoup d'airs slaves. Il se rappela cette chanson bohême qu'elle lui avait dit savoir, et la lui demanda. Elle éleva aussitôt la voix sans s'accompagner, au milieu d'un silence qui suggérait, dans l'espace de champs vides, ou en barque sur l'eau, une jeune fille chantant seule, vers quelque fiancé absent. Lente et pénétrante mélodie! Elle montait et descendait comme un oiseau vole; une poésie limpide et grave, la grâce simple de l'âme populaire y palpitaient, en une cadence singulière qui mourait, à la fin des couplets, en une note basse.

Il réclama le sens des vers et Sonia traduisit :

Les montagnes gémirent — et les forêts gémirent.
Mes jeunes années — où vous êtes-vous en allées?

Mes jeunes années — n'ont pas joui du monde.
Mes jeunes années — n'en ont pas connu la beauté.

Jeunesse, ma jeunesse — comme je t'ai passée!
C'est comme si j'avais jeté — une pierre dans l'eau.

Une pierre dans l'eau — elle remue et se retourne,
Mais ma jeunesse — jamais ne se retourne...

A sa prière, de nouveau elle chanta l'air. Comme c'était pénétrant, doux, et d'une émotion si humaine! Noël regarda sa sœur, puis Mme Tratkoff; elles écoutaient religieusement : certes, elles comprenaient, cette fois; cela entrait dans leurs vieilles âmes. Et Mme Tratkoff avait l'air si recueilli, si imprégné par ce chant qu'il la trouva moins ridicule et beaucoup plus sympathique. M. Kastor lui-même hochait la tête, comme s'il était convaincu que ses belles années s'en étaient allées. Certes, il ne le retrouverait plus, ce temps de jeunesse perdu pour le travail et la vie sérieuse. Et Noël pensa à tout ce qu'on éparpille de meilleur, aux années de début et de tâtonnement, aux heures, aux minutes même stériles, à tout ce fleuve de vie qui s'en va, qui coule irrémissiblement vers la mort.

Il regarda Sonia; elle aussi subissait le charme triste de la chanson; ses vingt-trois ans, son regard de vierge pensive, semblaient dire :

Jeunesse, ma jeunesse — comme je t'ai passée!
C'est comme si j'avais jeté — une pierre dans l'eau.

Une pierre dans l'eau — elle remue et se retourne,
Mais ma jeunesse — jamais ne se retourne.

Temps en allé, jeunesse si courte, et la vie qui s'en va comme le fleuve, où personne ne se baigne deux fois! Sonia et Noël croisèrent leurs regards; une vague de sang chaud déferla dans leur cœur; ils devinrent subitement rouges. Toutes les odeurs du jardin mouillé entraient par la fenêtre : c'était la vie, partout. Et une émotion indéfinissable les étreignit soudain!

V

Entre autres petites vieilles choses, Noël conservait soigneusement ces almanachs, guère plus grands que la main, que les facteurs apportent chaque nouvel an, aux étrennes. Placé sur la table, ce calendrier neuf étalait une liste de saints et de jours; dimanches et fêtes s'y détachaient en rouge, et les quatre saisons s'y marquaient, avec les phases de la lune. Chaque matin, il y rayait, comme jadis au collège, la journée de la veille. Il rattachait à cette habitude le plaisir d'une manie, le naïf espoir des vacances, et quelque chose d'un peu superstitieux, qui tenait de l'examen de conscience, et de l'attente de l'inconnu pouvant surgir, entre deux dates.

Cet inconnu offrait autant d'heureuses chances que de mauvaises : menaces de maladie, pour sa Grande ou pour lui; la guerre, toujours en suspens, pouvait éclater; quant au bonheur rêvé un jour ou l'autre, une vraie et sérieuse jeune fille qu'il aimerait, Noël le concevait de façon vague, comme ces rêves trop beaux dont on doute, en plein sommeil. Or, ce matin-là, il venait de retrouver son petit almanach favori égaré sous des paperasses, et, depuis son arrivée, vide de tout biffement. Pensif, il contempla le mince carton, ses stries noires portant le deuil des jours morts, tandis que les jours blancs de la fin de l'année s'allongeaient, vierges à vivre. Peu de chose, une année! Cela tenait dans le creux de la main. Mais pourquoi n'avait-il pas effacé ce demi-mois de vacances, déjà coulé dans le passé? Qui avait pu suspendre le cours d'une de ces petites manies, plus tenaces que tout chez homme? L'inconnu, cette fois, avait-il surgi?

Il revécut ces derniers jours; à chacun d'eux se rattachait un souvenir. D'abord son arrivée à Sonnelles, sa rencontre avec les dames russes. Pourquoi s'étaient-ils connus précisément cette fois, et non une autre? Sonia Tratkoff, le frappant ce soir-là de curiosité, lui inspirait, dès la seconde entrevue, une sympathie vive. Le jour du goûter, elle l'avait complètement charmé. Depuis, s'étaient affirmées les sourdes et délicates analogies de leur esprit. Machinalement, du bout de sa plume, il se mit à pointer les jours où il l'avait revue; nul qui n'eût porté, décisif, en lui. Toute une atmosphère trouble de sensations se recréait, à cette évocation, et l'enveloppait. Il fallait qu'il fût venu à son heure, inopinément, par la traîtrise du hasard, ce sentiment neuf qui l'envahissait, sans conséquence encore, croyait-il : aussi naturel et innocent que le plaisir de contempler la douceur de l'eau, ou des nuages, que l'ivresse de sentir ses forces retrempées par le soleil! Bien que porté à s'analyser, comme les hommes qui vivent seuls et pensent beaucoup, Noël ne s'alarmait point. Il ne donnait pas de nom à ce qu'il éprouvait; et sa sœur l'eût bien étonné, si, avec la perspicacité méfiante de son sexe, elle eût prédit en lui, déjà, l'aube d'un amour. Tout au plus aurait-il formulé ainsi son impression sur Mlle Tratkoff : « Quelle charmante jeune fille! »

Et cependant, la persistance avec laquelle il pensait à elle semblait bien significative; mais leurs relations s'étaient liées si imprévues et si naturelles, en un accord d'intimité si spontané; Sonia tenait si bien sa partie dans la symphonie d'impressions de nature et d'art dont Noël jouissait, qu'il lui semblait l'avoir connue de tout temps; et il ne songeait à rien de plus qu'à étendre, durant ces vacances, des rapports aussi exquis. Chose facile, la simplicité d'accueil des Slaves lui ouvrant grande la porte, chez les Tratkoff, et les rencontres de voisinage, en ce petit pays, s'annonçant inévitables. C'est ainsi que peu à peu, Sonia, même absente, l'avait pénétré de sa présence intime. S'il souriait, à contempler le petit almanach, c'est qu'il y retrouvait, mystérieusement gravés, des attitudes, des mots d'elle, tout ce que le regard, le silence ou les réticences de la voix expriment! Et il accrochait, à ces points noirs que piquait sa plume, tout un pan de vie et de paysage ressuscités, la joie d'une âme jeune qui se souvient, en une sorte de soliloque : moitié pensée et moitié rêve!

Jeudi. — C'était son retour, après le goûter, sur l'eau, avec Marie-Anne et M. Kastor qu'il déposait en route, devant l'auberge du *Pin blanc*, où ce jeune pessimiste retrouvait sa famille, toute une tribu de Castor, honnêtes herboristes du Marais, à physionomie placide de ruminants, écrivant leur nom par un C et jouissant, sans arrière-pensée, du bien-être des vacances. Noël avait essayé, mais en vain, dans le crépuscule baignant la rivière, de faire sourire et parler Marie-Anne, silencieuse et raide, à la poupe. Sa migraine, alléguait-elle, la faisait souffrir; mais il la devinait lasse, soucieuse de sa journée; et ils rentraient sans échanger un mot.

Trois jours s'écoulaient, sans qu'il revît Sonia. Le premier marquait pour lui une reprise de soi-même, un de ces retours, qui, après la lucidité aiguë de sensations nouvelles, ramènent l'individu au train-train monotone de l'habitude, au cycle gris des impressions journalières. Le second jour s'était prolongé neutre et teinté d'ennui; sa pensée constamment tendait vers la jeune fille. Il n'avait pu travailler. Dans l'espoir de la rencontrer, il était sorti dans les champs et rentré aussitôt. Elle lui manquait, déjà. Le troisième matin s'était levé radieux; il se rappelait, au réveil, avoir rêvé la nuit d'elle; alors, content comme s'il l'avait revue, il avait marché jusqu'au soir, à travers bois, jusqu'aux Rochers de Sel, et était rentré fourbu, mais heureux.

Lundi 13. — La petite voiture arrêtée devant l'impasse, Pilgri attaché à la palissade; à voir cela, Noël sentait un petit coup au cœur, le sursaut du poisson grippé par l'amorce. Chez la Ballonne, il trouvait Sonia seule, avec sa servante. D'abord troublée, la jeune fille se mettait à lui parler du petit Pierre, dont la blême petite figure reposait sur l'oreiller. Il ne répondait, quand on l'interrogeait, que par monosyllabes; et dans le rayon jaune qui éclairait la misère de la chambre, ses yeux et ses lèvres trahissaient une langueur morne, une tristesse têtue. Un livre d'images apporté par Sonia, ...ait sur sa poitrine. Son seul plaisir était de croquer des pralines; on entendait, de temps à autre, son grignotement de souris, tandis que la Ballonne, entrant et sortant au milieu de sa marmaille déguenillée, coulait des regards curieux sur Noël et l' « Anglaise », comme on appelait la Russe au village. Gênés, dans ce lieu et cette promiscuité, ils sortaient. Un moment, près du banc de pierre, les yeux levés vers le ciel de lumière sur lequel se découpait, à la crête des murs et des toits, une floraison gracile et folle, ils avaient respiré plus à l'aise. Noël insinuait :

— J'ai espéré vous rencontrer hier et avant-hier, sans avoir ce plaisir.

Elle répondit, un peu rose :

— Je peins toutes les après-midi dans les champs, au-dessus du lavoir de Brolande.

Il prit un air de fausse indifférence :

— Je vais souvent pêcher là.

Il y eut un petit silence timide, après cette indication tacite, entre eux, d'un rendez-vous permis, en ce coin de passage, au vu de tous. Ils s'étaient rapprochés de Pilgri, et Noël le caressait avec tendresse, par besoin d'affection, et aussi parce qu'il appartenait à Sonia. Mais Mlle Guislain, qui apportait des provisions à la Ballonne, surgissait devant eux, au coin de l'impasse. Et voilà que Sonia rougissait et que Noël lui-même balbutiait ; ils ne faisaient cependant rien de mal.

MACHINALEMENT, DU BOUT DE SA PLUME, IL SE MIT A POINTER LES JOURS...

Le dîner, ce soir-là, entre sa sœur et lui, fut plus froid que de coutume. Elle avait sa migraine, toujours.

Mardi. — De bonne heure, il avait passé le fleuve. Sous le regard curieux des lavandières, battant leur linge à grands coups, il poussait sa barque dans les joncs, en un repli, près d'un vieux saule baignant ses racines dans l'eau. Là, il s'assurait que Sonia n'était pas encore arrivée, et paisiblement il apprêtait sa ligne pour se donner une contenance, bien qu'il sût qu'à cette heure, en l'eau de soleil transparente, les poissons ne mordraient pas. De la berge on ne pouvait le voir, mais il enfilait du regard la Seine et les champs jusqu'au pont de Malves. Il attendit.

Ses pensées, il s'en souvint, avaient été lumineuses et sereines comme la paix du jour. La vie lui semblait facile, et, sans préciser l'avenir, il se l'imaginait heureux. Il était dans une de ces dispositions où notre égoïsme confortable se refuse à prendre au tragique les menus tracas de la vie d'habitude, les picotements nerveux, et l'impression désagréable de râpe que les gens qui s'aiment le plus n'évitent pas toujours, dans leurs rapports. Il pensait par là à sa Grande, qui le boudait, à n'en pas douter, comme si elle présageait que l'intimité nouvelle offrait quelque chose d'insolite, de plus sérieux qu'elle n'eût voulu, de menaçant pour sa sécurité. « Bah ! pensa-t-il, elle en prendra son parti. Quel mal fais-je ? » Et il haussa légèrement les épaules, avec le petit dépit de songer que personne ne peut vivre sans faire souffrir, tant notre bonheur est fait aux dépens du prochain. Y penser plus eût gâté son plaisir. Il souffla de l'air entre ses lèvres, et regarda avec impatience du côté du pont.

Deux points, rouge et bleu, d'ombrelles ! Sonia et son amie. Dans quelques minutes elles seraient là. Comme il serait naturel de les aborder ! Quel prétexte mutuel à conversation, ou aux silences amis d'une belle après-midi passée ensemble, que la peinture pour elle et la pêche pour lui ! Pourtant, il

MISS STAR LISAIT « MUCH ADO ABOUT NOTHING ».

se sentit timide, confus du petit machiavélisme qui l'avait fait arriver avant elle, se cacher dans les joncs. Peut-être allait-il gêner la jeune fille? Il eut presque là tentation, par délicatesse, de s'éloigner, quitte à revenir, quand elle serait installée; mais cela n'aurait-il pas l'air plus voulu, tandis que leur rencontre, ici, pouvait s'attribuer au hasard? N'avait-il pas dit qu'il venait pêcher en cet endroit? Ces minuties du scrupule, si douces à l'amour qui s'ignore ou qui commence à prendre conscience de soi, ne l'empêchaient pas de guetter leur approche. Il distinguait leurs corps : Sonia, en robe bleue et grand tablier à bavette, portait sa boîte à couleurs et à chevalet, et miss Star deux pliants et un livre. Noël s'assit au fond du canot, au ras des joncs, et jeta sa ligne à l'eau, pas même amorcée. Il se trouvait un peu nigaud, un peu ridicule, et cependant si heureux qu'il n'eût pas voulu sentir ni être autrement.

Où allaient-elles s'asseoir?... Pas très loin, au pied d'un grand peuplier. Il ne les voyait pas, mais il entendit leurs voix s'arrêter, puis reprendre à la même place. Tout le temps que dura leur installation, il regarda en souriant l'eau claire, illuminée jusqu'à fond de sable, et les poissons qui venaient, dédaigneux, flairer l'hameçon; une hilarité passait, en petit frisson, dans son dos. Chaque fois que l'air limpide lui apportait une de ces syllabes anglaises qu'il ne comprenait pas, cela lui chatouillait exquisement l'oreille. « La belle journée! » se répétait-il ravi, la belle journée!

Il se pencha, n'entendant plus rien, devint inquiet, se croyant surpris. Mais au bout d'un instant il entendit miss Star lire tout haut. La variété des intonations, l'arrêt des répliques indiquaient une pièce de théâtre. Et il perçut, dans le texte anglais, les noms de Béatrice et de Bénédict; miss Star lisait *Much Ado about Nothing*, le délicieux « Beaucoup de bruit pour rien » de Shakespeare. Il fut touché de cette idée si simple, et si charmante, la lecture d'un chef-d'œuvre en si beau paysage. Et puis du moins, de la sorte il n'épiait pas une conversation intime, semblait moins indiscret; il lui tardait pourtant que l'acte fût fini. Miss Star s'étant tue, il sortait de son abri, dérivait au fil de l'eau, vers la berge, à leurs pieds. N'étaient-elles pas dupes, ou trouvèrent-elles sa présence toute naturelle, les jeunes filles eurent un sourire de malice cordiale, sans s'étonner. Il sautait à terre.

— Bonne pêche?... fit Sonia.

— Excellente, pas un poisson. Et vous, bonne peinture?

— Non, dit-elle en rougissant; car, toute molle dans la chaude journée, elle n'avait travaillé qu'à coups de pinceau distraits, tandis que la lecture l'enveloppait d'un bercement doux.

Il y eut un silence sans embarras, une de ces grandes minutes où l'on s'écoute vivre et où l'on aspire la beauté des choses, sans demander plus.

— Il fait beau, dit Noël.

— Beau, répéta-t-elle, en écho.

Et ils se turent encore longuement; ce fut simple et très doux.

— Vous lisiez; quel malheur pour moi de ne pas comprendre l'anglais!

Une nouvelle pause. On entendait, sans les voir, d'un repli de terre à l'ombre des peupliers, les battoirs des lavandières; ils frappaient une musique sourde dont le rythme grossier n'était pas sans charme : ainsi certaines sensations populaires, la beauté rude d'une fermière ou le vin bleu des ouvriers.

— Vous ne pêchez plus? dit Sonia.

— Si, fit-il pour justifier sa présence; et assis sur l'herbe, il lança sa ligne. Au même moment, ils virent venir de loin deux personnes. Leurs silhouettes, en se précisant, trahirent M. Kastor et le jeune Isidore Chesne. Leurs parents se connaissant, il y avait eu rencontre entre les deux tribus; et M. Chesne, toujours en quête d'un répétiteur pour baccalauréat, avait conçu l'idée subtile de faire appel aux lumières de M. Kastor fils, qui, par une extraordinaire bienveillance, consentit à diriger les leçons d'Isidore, mais avec l'arrière-pensée sarcastique d'ébaubir jusqu'à l'écarquillement ce parfait gentleman, et de réduire en poussière toutes les opinions qu'il pourrait émettre sur la vie et la société.

Noël de bon cœur envoyait au diable ces gêneurs, quand ils se détachèrent, à trois pas, dans toute leur gloire. Le jeune Chesne — Dieu! qu'il ressemblait à un kanguroo! — devenait tout rouge et s'efforçait de s'introduire par violence, dans l'œil, un monocle qui retombait chaque fois. Il était si abominablement correct, ganté et verni, que Noël éprouva une envie folle de le tirer par les pieds et de le frotter dans l'herbe, au risque de broyer le col d'amidon et de déshonorer le gilet de neige du jeune snob. Heureusement, ils ne s'arrêtèrent qu'un instant. M. Kastor tira de sa poche quelques brochures :

— Nous lisons aussi, fit-il. C'étaient des vers dans le genre des siens, et d'une déliquescence égale, dont il régalait le malheureux Isidore, tout en crachant sur ses admirations, et en lui affirmant que les écrivains les plus goûtés du jour n'avaient — (son petit geste en guillotine!) — au-cu-ne es-pè-ce de talent!

Ce couple disparate s'éloigna; le coude du jeune Chesne et son bras en triangle faisaient supposer qu'il se livrait à de nouveaux efforts pour dompter son monocle rétif et se l'implanter, une fois pour toutes, dans l'arcade sourcilière.

Sonia et Noël se regardèrent, avec une petite envie de rire.

— Comme il doit souffrir, ainsi boutonné et étranglé dans ce col en zinc! dit-il; et par une protestation inconsciente, il s'étendit, robuste, sur l'herbe, dont il mordillait les tiges un peu amères.

— Et l'autre, qui se gâte à plaisir le bonheur de vivre, le petit pessimiste maigrelet! dit Sonia, avec un franc regard de tendresse pour le ciel tendre, les champs fleuris, l'eau d'or si douce.

— Bêtas! murmura Noël; et de sentir comme elle, avec elle, il éprouva, ainsi couché à ses pieds, une allégresse inouïe. Tous les parfums de l'herbe le grisaient. Dans ce vert, cette minuscule forêt de tiges où rampaient des existences infimes, en tête d'épingle, des araignées à pattes de fil, des bêtes à bon Dieu, des chenilles même, si inoffensives avec leur petit corps hérissé de soies et constellé d'anneaux, il eut l'émotion profonde de la vie et le respect du mystère infini. Une feuille de peuplier, sèche et ajourée, une feuille morte en dentelle rousse voleta sur sa main, lui rappela l'éphémère des saisons, la transformation brève des choses et la mort qui immine. Oh! pouvait-on mépriser cette joie d'être, des émotions si saines, se sentir soi, s'abandonner à la nature, respirer et aimer à pleine âme!

— Bêtas! répétait-il tout bas.

Et les yeux troubles, il tendait à Sonia la feuille délicate en dentelle d'arbre.

Jeudi. — Vous ne m'accompagnez pas, Marie-Anne?

Il s'agissait de rendre visite à Mme Tratkoff.

Elle rougissait un peu, et sèchement :

— Non, aujourd'hui je fais mes confitures.

— Oh! alors...

Mais il disait sans entrain, sentant qu'ils manquaient de confiance, que des réticences paralysaient leur langue. Il était si difficile, d'ailleurs, de s'exprimer : les mots si souvent dépassent tellement les pensées, en rendent si mal les nuances.

— Vous me laisserez ramasser le fond de la bassine? dit-il en souriant.

Une gourmandise d'enfance qu'il avait toujours gardée, et qui flattait Grande dans son amour-propre, la solennité plaisante, avec laquelle, d'un morceau de pain, il ramenait le sirop épais resté au fond de la bassine, en décidant, après un silence de dégustation : — « Exquises, cette fois! » Et elles étaient toujours exquises, les confitures de Marie-Anne, car elle y mettait son cœur, accomplissait un rite et un sacerdoce. C'est pourquoi il se passait quelque chose de grave, Noël le comprit, en voyant qu'elle évitait de lui répondre, simulait un affairement, tandis que ses mains nerveuses tremblaient un peu. Il la connaissait si bien qu'il eut envie de lui dire franchement, en prenant ces pauvres mains dans les siennes :

— Grande, écoutez; cela vous contrarie que j'aille chez les Tratkoff; vous êtes, je le sens bien, inquiète à cause de Sonia. Mais est-ce que je peux moins vous aimer? Est-ce que rien peut faire tort au culte que j'ai pour vous, ma meilleure, ma plus sainte amie? Soyez donc indulgente à ma jeunesse, aux exigences légitimes de mon cœur. Ma vie est si sérieuse. Et vous savez bien que par respect pour vous, je n'aimerai jamais — si je dois aimer un jour — que quelqu'un digne de vous! Ne soyez donc pas jalouse, ma Grande, puisque je vous aime par-dessus tout!

Et pour un peu, il aurait ajouté :

— Soit! je n'irai pas chez ces dames. Je ne la verrai plus, *elle*, si cela vous plaît!

Mais il ne dit rien de ce qu'il pensait; car jamais on n'exprime tout le bon ni le mauvais qu'on porte en soi. Et puis, cela lui faisait tant de plaisir et, après tout, un plaisir si légitime, d'aller chez les Tratkoff entendre de belle musique, se promener dans le verger sucré tout bourdonnant d'abeilles, qu'il n'eut pas le courage d'y renoncer.

— Eh bien, dit-il en partant, à ce soir!

Mais son accent avait marqué, malgré lui, le dépit et non le regret : tous deux en eurent désagréablement conscience. Marie-Anne fit ses confitures avec une activité maussade. Et Noël, chez les Tratkoff, se montra mélancolique.

Sonia s'en aperçut; elle n'osait l'interroger et ne le pouvait guère; mais, grâce à ce tact féminin qui ne trompe pas, elle pressentit pourquoi Noël restait taciturne. Aussi, avec un instinct tendre qui le toucha, elle lui joua tout le jour des airs appropriés à la couleur de son esprit : l'*Alceste* et l'*Orphée* de Gluck; et sa belle voix pathétique, ses yeux et son air de fermeté rassérénaient Noël. Il croyait y voir la supériorité d'une jeune intelligence sur le cœur, le sentiment étroit et passionné de la vieille sœur.

En revenant, au crépuscule, il essayait de sourire à Mlle Guislain et à Margaude. Toutes deux, à sa vue, se taisaient, comme si (il l'avait déjà remarqué) un accord indéfinissable et informulé pouvait régner de maîtresse à servante.

— Eh bien, disait-il, cette bassine?

Il l'apercevait, vide et brillante, récurée déjà pour le lendemain. On l'avait privé de confiture, comme un enfant. Ah! l'éloquence des petites choses...

— Allons, c'était grave!

Dimanche. — La fête au village. Des chevaux de bois, des escarpolettes, des tirs à la carabine, des tourniquets, des baraques de somnambule, toute une vie foraine s'agitant en rumeur sur la place de Sonnelles, au milieu d'un brouhaha paysan, de musiques monotones et de détonations sèches : boniments de camelots et odeur de friture.

— Viendrez-vous? avait dit Noël.

— Oh! je crois bien! répondait Sonia.

Et dans l'après-midi, comme il promenait Marie-Anne dans la foule, les dames Tratkoff apparaissaient, avec miss Star et d'autres personnes, des Parisiens du Bas-Sonelles qui les accompagnaient. Mme Tratkoff semblait très excitée, et elle regardait avec ravissement tourner les chevaux de bois.

— Ah! ma petite jeunesse!... De mon temps on tournait jusqu'à ce que le cœur vous dise : « En voilà assez, Barbe Alexan- « drowna, en voilà assez! » Une après-midi, j'ai fait vingt-six tours à la file. Et maintenant encore... Comme j'ai envie de monter sur les petits chevaux de bois!

De peur qu'elle ne réalisât cette idée, on l'entraîna vers les tourniquets. Noël épiait sa sœur, épiait Sonia. Combien il eût voulu les savoir amies! Grande restait fermée; Sonia cependant marquait cette volonté de plaire qui désarme les partis pris; et bientôt Mlle Guislain souriait, malgré elle, répondait à la jeune fille, qui lui disait :

— Tirez, mademoiselle, je suis sûre que vous allez gagner!

Le tourniquet partait en grinçant : son amoncellement de vases et de verreries tournoyait en une pyramide polychrome et s'arrêtait avec lenteur.

— Perdu! faisait Sonia un peu déçue. Jouez encore, mademoiselle!

Et cette fois Mlle Guislain gagnait, à la joie de tout le monde, cette joie enfantine que chacun ressent pour toute réussite aux jeux du sort, à voir la fatalité, pour si mince enjeu que ce soit, se montrer favorable. Mais que l'embarras de la vieille demoiselle était amusant à voir! Elle touchait à tout et ne se décidait pour rien. Enfin, au désespoir de la marchande, elle choisit la plus belle pièce, un sucrier de verre à fleurs peintes, tandis que Sonia payait, gentiment.

Mais voilà que la rue fourmillait de gens; un envahissement de messieurs et de dames s'entassait à l'entrée de la place : c'étaient les tribus Chesne et Castor, et, au milieu d'eux, le petit Gustave. Il jeta un terrible regard de défi aux Guislain, en campant son poing sur sa hanche et en avançant une lippe de menace. Ah! s'il avait pu les foudroyer de billes de sarbacane comme de simples moineaux, certes il l'aurait fait, en mémoire de la correction paternelle qu'ils lui avaient value; mais il dut s'en tenir à ces manifestations belliqueuses, requis d'ailleurs qu'il était par la musique des chevaux de bois. On le vit enfourcher un de ces inoffensifs animaux et passer sur lui sa vengeance, avec un tel luxe de coups de poing et de coups de pied, que le patron accourant le menaça de l'expulser, s'il continuait à endommager ainsi le matériel. Alors, Gustave se livra à une haute école frénétique. En plein galop, on le vit se retourner sur sa bête et la tirer par la queue, puis se dresser debout, danser sur un pied, sauter à terre et remonter en voltige. Une suprême culbute couronna le tout; le cheval de bois rua, et le brillant cavalier s'en alla mordre la poussière, aux cris d'effroi des Chesne, tandis que les Castor, plus placides, souriaient béatement, mus par l'irrésistible instinct qui nous fait trouver drôles les accidents d'autrui.

Noël aurait bien voulu éviter le gros quincaillier, mais M. Chesne l'avait aperçu; on se salua. Il fut, tout naturellement, question d'Edèse Kastor et d'Isidore, son élève. M. Castor père, un gros glabre, qui gardait dans ses vêtements une petite odeur d'herboristerie, — était-ce la verveine ou la cannelle? — parut très abattu; et s'adressant à Noël :

— Vous connaissez mon fils, monsieur?

A-t-il du talent? Comprenez-vous ses vers? Je vous demande cela parce que vous êtes un homme intelligent. Moi, je ne demande pas mieux de me croire un imbécile, comme mon fils me le laisse entendre. — (Non, il sentait plutôt la camomille!) — Mais il ne trouve du talent à personne qu'à lui-même. Que dois-je penser?

Et l'honnête marchand reprit — (décidément la menthe poivrée l'emportait!) :

— Si encore sa santé n'en souffrait pas; mais il maigrit, monsieur, il maigrit à faire peur. J'ai cru bien faire en lui coupant les vivres, en réduisant sa pension au strict nécessaire; mais rien n'y fait. Et moi qui espérais qu'Eugène me succédera!; car il s'appelle Eugène, monsieur; faut-il qu'il rougisse de moi pour s'être fabriqué un autre nom, et quel nom : Edèse! s'il est permis... et Kastor par un K!...

Noël essayait des consolations vagues, et il cherchait des yeux Sonia, disparue. Réussissant non sans peine à se dépêtrer de son interlocuteur, il rentrait, guidé par un pressentiment, à la maison. Il y retrouvait, assises dans le jardin, les dames Tratkoff; Marie-Anne leur offrait un goûter improvisé et des rafraîchissements.

Ce jour-là, apparemment, était un de ces jours faciles, où il n'en coûte rien d'être bon et heureux. « La grâce de Sonia avait-elle vaincu? Ou était-ce Grande qui réparait?... »

Noël s'épanouit et augura bien de l'avenir.

Mercredi et jours suivants. — Fausse joie! La trêve, si c'en était une, n'avait duré qu'un jour. De nouveau Marie-Anne le boudait; pour la première fois, il l'avait vue pleurer. Voici comment. Il se tenait dans son cabinet de travail, comme aujourd'hui, rêvant à la jeune fille, dont il traçait le portrait sur une feuille de papier, si absorbé qu'il n'entendit pas la cloche du déjeuner. Un pas léger grimpait l'escalier; et sans frapper, Marie-Anne entrait, en surprise. Il n'eut que le temps d'ouvrir un livre et de cacher le dessin; pourquoi? Il eût été en peine de le dire : confusion d'écolier surpris par le maître.

— Tu n'entends pas la cloche?

— Je lisais.

Aïe! Le malheur voulait que son livre fût ouvert à rebours; Marie-Anne s'en apercevait en même temps que lui; et il rougissait de son mensonge. Pour comble de malchance, elle lui retira doucement le livre des mains, vit le portrait et reconnut Sonia. Aussitôt elle devenait austère, fermait les yeux une seconde : un tic qu'elle avait lorsque quelque chose la faisait souffrir. « Il fallait donc qu'elle fît peur à Noël pour qu'il se montrât troublé à ce point. Il n'osait donc lui avouer ses sentiments. Il se cachait d'elle. Il lui mentait. Ah! ses pressentiments. L'Etrangère!... » Toute sa jalousie naissante, éparse, se concentra en un point douloureux qui l'oppressait, au cœur. Et deux larmes lentes coulèrent de ses yeux.

ELLE ÉTAIT VIDE ET BRILLANTE

Noël, consterné de ce silence cruel auquel il aurait préféré une explication, — mais laquelle et comment? — lui saisissait les mains; elle se dégageait, dans une révolte, et s'enfuyait avec brusquerie. Elle avait beau, quelques minutes après, reparaître dans la salle à manger, les yeux rafraîchis et son sourire revenu, un sourire indécis qui pardonnait et demandait pardon, Noël comprenait bien qu'il subsistait entre eux une petite fêlure irréparable.

Il n'avait pas eu, cependant, le courage

de renoncer à voir Sonia, tant il subissait son charme étrange et simple, plein de force et de saveur. Il souffrait, avec cela, de voir Grande rester froide, compassée. Il avait bien essayé de lui parler, mais elle éludait tout entretien, avec cet art de se refuser qu'ont toutes les femmes.

Tout cela, joies et peines, tenait dans les jours blancs du petit almanach que Noël tenait sous sa plume, pensivement ! Il ne souriait plus, maintenant. Il pensait combien sont difficiles à réaliser les meilleures intentions, le plus innocent bonheur. Il jugea combien envahissante, despotique peu à peu, s'était faite l'affection de sa sœur. Des velléités de révolte lui vinrent, qu'il n'avait jamais eues. Car enfin, il avait beau interroger sa conscience, rien ne le condamnait. Etait-ce sa faute si sa délicatesse et celle de sa Grande se heurtaient, si leur pudeur à s'exprimer, si leur orgueil à se taire, si l'involontaire maladresse des cœurs les plus aimants créaient entre eux un malentendu ? Elle devait se manifester un jour ou l'autre, cette terrible jalousie de sa sœur ! Comment avait-il pu se flatter du contraire ? Ne la connaissait-il pas ? Ne se montrait-elle pas méfiante envers les meilleurs amis de son frère ; ne surveillait-elle pas sa vie ?

Il soupira. Et ce fut avec un hochement de tête soucieux qu'il biffa, sur le minuscule almanach qui lui rappelait tant de choses, les quinze derniers jours vécus, pleins de douceur, gros d'inquiétude.

VI

Il y a dans les vacances un point culminant. On ne l'atteint qu'avec lenteur ; jusque-là on jouit pleinement, largement, du temps qui s'écoule. Puis, ce petit point atteint, c'est la descente rapide : les jours volent et s'enfuient. Chaque plaisir se teinte d'un regret ; les promenades, comme les journées, semblent plus courtes. Et la transformation du décor jusqu'alors immobile s'accélère : une magie frappe les champs et les bois ; on s'aperçoit que les moissons sont coupées ; plus de bleuets ni de coquelicots ; les derniers, poussant dans l'herbe des fossés, ont pâli. Les prairies deviennent violettes : le trèfle et le sainfoin s'étalent en tapis foncés. Les hirondelles rassemblées tournoient haut dans le ciel. Les nuages s'en vont plus vite vers l'au-delà.

Ce fut un soir, au coucher du soleil, que Noël et Sonia sentirent mourir l'été. On avait parlé, la veille, du voyage des Tratkoff en Amérique ; et ce projet, que Noël jusqu'alors n'avait pu prendre au sérieux, ou qu'il écartait de lui, comme lointain, soudain prit corps et vie, jeta une couleur de mélancolie sur août déjà fini et septembre qui s'ouvrait. Plus qu'un mois déjà !...

— C'est donc décidé, fit-il, vous partiriez ?

Elle haussait les sourcils, réservée :

— Je crois, oui, ma mère a grande envie de revoir ma sœur.

Elle parla de cette sœur, de son mari, du petit enfant qu'ils avaient. Cela précisa pour Noël la possibilité d'une séparation prochaine. Si habitué déjà à cette douce liaison, il eut peine, et ce fut instinctivement qu'il laissa échapper :

— Comme le temps passe vite.

— Oui, dit Sonia.

Et regardant la plaine, ils s'aperçurent, pour la première fois, que les champs avaient jauni. Les jours suivants accentuèrent cette impression. A Brolande, les ifs taillés d'un parc se décoloraient. Le ciel n'offrait plus cette intensité bleue, il était plus tendre et plus doux, ouaté de langueur. La limpidité de l'air se faisait humide et molle. Matin et soir, des brumes s'exhalaient de la rivière. Les jours finissaient tôt. Tout cela s'était préparé insensiblement, par des transitions si lentes qu'ils ne s'en étaient pas aperçus ; mais maintenant, à l'idée que les vacances, arrivées à leur moitié, finiraient pourtant, ils groupaient tous ces symptômes, et il n'était plus en eux de cesser de les remarquer. Tout, au contraire, les enveloppait de cette sensation de fuite de l'heure. Et ce charme d'éphémère et de fleur fanée n'eût pas été triste pour Noël, sans le doute que Sonia pût partir.

Il avait beau le repousser, ce doute, se dire qu'avec l'humeur de Mme Tratkoff rien n'était certain, et que ce serait charmant, l'hiver à Paris, avec les facilités moins grandes, mais réelles cependant de se voir, de s'approfondir, de se connaître mieux chaque jour, il suffisait qu'il pensât à cet embarquement pour New-York, et sa joie était gâtée. L'incertain, en effet, l'inconnu entraient en jeu. Si loin de lui, les Tratkoff n'oublieraient-ils pas leurs amis si récents de Sonnelles ? Sonia pouvait plaire, aimer, être aimée. Ou bien, avec leur cosmopolitisme, facilité par la fortune, qui les empêchait de rester en Amérque, des années, ou toujours ? En vain il se représentait ce voyage si court, d'une semaine; l'immensité de mer qui séparait les deux pays, espaçait les lettres et empêchait la pensée de se suivre, lui faisait peur. Puis, tous les hasards, l'imprévu qui n'arrive jamais aux uns, mais qui mouvemente à l'infini la vie des autres; d'y penser, une inquiétude, d'abord simple préoccupation, puis souci, enfonçait peu à peu en lui un mal discret, mais intense.

Mais pourquoi s'attrister de ce qui, huit jours auparavant, n'existait pas pour lui? Qu'y avait-il de changé? Pourquoi prenait-il au sérieux, précisément aujourd'hui, ce qu'il savait d'avance, et à quoi il n'avait pas voulu prendre garde? Etait-ce la sévérité un peu froide de ce soir, le crépuscule assombrissant plus vite la terre, sitôt le soleil bas sur les arbres? Etait-ce le charme grave de l'eau qui s'éteignait, noire de reflets de cimes, laquée plus loin de vert d'ombre, avec une frange de vieil or, persistante gloire de l'astre invisible dans la forêt?

ÉTAIT-CE LE CHARME GRAVE DE L'EAU QUI S'ÉTEIGNAIT, NOIRE DE REFLETS DE CIMES.

Quoi que ce fût, Noël la sentit à plein, cette émotion de la seconde qui agonise, du bonheur trépassant sans retour en un paysage de limbes, où se levaient les premiers souffles d'automne. Il était seul avec Sonia, qui allait regagner Brolande. Elle se détachait, en toilette sombre, dans le gris et le vague du soir.

Ils n'osaient prolonger leur conversation. Il ne pensa pas à lui offrir de l'accompagner. Il la laissa descendre seule dans le bateau du passeur. Ils n'avaient pas même eu le courage de se tendre la main. Une invincible timidité, un soudain malaise taciturne avait glissé sur eux, dans la petite brume. Et debout sur la berge, il la regardait s'éloigner, toute d'ombre sur l'eau morte.

D'autres soirs tombèrent, plus roses et plus tièdes : d'autres matins se levèrent, plus blancs, plus bleus, ramenant la splendeur d'août dans ce commencement de septembre. Noël passa avec Sonia, son amie et sa mère, de belles et bonnes journées d'intimité ; elle lui joua du Wagner et du Rubinstein ; il lui lut du Shakespeare et du Lamartine. Des heures gaies se prolongèrent pour eux en vibrations nerveuses, en rires francs ; ils firent, en compagnie de Mme Tratkoff et quelquefois de Mlle Guislain, des promenades en forêt : cueillettes de fraises et de girolles. Un jour même, ils y déjeunèrent. Mais rien de tout cela, ni l'insouciance de leur santé, ni la force grisante de leur jeunesse, ne leur firent oublier le petit frisson de septembre, ce soir précurseur de séparation, et leur pudeur à garder le silence, tandis que leur jeune amour, hésitant encore, n'osait, dans le crépuscule de l'eau et des champs, se prendre et se serrer la main...

Cette brièveté des vacances, ils n'avaient pas été seuls à la sentir ; Mlle Guislain aussi la constatait, mais avec des sentiments bien différents. Pour elle, la rentrée d'octobre, semblait, cette année, trop lente ; elle la hâtait de tous ses vœux. Car, soit que les Tratkoff partissent pour l'Amérique, soit qu'ils rentrassent seulement à Paris, il y aurait séparation. Chacun, repris par les obligations de sa vie, perdrait la commodité oisive de se voir ; et de là à l'été prochain, elle verrait venir.

Elle songea en attendant à consulter un vieil et sûr ami, M. d'Hautpont, un prêtre en qui elle avait grande confiance.

Son alarme était profonde. Tout de suite elle avait pressenti le péril, flairé en Sonia l'ennemie. Mais comment se défendre, par quels moyens loyaux et dignes d'elle, sans risquer de peiner et de froisser ce frère qu'elle aimait tant ? Et c'est bien pour cela qu'immédiatement elle s'était sentie jalouse, et qu'elle avait souffert de cette impuissance cruelle qui vous tient passif, devant l'enchaînement des circonstances, la fatalité des petites causes amenant de grands effets. Elle reconnaissait dans ce qui s'était passé quelque chose de plus fort que sa volonté et qui déroutait toute prévoyance. Elle avait beau se dire : — « Ah ! si nous étions arrivés un jour plus tôt, ou plus tard ! Si nous n'avions pas rencontré ces femmes au chevet de l'enfant, chez la Ballonne ! Si... » — Récriminations tardives, et qui ne remédiaient à rien ! Un fait, seul, s'avérait. Noël, tôt ou tard, se marierait. Cela, elle ne pouvait l'empêcher, et même à certains moments où le cœur s'élève au-dessus de l'égoïsme inconscient, elle le souhaitait. Seulement, elle se faisait de la femme qu'il pourrait épouser une idée si spéciale, elle rêvait un composé de tant de perfections sous des dehors d'une douceur effacée, un être tellement idéal, qu'elle n'en trouvait jamais aucun modèle, dans la vie. Aussi, jusqu'à présent, avait-elle écarté tous les partis qui auraient pu se présenter, trouvant à redire à chacun. Cette casuistique innocente mettait sa conscience en repos. Ne souhait-elle pas le bonheur de son frère ? Et n'était-ce pas au nom de ce bonheur qu'elle repoussait toute chance de mariage ne répondant pas à l'idéal conçu ? Elle le croyait d'ordinaire. Mais le scrupule parfois lui mettait une épine au cœur ; n'obéissait-elle pas à des mobiles inférieurs : la peur d'être moins aimée, la crainte d'une jeune rivale, l'effroi d'abdiquer sa puissance d'aînée, et de vivre seule ou en conflit avec la jeune femme ; sa jalousie n'était-elle pas de l'égoïsme ?

Et pourquoi pas ? N'avait-elle pas sur son frère des droits étroits ? N'avait-elle pas reporté sur lui toutes ses tendresses de vierge et de mère ? Comment accepterait-elle l'idée que quelqu'un se dresserait entre eux, évincerait la vieille affection, et que la nouvelle venue, par la triple puissance de la jeunesse, de l'amour et de l'envoûtement féminin, prendrait Noël tout entier ? Et c'était là la cause, sourde, de ses restrictions envers Sonia, en qui elle pressentait un caractère et une volonté. Peut-être se fût-elle résignée à ce que Noël aimât une douce créature, une âme passive, dont l'humeur se prête à tout, et qu'elle eût dominée. Elle s'imaginait même le type de cette femme : un petit corps d'enfant, immatériel, de grands yeux

LLE SE DÉTACHAIT, EN [illegible]ILETTE SOMBRE, DANS LE GRIS ET LE VAGUE DU SOIR.

tendres, des cheveux de soie dorée, beaucoup de piété, d'humilité, une intelligence médiocre. Elle se forgeait la chimère que cette jeune femme, lui devant son bonheur, l'eût adorée. Car Marie-Anne voulait être non seulement respectée, mais chérie. Elle craignait que des heurts, entre elle et un caractère semblable à celui de la Russe, empêchassent entre elles tout amour. D'ailleurs, pourquoi mentir ? Sonia ne lui plaisait pas. Elle essayait d'être juste et ne refusait pas une certaine estime à la jeune fille, mais c'était tout.

D'où venait cet éloignement ? Jalousie à part, n'était-ce pas prescience d'une incompatibilité d'humeur formelle ? Savoir Sonia intelligente, instruite, artiste, l'effrayait, car celle-ci par là aurait prise sur Noël, et sur ce terrain Marie-Anne se reconnaissait vaincue d'avance. Elle souffrirait de cet accord intellectuel, de cet échange de pensées, de cette communion à travers la lecture ou la musique, à laquelle elle resterait en partie étrangère, faute de savoir ou de comprendre. Sans doute, au point de vue social, comme situation de fortune, si elle en croyait les confidences bavardes de Mme Tratkoff, il ne se trouvait rien à reprendre. Mais là, son esprit inquiet et porté à malveillance cherchait des difficultés. Elle sentait une indéfinissable répulsion contre l'exotisme des Tratkoff ; sentiment irraisonné et qui tenait en elle, sans doute, à une obscure intégrité de race, et comparable en plus petit au malaise que lui inspiraient, par exemple, les Juifs. D'où venaient-elles, ces Russes ? Que savait-on de leur vie ? On pouvait se renseigner, il est vrai. Mais alors, oubliant la fille, elle prenait la mère en grippe. Que cette femme était ridicule, vraiment ! Non, Marie-Anne ne pouvait concevoir qu'elles seraient jamais alliées, que leurs enfants — car Noël n'était-il pas son enfant ? — pourraient un jour s'unir.

Par un de ces retours naïfs et un peu puérils que l'on fait volontiers, dans les circonstances graves, Mlle Guislain se plaisait à évoquer une jeune fille qu'elle avait connue et aimée jadis, une certaine Marie Ladoucette, qui, dans sa pensée, aurait réuni toutes les qualités requises pour la femme d'élection qu'elle eût donnée, les yeux fermés, à Noël, et qui n'avait, comme la jument de Roland, qu'un défaut, celui d'être morte depuis longtemps. Il est possible que cette fâcheuse circonstance influât, sans que Marie-Anne s'en doutât, sur la bienveillance avec laquelle elle vantait cette intéressante personne ; et sans doute, un travail s'était fait dans son imagination pour en tirer la créature parfaite que celle-ci n'avait peut-être, vivante, jamais été. Car il lui arrivait de dire, de temps à autre, avec une gravité convaincue et falote :

— C'est une femme comme cela, voyez-vous, Noël, qu'il vous faudrait.

Et lui, amicalement, la taquinait, jusqu'à prétendre que la demoiselle était une invention de Marie-Anne, et qu'il la soupçonnait fort de n'avoir jamais existé. Il fallait voir l'air renchéri de Mlle Guislain, protestant avec dignité et racontant des histoires, d'où il ressortait que non seulement Marie Ladoucette avait vécu, mais qu'elle était blonde, douce comme un agneau ; même elle croyait la revoir encore, tout enfant, portant des petits pantalons brodés et mangeant une tartine beurrée des deux côtés. A quoi Noël, en apparence persuadé, objectait avec sérieux :

— Oui, Marie-Anne, mais elle est morte ?

— Elle est morte, très certainement, Noël, et c'est bien regrettable !

Or, il faut en convenir, Sonia ne ressemblait en rien à l'idéal qu'incarnait, soit tout de bon, soit dans l'imagination de Mlle Guislain, la disparue. Et c'était un grief de plus. Il en existait d'autres, et ceux-là blessaient la vieille demoiselle en sa nervosité intime, en cette seconde vue qui ne meurt jamais chez la femme et lui fait passer au crible les qualités et les défauts de ses semblables ; elle ne trouvait pas Sonia assez jolie, elle dépréciait sa grâce étrange et si peu convenue ; elle l'eût souhaitée aussi toute jeune, ignorante de la vie, naïve au sortir du couvent et non presque femme déjà. Au reste, elle lui eût aussi bien reproché une extrême beauté, si Sonia eût été miss Star, mais il n'est sophisme dont ne se paye, de bonne foi, l'hostilité inconsciente d'une vieille fille, tendre au fond, mais aigrie par une plaie mal fermée, comme l'était Marie-Anne, restée vierge et dédaignée des hommes.

Etait-ce tout ? Non, et là on touchait un point très délicat. Très pieuse, elle eût voulu pour son frère une femme dévote, et d'un prosélytisme fervent. Or, à des indices pressentis plus que révélés, elle ne pouvait douter que le catholicisme de Sonia ne fût tiède, mêlé de réflexion, profond d'attaches par l'hérédité et les souvenirs d'enfance, mais vague et flottant dans la pratique. Toutes les préventions qu'elle élevait dans son

ERRER AU CLAIR DE LUNE PAR LES CHAMPS OU LE LONG DES TAILLIS.

esprit comme autant de barrières, tantôt, s'accumulaient en bloc infranchissable ; alors tout en elle protestait et se refusait à l'idée que Noël pût être heureux en une semblable union ; tantôt au contraire, chacune de ces objections, prise séparément, lui semblait réfutable, et elle en venait à considérer le mariage de son frère comme un malheur possible. C'était quand, à force de se faire violence, elle reconquérait quelque calme. Mais qu'aussitôt une des petites répulsions nerveuses, dont elle n'était pas maîtresse, vînt à sursauter en elle, et Mlle Guislain, livrée à un cruel désarroi, se répétait : « Non, non, c'est impossible, je m'y opposerai plutôt ! » Ensuite elle espérait : « Mais qui me dit qu'il veuille l'épouser ? Ce peut être un caprice, un engoûment; il l'oubliera sitôt séparé d'elle. » Alors elle précipitait de tout son espoir le départ de ces dames. Et revirant subitement, elle s'en prenait à l'aveuglement de la mère : « Mais comment ne voit-elle rien? Comment laisse-t-elle ces jeunes gens se voir, se parler si librement? C'est inconvenant. De mon temps!... » Elle projetait de s'en ouvrir à Mme Tratkoff ou à Noël; mais elle s'en gardait bien, car c'était une âme sourde et passionnée : aussi souffrait-elle de l'air contraint, des paroles réticentes, des silences d'embarras qu'elle ne pouvait s'empêcher d'avoir avec son frère, maintenant.

Ils avaient déjà eu des bouderies de ce genre, mais jamais pour un semblable motif, ni d'aussi profondes. Marie-Anne cherchait, heureusement, des consolations à l'église. Tous les jours elle y entrait, restait longtemps en prière, seule avec Dieu, dans la maison du silence où l'ombre exhalait une fraîcheur.

Un soir, Noël prit la clef du jardin, car il lui était arrivé, une fois, de trouver en rentrant porte close, et il avait dû parlementer avec Margaude. Bien que Marie-Anne vît de mauvais œil ces sorties nocturnes, elles étaient si agréables pour lui qu'il ne pouvait s'en priver. Errer au clair de lune par les champs où le long des taillis féeriques, ou encore détacher sa barque et pousser au milieu de la rivière, il ne savait rien de plus doux. Dans cette obscurité et ce silence, par la campagne endormie où scintillaient de rares points jaunes, il prenait plus et mieux conscience de lui-même. Il dépouillait mille préoccupations, mille pensées rappelées, au plein jour, par la minutie du décor et la présence des personnes. Seul, il redevenait lui-même, un Noël oublieux de sa vie quotidienne et qui n'était plus qu'un être jeune et simple, absorbé par la nature et la nuit. Pacifié, calmé, indulgent à tout, il se sentait alors meilleur; et puis, il pouvait penser si librement à Sonia! Il n'y avait plus d'airs peinés de Marie-Anne, à présent, ni mines évaporées ni babil de Mme Tratkoff : rien que l'image de son amie, une et très pure.

Il marchait vite, essayant de chasser une tristesse qui persistait en lui. Il se représentait Marie-Anne, restant seule dans la salle à manger, sous la lampe, un jeu de patience étalé devant elle, tandis que Snorr et Frimousse à sa droite ou à sa gauche, l'un couché en long, l'autre roulé en boule, sommeillaient, paisibles. N'était-ce pas mal d'abandonner sa Grande? Mais ses promenades, d'habitude, étaient courtes et, quand il rentrait, elle était déjà remontée dans sa chambre. Il respira largement, hors du village dormant, dévala la côte, le long de laquelle un ruisseau chantant sur les pierres brillait comme du verre liquide et lançait des facettes de diamant. Une brume fine s'élevant du bas-fond, sur la rivière, on voyait le paysage à travers un tulle bleuâtre. Les herbes des talus pleuraient la rosée, la brise humide avait des souffles de caresses. Au bord de l'eau, il s'arrêta, saisi.

Le fleuve coulait noir, avec un large serpent de lune, au milieu, dont les écailles blêmes miroitaient. L'île de joncs hérissait, sous l'astre, ses lances d'or. Toute la campagne, par-delà, s'étalait en un crépuscule enchanté. Les grands peupliers de Brolande se détachaient, pâles, sur un ciel flou. Une mollesse infinie, une sérénité d'extase emplissaient le paysage vaste; et cela se passait comme sur une autre planète et dans une autre vie. On n'entendait que le bruit du barrage, étouffant ses sanglots. Une étoile, devant la berge, trempait. Le canot de Noël, amarré à quelques pas et ondulant, semblait une chose vivante. La tentation fut trop forte. Il oublia sa promesse de ne pas rentrer tard, et l'effroi qu'aurait Marie-Anne de le savoir en barque, à cette heure. Il détacha la corde et dériva avec douceur

Le canot flottait si léger, et le courant était si lent que chaque coup de rame portait, et que sans peine, d'un rythme accéléré, Noël remontait le fleuve, vers le pont. Très certainement, il n'attendait ni n'espérait rien de sa promenade que le plaisir d'errer seul, entre les rives argentées; et cependant, à mesure qu'il se rapprochait de la maison des Tratkoff, son cœur l'oppressait délicieusement. Il voulut ne pas penser, ne pas rêver même, car tout était trouble en lui; et hors de son bonheur innocent à voir Sonia, hors de son regret à pressentir Grande jalouse, il ne précisait rien de certain il n'avait formé encore aucun projet, il s'était laissé aller, seulement, au flot heureux qui l'emportait, sans oser se demander où. Aussi détourna-t-il son attention souriante sur les rames : elles trempaient d'un rythme égal dans l'eau d'ombre et s'élevaient lumineuses, en envergures d'ailes, ruisselantes de gouttes.

« Non, ne pensons pas, se répétait-il, vivons; rien ne vaut cette plénitude, cette joie parfaite d'oubli, où surnage cependant je ne sais quel espoir, l'illusion que tout ira au mieux. Est-ce que j'aime Sonia?

Est-ce que je pense à l'épouser? Je n'en sais rien. Je suis heureux, heureux!... » Et en ses poumons élargis par le déploiement des bras, au vol des rames, tout l'air de la nuit suave entrait. Il renversa la tête, admira les pâles étoiles, emmitouflées de vapeurs fines; un attendrissement mouilla ses yeux. Il se retourna; la maison des Tratkoff n'était plus qu'à quelques brasses. Il la contempla longuement, blanche sous la lune, endormie à toutes ses fenêtres, sauf une où à travers les rideaux filtrait un rais, presque invisible, de veilleuse. Là était la chambre de Mme Tratkoff. Mais Sonia, dormait-elle? Il écouta, fouilla du regard l'ombre du jardin. Souvent elle restait tard sous les arbres, avec Mlle Etoile; parfois elle chantait quelque air populaire russe, qui traînait lentement sur l'eau. Il rêva alors, comme un enfant, ces escalades qu'on lit dans les romans d'aventures; il se la représenta, se promenant seule sur la berge. Mais pourrait-il, oserait-il l'aborder? Le temps des héros d'Alexandre Dumas n'était plus; les convenances passaient, aujourd'hui, avant tout le reste; le romanesque, d'ailleurs, touche de si près le ridicule. Finies, les guitares sur l'eau, les feutres à plume et les éperons d'or. Et Noël tout à coup, devant cette maison morte, resta dépaysé et déçu. Il lui sembla qu'en dépit de lui-même, il avait espéré quelque chose qui n'arrivait pas.

Mais une idée bizarre, spontanée et un peu folle, lui vint; il se mit à chanter pour lui-même une des chansons préférées de Sonia. Il en avait retenu jusqu'aux syllabes étranges et à l'accentuation; il lui semblait, en répétant ces mots d'une autre langue, qu'il employait un charme d'envoûtement, quelque chose de plus profond et de plus rare; la mystérieuse chanson signifiait ceci :

Amour, cher amour — où puis-je te trouver?
Dans les jardins — tu ne pousses pas
Dans les champs — tu n'es pas semé!

On ne me sème pas — dans les champs;
Je suis né de moi-même
Et parmi les jouvenceaux et les vierges, je marche!

Une fenêtre, au premier étage, sans bruit s'ouvrait; une forme et un visage s'y encadrèrent; Noël devina Sonia et son cœur battit très violemment. Il ne pouvait distinguer ses traits, bien qu'une douceur nacrée la baignât. Il eut très peur : comment allait-elle interpréter son acte? Ne trouvant pas de mots, craignant l'embarras d'une explication, la banalité d'un bonsoir échangé en l'air, il s'éloigna confus, cherchant l'ombre. Mais Sonia l'avait reconnu dans l'instant où il dut traverser, en pleine lumière, l'eau de lune aux écailles bleues; car un long instant après, arrêté sous des saules qui trempaient au plus profond leurs chevelures de fées, il entendit venir à lui, lointaine et fraternelle, sur le fleuve, la même chanson qu'elle répétait.

Il écouta avec ivresse : quoi de plus simple, quoi de plus émouvant que l'échange rythmique de ces paroles, incompréhensibles pour d'autres que pour eux, et où il avait le droit de voir un accord affectueux, une entente douce dans le silence et le sommeil des choses, s'il n'osait y voir plus : un aveu réciproque, le *lied* d'amour!

Amour, cher amour — où puis-je te trouver?

Ainsi le romanesque cher aux poètes ne pouvait mourir tout à fait, tant un peu de chimère et de rêve se mêle aux actes de notre vie intime. Leur jeunesse, leur instinct de bonheur qui se cherche, l'eau et la nuit, c'était la poésie éternelle! Et le cœur de Noël s'ouvrit, une révélation suprême l'inonda de vérité. Tout fut clair, tout fut simple en lui : il aimait Sonia et il l'épouserait! Il se sentit comme en forêt, devant une route toute blanche qui s'ouvrait : il reconnut sa vie nouvelle. Il s'expliqua l'attrait si fort qui l'avait entraîné jusque-là vers l'élue, la vraie compagne. C'était là le port, le seul et sûr bonheur. Il se marierait! Et Marie-Anne consentirait, bien sûr...

Quand il rentra, très tard, il fut surpris de voir la fenêtre de la salle à manger éclairée et sa sœur encore là immobile, devant les patiences abandonnées depuis longtemps. Elle rêvait profondément et leva la tête en l'entendant rentrer. Elle lui parut alors très vieille, si vieille qu'il crut que plusieurs années s'étaient écoulées, pour elle, en quelques heures. Oh! le cher, le pauvre long regard de détresse, plus que de reproche, qu'elle lui jeta :

— Ne me grondez pas, dit-il. Il fait si beau; si vous saviez!...

Et il faillit tout avouer; mais elle s'était dressée, un peu pâle :

— Je ne veux rien savoir, mon ami.

Bien que douce, elle avait dit cela d'un ton si net qu'il resta déconcerté, tandis qu'elle montait dans sa chambre, dont il l'entendit fermer la porte à clef. Il soupira; se pouvait-il qu'il la fît souffrir, lui qui l'aimait tant! Mais ils s'expliqueraient, maintenant qu'il savait, lui, qu'il voyait clair dans l'avenir, et quand elle comprendrait que c'était son bonheur... Son bonheur ! Ce mot l'emporta d'un coup d'aviron fort, comme en sa barque tout à l'heure, à brassées larges ; et devant Snorr et Frimousse réveillés, qui fixaient sur lui, interrogateurs, leurs yeux de bêtes, il souriait, presque ivre.

Trois jours après, Marie-Anne lui montrait une lettre de leur vieil ami, l'abbé d'Hautpont. Répondant à une invitation de Mlle Guislain, il promettait qu'il ne partirait pas en vacances sans s'arrêter un jour à Fontainebleau, et déjeuner à Sonnelles. Noël aimait et respectait ce prêtre pour son esprit large et libéral. Il pensa que sa présence aurait une influence heureuse sur sa sœur, car elle lui témoignait la plus grande confiance ; et il s'offrit à l'aller chercher à la gare, quand il arriverait. Ce jour-là, la maison prit un air de fête. Et bien que l'abbé fût très sobre, pour lui faire honneur Margaude composa un déjeuner émérite. A midi précis, une voiture s'arrêta devant la grille ; Noël en descendit, suivi de M. d'Hautpont, un homme grisonnant, robuste encore, avec de très beaux yeux bleus, et des manières mêlées de douceur et de brusquerie. Très vite, malgré l'accueil empressé de la vieille demoiselle et l'entrain obligé du déjeuner, il perçut, entre le frère et la sœur, le refroidissement d'atmosphère si gênant pour un tiers. Il n'eut pas l'air de s'en apercevoir et anima de son mieux le repas. Mais quand, après le café, ils se trouvèrent au jardin, et que Noël, sous prétexte de préparer son canot pour une promenade, se fut retiré afin de laisser sa sœur seule avec l'abbé, celui-ci se tourna vers elle et à mi-voix, d'un ton posé :

— J'ai compris l'appel de votre lettre. Que se passe-t-il ? Et à quoi puis-je vous être bon ?

Une extrême agitation, à ces mots, saisit Mlle Guislain. Dans sa détresse, elle avait demandé appui à l'abbé d'Hautpont, mais sans lui confier la cause d'un trouble qui perçait suffisamment dans sa lettre, pour éclairer un confesseur habile à démêler, dans les silences ou les aveux, la sincérité cachée des âmes.

— Que vous êtes bon d'être venu ! fit-elle, tergiversant presque devant l'explication cependant désirée.

Il écarta d'un geste cette gratitude superflue, et lui venant en aide avec bonhomie :

— Il s'agit, je présume, de votre frère. Serait-il question d'un mariage ? Je ne vois guère que cette question qui puisse vous préoccuper à ce point.

Elle murmura naïvement :

— Comment l'avez-vous deviné ?

— Ce mariage ne vous plaît pas ?

— Vous savez donc tout ?

— Je ne sais rien et j'attends que vous m'instruisiez : je vous répondrai ensuite, si je peux.

Elle lui confia aussitôt tout : la connaissance des dames russes, les raisons qu'elle élevait contre elle ; et toute l'amertume de sa jalousie s'épancha. — Elle devinait bien que son frère était amoureux, elle le voyait du reste : il ne l'aimait plus ; le malheur redouté toute sa vie arrivait ; c'était la fin des années heureuses, elle allait perdre son Noël ! — L'abbé, les yeux mi-clos, les mains posées à plat sur le banc, l'écoutait, immobile, ne levant la tête que pour diriger sur elle de rares et perçants regards. Il lisait à plein en ce cœur avide de tendresse et meurtri de jalousie. Comme un praticien blasé, et tendre cependant aux douleurs, il diagnostiqua le mal, connaissant assez Mlle Guislain pour deviner juste. A certaines exagérations qu'elle montra, il nota en elle de l'injustice ; l'estime qu'il portait à Noël, la confiance qu'il gardait en son caractère bien équilibré, lui firent suspecter et réduire bien des griefs de Marie-Anne. Avant qu'elle eût fini, à des mots malgré elle échappés, au lieu de se sentir prévenu, il tira au contraire des inductions favorables à cette jeune fille dont il entendait parler pour la première fois. Il laissa passer un moment, caressa Snorr qui venait poser sa tête sur ses genoux, et d'une voix lente, appuyée d'un regard clairvoyant, qui firent froid au cœur de la pauvre demoiselle :

— Dans tout cela, il me semble qu'il n'est pas question du bonheur de votre frère ? Vous l'aimez trop cependant pour ne pas le souhaiter heureux !

Elle resta confondue, car dans ses doléances, comme dans ses objections, elle n'avait jusqu'alors pensé qu'à elle. Elle se troubla ; une angoisse brouilla ses yeux, et elle joignit les mains douloureusement.

— Son bonheur, répéta-t-elle... mais je ne veux que cela !...

Il prit alors de biais, et avec un geste prudent :

— Entendons-nous. Je ne prétends nullement que cette union soit telle qu'elle doive se conclure ; je réserve toute opinion : il me faudrait, en effet, connaître cette mille et... la personne. Mais, je ne vous cache pas, dans ce que vous m'avez dit, sens des préventions irraisonnées, parties votre cœur, et non des objections rieuses, venues de votre raison. Un fait...

— Noël vous a parlé avant moi, fit-elle ec émotion, nsternée à dée qu'il eût gagner l'abbé sa cause.

— Votre frère m'a parlé de en, déclara d'Hautpont. ous savez bien e, de lui à moi, n'y a ni innité ni confinces. Je disais nc : Un fait se se, indéniable : est qu'il se mara et doit se arier.

Un faible et aintif geste de otestation ne arrêta point.

— Oui, il le oit ! Et comme être, je ne saurais, je l'avoue, blâmer de ercher dans e union digne lui le repos cœur, la santé orale, et le saifice joyeux et olontaire qui it la noblesse mariage : le it de ne plus vre pour soi ul, mais de pporter toutes ses actions, son travail, son bition à d'autres qu'à soi, une femme, s enfants, qu'on élève pour le bien. Cet truisme quotidien a son prix. Et j'ajoute ue votre frère, par sa maturité, me semble mplir les aptitudes requises à un engament aussi solennel. Son âge, si jeune valide qu'il soit, lui fait même un devoir e ne point tarder plus longtemps. Il ne agit donc que de savoir si l'union que vous doutez lui convient. Au point de vue social, est aisé d'avoir tous les renseignements et toutes les garanties : je serais, si besoin était, à votre disposition pour cela. Au point de vue moral, je le répète, il me faudrait connaître ces personnes. Je ne vois pas cependant que vous leur reprochiez rien de bien grave ni de bien positif. Vous savez combien

— Dans tout cela, il me sembl.. qu'il n'est pas question du bonheur de votre frère ?

rare est l'accord parfait des caractères et quelle charité nous devons témoigner à autrui. Il se peut que votre frère trouve en une personne instruite, sérieuse par goût et par éducation, des qualités bien faites pour répondre aux siennes !

— Mais la religion, monsieur l'abbé? fit Marie-Anne d'une voix suppliante, espérant par ce suprême appel mettre le prêtre dans ses intérêts.

Il baissa le front, soucieux, un peu triste, pesa sans doute les concessions que l'Eglise se voyait contrainte de faire aux temps nouveaux, à l'esprit d'examen et de science; et très gravement, avec le regret et l'humiliation à peine perceptibles d'un pur croyant :

— Nous ne pouvons sonder les intentions. Ces personnes, m'avez-vous dit, sont catholiques. M. Noël l'est aussi. L'essentiel est que sa femme et lui soient d'accord sur les questions vitales. On ne peut, au temps présent, exiger que beaucoup de tolérance et de respect envers les choses saintes. Le siècle est tiède, hélas!

— Mais une Russe, une étrangère...

Il écarta d'un geste ces mots, comme des enfantillages.

— Ah! gémit-elle d'un ton qui eût été plaisant en d'autres circonstances — si c'était une femme comme Marie Ladoucette, seulement!

Sans doute, l'abbé savait ce qu'il fallait entendre par là, car il laissa échapper un faible sourire; puis grave, la regardant dans les yeux avec une amicale pitié :

— Ma chère demoiselle, dit-il, craignez d'aimer votre frère plus pour vous-même que pour lui.

Elle devint rouge comme le feu : c'était la seconde fois qu'il la frappait ainsi; elle serait donc égoïste? déjà elle l'avait pensé.

Il continua; et ce fut comme une cautérisation cruelle, mais salutaire :

— Voyez-vous : nous devons aimer notre prochain comme nous-même. Non seulement vos appréhensions peuvent être et seront, je l'espère, imaginaires; mais y eût-il en elles quelque vérité, alors même que des froissements, dans la suite, pourraient se produire, songez-y, la femme quelle qu'elle soit qu'épousera votre frère, celle-là ou une autre, vous devrez l'aimer, ma sœur! Il vous faut songer que le bonheur de ces jeunes gens, que la paix du ménage devront passer avant tout. Vos souffrances, si vous ne pouvez les éviter, vous les offrirez à Celui qui voit tout et qui pèse nos résolutions. Ne pensez-vous pas que ce serait un noble but pour vous, que de couronner votre œuvre de tendresse envers ce frère que vous aimez tant? Vous devez l'aider, le fortifier, l'encourager dans ses desseins, s'ils sont louables. Sondez votre conscience, demandez-vous s'il y a dans le cas présent, des empêchement sérieux, absolus à ce mariage? En ce cas prenez les devants : la crise que traverse M. Noël annonce que l'heure est venue pour lui de chercher femme. C'est à vous, ma chère demoiselle, de lui trouver une épouse. Il faut qu'il vous doive son bonheur, et vous serez si fière de cette victoire remportée sur vous-même, après !...

Longtemps, il lui parla ainsi; avec des mots qui lui faisaient mal, et qui cependant l'épuraient, l'élevaient. Bien qu'humiliée elle leva, quand il se tut, un visage beau de souffrance et de résolution :

— J'essaierai, dit-elle, je vous le promets!

Noël reparut; il portait sur sa figure la chaleur, le soleil de ce bel après-midi; tous deux le considérèrent, jeune et fort, carrure de mâle.

— J'ai fait la toilette du canot. Venez-vous, monsieur l'abbé?

— Allez, fit Marie-Anne, je vous laisse. A tout à l'heure! Et elle s'éclipsa, avec une envie défaillante de pleurer.

M. d'Hautpont et Noël, ni pendant la promenade ni durant le retour à la gare, après dîner, ne parlèrent de ces choses : ils s'estimaient, mais avec beaucoup de réserve. Cependant, ils se sentirent, ce jour-là, en sympathie plus grande. L'abbé à la dérobée observait son compagnon; et quand ils se séparèrent, Noël, dans sa poignée de main, mit une gratitude irréfléchie, qu'il attribua ensuite à la reconnaissance inconsciente qu'il savait au prêtre d'avoir exercé sur Marie-Anne une action profonde. Laquelle au juste, il ne le savait pas encore, mais il devinait bien qu'ils avaient parlé de lui, rien que de lui.

VII

Les jours suivants, il constata, avec une surprise attendrie, que sa sœur avait changé. Plus vive, plus alerte, elle avait repris son activité dans la maison. Elle ne laissait plus voir cet air affaissé qui rend la vieillesse si attristante. Sa robe lui allait bien; en tous ses menus gestes réapparaissait une grâce vieillotte. Sa tendresse semblait entièrement revenue. Tout, autour d'elle, participait à ce revirement d'attitude; Margaude, taciturne ces derniers temps, reflétait immédiatement la sérénité accorte de sa maîtresse. Noël ne se demanda pas ce qu'il pouvait y avoir de voulu et de forcé dans ce rôle que Marie-Anne jouait, par vaillance et par devoir. Il en attribua tout le mérite aux conseils de l'abbé d'Hautpont ; et plus que jamais une ivresse égoïste, mais si naturelle, l'emporta vers Sonia.

Seulement, touché par le retour de bonté de sa Grande, il reprenait, lui aussi, une gaieté d'enfant : la vie maintenant lui semblait facile ; et il se retenait à grand'peine de confier à Marie-Anne ses espoirs d'avenir. Sans doute, c'eût été plus conforme aux convenances ; mais il voulait, d'abord, pressentir la jeune fille. Elle et lui, en effet, étaient d'âge à s'expliquer une seule et franche fois, honnêtement, sans mièvreries sentimentales, sans équivoques détours. Sitôt assuré qu'elle ne repoussait pas son affection, et qu'elle l'autorisait aux formalités, il s'en remettrait de tout, alors, à Marie-Anne, intermédiaire obligé envers Mme Tratkoff. Mais ce qui semblait si facile, une entrevue loyale avec Sonia, à y réfléchir, l'effrayait ; et malgré la douceur de ses regards de vierge et cette sympathie exhalée d'un être et qui ne trompe pas, il se sentait gauche et timide devant elle, à présent, tant d'une part la convention mondaine, et de l'autre la fausseté des traditions romanesques, rendent difficile toute explication, de jeune homme à jeune fille. Il y avait plus encore : une légitime pudeur, la défiance de soi-même, la crainte de paraître fat ou vain en lui offrant, ainsi nettement, d'engager leurs destinées.

Cependant chaque jour qui passait, maintenant rapide, les rapprochait d'une séparation inévitable. Mme Tratkoff parlait déjà de faire des malles. C'est effrayant comme le temps courait, d'heure en heure, minute à minute. La fin des vacances s'évanouissait en rêve. Et Noël ne se décidait pas.

— Qu'attend-il ? se demandait Mlle Guislain. Restée en correspondance avec l'abbé, dont les relations étaient nombreuses et qui, par des ramifications subtiles, se procurait tous les renseignements pouvant intéresser ses pénitentes, elle savait des détails plus que rassurants sur la fortune et la situation des Tratkoff, très bien vus dans la colonie russe, à Paris. Elle s'attendait donc à tout et, d'avance, étant encore à cette période où l'idée du sacrifice exalte, elle s'imposait de ne pas contrarier son frère, et de s'en remettre à la Providence. Mais sous son sourire de commande, elle souffrait l'angoisse. Parfois elle eût voulu que tout se décidât sur l'heure. Ensuite elle espérait que l'irrévocable s'éloignerait d'elle, comme un calice d'amertume épargné à ses lèvres. Elle tremblait, à certains moments, d'impatience anxieuse, le silence de Noël l'inquiétait trop. Ah ! savoir au moins... si elle eût osé, elle lui eût arraché l'aveu, pourtant sa condamnation, à elle. Très souvent elle échappait au présent, se réfugiait dans le passé, se représentait un Noël enfant, puis jeune homme, tel qu'il lui appartenait, pleinement. Des années de soins, de surveillance, de domination tendre et jalouse, défilaient en sa mémoire. Et toutefois elle l'avait bien prévu, ce dénouement ? Oui, mais en le retardant le plus possible. On sait bien qu'on mourra, et cependant on en écarte l'idée : plus tard, c'est l'inconnu, autant de gagné ; et en attendant on vit. Jusque-là Mlle Guislain avait vécu, et il lui semblait que Noël marié elle cesserait de vivre. Aussi bien, elle ne pouvait se représenter ce moment. Elle s'arrêtait au mariage : un grand trou noir où sombreraient leurs années heureuses. Puis elle se raidissait, en se répétant : « Son bonheur !... »

Ce mot, tel qu'un cordial amer, relevait son courage et sa fierté.

C'était un jeudi voilé, d'une douceur grise ; un vent mou agitait les petites feuilles des bouleaux ailés ; la rivière fumait comme un lingot d'étain. Insensiblement la forêt revenait à ces tons de vert pâle, éclairés de jaune, qu'elle a, toute humide et neuve, au printemps. Mais on la devinait sèche et prête à se flétrir. Des taches de rouille la piquaient çà et là. Quelques baies rouges ponctuaient le feuillage des sorbiers. On entendait dans les fourrés le roucoulement des tourterelles sauvages. Le soleil était rare. Un grand jour faux tombait du ciel. Les choses revêtaient un charme velouté, une grâce de langueur. Depuis trois jours, la rosée du matin était blanche, tapissée de perles et de fils d'argent. Noël et Sonia devaient se rappeler toute leur vie ce jour-là.

Mme Tratkoff relevant d'une petite attaque de rhumatismes, qu'elle devait à une cuisine trop substantielle et trop épicée, Noël, pour aller prendre de ses nouvelles, passa par la route du parc. Ce chemin vert, au gazon ras, sinuant entre des taillis coupés droit comme dans une charmille, longeait à mi-hauteur le coteau, au plus touffu du bois ; et l'on apercevait, par éclaircies, la Seine. Mme Tratkoff, rendue très exigeante par son indisposition, avait gardé tout le temps Sonia auprès d'elle. Noël avait donc de grandes chances de trouver la jeune fille au logis, mais il ne savait s'il pourrait l'entretenir un moment à part. Et d'avance, ses belles résolutions de parler faiblissaient.

Grand fut son émoi d'apercevoir, à un coude de la route, venant vers lui, une robe sombre qu'il crut reconnaître, à on ne sait quoi dans le rythme et la démarche, qu'il n'eût su définir, et qu'il savait bien. La femme marchait vite; il s'assura bientôt que c'était Sonia. Il crut la voir rougir. Depuis le soir oú ils avaient échangé, peut-être sans croire y donner tant d'importance, la douce chanson slave, sur l'eau, ils ne s'étaient pas revus seuls et ne s'étaient adressé que des phrases quelconques, démenties, il est vrai, par leur regard troublé et plus qu'affectueux; ils eussent redouté, d'ailleurs, un hasard qui les eût laissés libres de se parler franchement, car ils ne le pouvaient plus faire que pour l'aveu, s'imposant enfin nécessaire, inévitable. La rougeur de Sonia gagna Noël; ravi par l'occasion toute offerte, il ressentait pourtant un tel trouble que, s'il en avait eu la ressource, il eut tenté de fuir. Sonia sentait de même. Mais comment s'éviter, à si courte distance? Il fallait s'aborder, bon gré, mal gré; et ils reconnurent l'inévitable, doux et terrible. Encore dix, cinq, trois pas! Et ce fut par cet embarras, effrayant certes! mais non sans charme, qu'ils s'abordèrent, rougissant à l'envi et balbutiant des phrases qui ne s'accordaient guère. Heureusement, le comique qui se mêle presque toujours à notre vie futile ou profonde, procura à Sonia une contenance immédiate; bien qu'essoufflée, elle continua sans s'arrêter, allongeant l'allure comme une personne poursuivie.

— J'allais chez vous, dit Noël, réglant son pas sur le sien.

Elle répondit :

— Ah!... Figurez-vous... est-ce qu'il n'y a pas un chemin de traverse? Je voudrais tant échapper au docteur Mirage. C'est lui qui soigne ma mère. Et il me poursuit de ses théories. Maman prétend que les tisanes qu'il lui ordonne lui font du bien, mais je sais le contraire, car je jette les remèdes et je ne lui donne que l'infusion de tilleul sans sucre. Vous savez, — fit-elle, sans qu'on sût si elle parlait sérieusement ou pour rire — qu'on assure qu'il a encore tué avant-hier une vieille femme, en la saignant de force; on l'enterre aujourd'hui.

— Mais où est-il? demanda Noël.

— Derrière moi; il sortait de la maison, mais je me suis hâtée. Il me semble, — et à son petit rire se mêla un rien de superstitieux — que j'ai la Mort sur mes talons.

— Ou Croque-Mitaine? fit Noël. Il ne s'attendait guère à cette diversion; elle ne lui déplut pas, parce qu'il y gagnait un répit. Il demanda :

— Votre mère va-t-elle mieux?

— Oh! beaucoup. Elle a même retrouvé sa bonne humeur.

Et son regard eut une expression de malice sans méchanceté, qu'il connaissait bien.

Mais voilà qu'en face d'eux, à l'extrémité du chemin vert, débouchèrent, en un brouhaha de grosses voix assourdies, tous les Chesne. On ne rencontrait qu'eux; ils envahissaient et gâtaient le paysage. Noël et Sonia, en un sursaut de terreur, firent volte-face, pour échapper à ce vulgaire contact d'enrichis, à leurs airs de supériorité et à leurs regards curieux. L'accord instinctif qui venait de les faire s'esquiver, se confirma de l'entente par laquelle ils réprouvaient l'attitude de M. Chesne, devenu la fable du pays, pour un refus de paiement à un ouvrier dont il trouvait le salaire un peu trop élevé, et aussi pour l'inconvenance qu'il avait témoignée envers le curé, venant le prier de souscrire, en faveur de pauvres gens. D'autres détails de ce genre donnaient une pauvre idée du gros homme, vaniteux et égoïste, et qui aurait dû se faire pardonner sa richesse à force de générosité.

— Ah! les mauvais riches, dit Sonia, la belle menace de l'Ecriture contre eux!... — Mais de nouveau ils reculèrent comme à la vue d'un serpent.

— Bouffre!... Croque-Mitaine! — souffla comiquement Noël. Juste en face d'eux, à l'issue du chemin, se tenait le docteur Mirage, contemplant un gros champignon vénéneux. Heureusement, la tête baissée, il ne les avait pas aperçus. Bien vite ils rebroussèrent, comme des enfants qu'un masque terrifie, loin de la maladie et de la mort incarnées par le vieil homme. Mais d'autre part, les grosses voix des Chesne approchaient. Pris entre deux feux! C'est alors que Sonia, par une inspiration osée et charmante, rassemblant d'un tour de main sa robe, se jeta dans le taillis, d'un élan de biche. Ce bond effaré fut si leste que Noël, sans trouver un mot s'élança derrière elle, au travers des branches qui lui cinglaient le visage. Son amour en reçut un coup de fouet. Il se dit : « Maintenant ou jamais, il faut que je parle! »

Elle fonça en avant, tout le corps en fuite, gracieuse.

Sonia, qui se retournait, lut-elle dans ses yeux son intention ? Par pudeur, ou par malice, voulut-elle s'y soustraire ? Elle fonça en avant, tout le corps en fuite, gracieuse.

LA-BAS, DANS LA RANGÉE VIDE DES BANCS, PRÈS DU CHŒUR, UNE VIEILLE FEMME AGENOUILLÉE.

La descente était rapide ; on glissait sur les feuilles et sur le sol humide ; il fallait se retenir aux arbres. Le sous-bois, à cette place, était profond, éclairé d'un jour vert. Ne voyant pas la route, il semblait qu'on dégringolait dans la Seine, qui coulait, au bas des branches. Craignant que la jeune fille ne tombât, Noël murmurait, suppliant :

— Sonia ! Sonia !... et n'osait dire davantage. La route blanche tout à coup apparut, au bas d'un talus si haut, que Sonia hésita à sauter. Haletante, elle rattachait son peigne d'écaille, un peu déplacé ; ses bras levés dessinaient la finesse de sa taille ; son sourire, en son teint animé par la course, était espiègle et divinement tendre : on y lisait une confusion rayonnante. Noël, pour qu'elle descendît, lui tendit les bras : elle s'y laissa couler ; une seconde il la tint au vol, tout contre lui, et la déposa sur la route, à regret.

Ce fut tout. Il ne fit pas de déclaration. L'étreinte suffit ; car il l'avait serrée comme quelqu'un qu'on aime bien, et qu'on voudrait embrasser. Le baiser qu'il ne lui avait osé donner, elle l'avait reçu et senti jusqu'au fond de son cœur.

Graves, silencieux, ils s'en allèrent ainsi lentement, vers Sonnelles. Ah ! les belles déclarations sonores, les pompeuses phrases de roman : mensonge ! dans la vie, l'amour ne parle guère. Et Noël se rappela, avec une émotion reconnaissante, ce que Sonia lui avait dit, jadis, dans le verger : « Ce doit être, j'imagine, un sentiment si discret, presque muet dans ses joies et dans ses douleurs! » Oui, mais ils parleraient tout à l'heure, ou demain, ou plus tard, une fois fiancés. Et alors... ils n'auraient rien perdu pour attendre!

Aussi bien, le même instinct de pudeur qui leur avait fermé la bouche, les invitait, bientôt, à sortir du trouble exquis où les entraînait leur silence. C'est la fatalité des situations extrêmes qu'elles ne peuvent se prolonger, et qu'après les avoir savourées en une sorte d'accablement, tantôt délicieux, parfois amer, force nous est de recourir à la parole, pourtant impuissante à épancher le trop-plein du cœur. La longue montée qui se dressait, caillouteuse, bordée du clair ruisselet, imposait d'ailleurs l'échange de quelques mots coupant de leur sonorité vivante le grand silence mort du paysage. C'était un de ces instants où l'on n'aperçoit pas un être et où il semble que la terre est vide. Noël et Sonia pouvaient, devaient se croire seuls au monde; et rien ne les empêchait de se dire, à âme ouverte, l'ultime aveu si poignant qu'il en devenait presque douloureux, malgré sa douceur. Mais il n'est pas de langage direct pour ceux qu'une sensibilité haute domine; et ce n'est que par des à peu près, hésitants et timides, qu'ils osent suggérer ce qui leur semble si difficile, et presque brutal à dire.

— Ce voyage... murmura-t-il. Comptez-vous toujours partir?

Aussitôt il regretta sa gaucherie, comme s'il pouvait, *maintenant*, laisser planer là-dessus le moindre doute. Sonia le regarda, presque étonnée; et dans son trouble :

— Mais... je ne sais, oui.

Comme c'était peu ce qu'ils eussent voulu dire, et comme ils s'entendaient mieux dans le silence! Aussi, un grand moment encore, ils se turent.

— Prolongeriez-vous longtemps votre séjour en Amérique? demandait-il, inquiet.

— Quelques mois... et elle parut déconcertée.

Ils allaient côte à côte, de plus en plus lentement, alanguis et incertains, maintenant, craignant de voir s'éloigner le bonheur qui cependant était là, dans leur main.

— Vous ne regretteriez pas Sonnelles? balbutia-t-il, à la fois avec crainte et reproche.

— J'y reviendrais l'été prochain, fit-elle avec un peu de malice inconsciente.

Il baissa le front, déçu, épouvanté à l'idée d'un avenir si lointain. Et de nouveau criait en lui la voix intérieure, l'instinct sûr et caché : — Parle, mais parle donc, pauvre homme! Il rassembla son courage, et s'arrêtant :

— Pourquoi partir?

Elle le regarda; et il vit courir éperdument le ruisselet, il lui sembla que la terre tournait autour de lui.

— Pourquoi?... répétait-elle vaguement; ses yeux gris reflétaient la tendresse du paysage; et toute sa personne, exhalant une grâce noble et chaste, revêtait un aspect de mystère et d'inconnu qui la différenciait de toutes les femmes, la consacrait l'unique, l'élue.

Il implora :

— Ne partez pas...

Et il ajouta :

— Soyez ma femme!

Elle ouvrit de très grands yeux, fit un sourire d'enfant, puis s'empourpra comme les coquelicots; ses yeux se mouillèrent, et son visage eut le charme inexprimable d'un rayon de soleil à travers la pluie.

— Je ne vous ai pas offensée?... fit-il d'un ton d'angoisse, où l'espoir tremblait.

Elle secoua lentement la tête.

— Vous consentez donc?... fit-il tout bas.

Et elle sans le regarder :

— Oui.

L'accablement de son bonheur le rendit muet et il se remit à marcher auprès d'elle, sans savoir qu'il marchait, à regarder les champs, sans les voir, à sourire, avec une envie folle de pleurer. Enfin il murmura :

— Que vous êtes bonne... Ah! toute ma vie, toute ma vie...

Ils avaient atteint le haut de la côte, devant l'église au toit moussu, aux vieux contreforts gris. Un même besoin de solenniser leur engagement et de sanctifier la seconde présente, les poussa, sans en exprimer l'intention, à entrer, afin de mettre, demi-croyants, leur avenir sous la protection de vieilles et tutélaires croyances, d'enchaîner le souvenir de cette émotion suprême à leurs impressions fanées, mais toujours vivantes, d'enfance. Et la paix recueillie de la maison d'ombre tomba, comme un manteau de fraîcheur, sur leurs épaules; une odeur d'encens, éparse, montait dans l'église pauvre; la Vierge à la robe bleue constellée d'étoiles, souriait.

Là-bas, dans la rangée vide des bancs, près du chœur, une vieille femme qu'ils n'avaient pas vue leva la tête, et la replongea immédiatement entre ses mains : Marie-Anne! Sonia alla s'agenouiller près d'elle. Longtemps elles restèrent ainsi. Quand elles se relevèrent presque en même temps, Noël les vit venir à lui, qui souriaient d'un air grave et absorbé. Grande, avec autorité, mit ses doigts au bénitier, effleura la main de Sonia, celle de Noël ; et tous trois, en gage fraternel, s'enveloppèrent du lien mystique d'un signe de croix.

VIII

Grande est entrée, sans avoir frappé cette fois, dans le cabinet de travail de son frère. Le soir va descendre ; par les baies ouvertes, la fraîcheur souffle avec un petit goût de brume. Les champs bleuissent et une fumée blanche s'exhale des lointains. Noël, debout, s'encadre en noir dans le jour blême. Timidement, elle demande :

— Tu ne veux pas ta lampe? Tu ne travailles pas?

Il répond :

— Non, d'un voix un peu changée ; et il lui saisit la main ; c'est de part et d'autre une étreinte de doigts qui serrent à briser, une si longue, si longue étreinte... qu'il semble que, de l'un à l'autre, leurs âmes vont et s'échangent.

— Chère sœur ! murmure-t-il enfin.

— Mon ami, tu peux parler. Va, mon cœur t'écoute.

Elle a un petit frisson. Il se méprend et ferme les larges vitres, guide Marie-Anne dans l'ombre et la fait asseoir dans un grand fauteuil. Elle entend un bruit de mains fourrageant auprès d'un bougeoir.

— Non, n'allume pas, c'est inutile !

Un peu d'angoisse a passé dans sa voix ; elle ne veut pas, sans doute, qu'il puisse voir son visage. Il s'est assis sur une chaise basse, presque à ses genoux ; et là, lui reprenant une main afin de rester en communion, il lui dit, à la fois étouffé d'espoir et de bonheur, mais tremblant qu'elle n'aille souffrir :

— Grande, ma chère, tu as compris, n'est-ce pas? J'aime... cette jeune fille.

Le nom de Sonia lui est venu aux lèvres, mais il n'a osé le prononcer.

Un soupir ; et une voix basse, indistincte lui répond :

— Eh bien, il faut l'épouser !

Il sent là tout l'arrachement du sacrifice, l'amertume de la chose consentie ; il s'incline et lui baise la main. L'autre main de Grande se pose dans ses cheveux, comme lorsqu'il était enfant, une main jeune alors, aujourd'hui froide et séchée, mais qui le caresse doucement, si doucement... Tout ce qu'il y a de bonté dans ce frôlement le pénètre. Ont-ils bien pu se méprendre, souffrir de froideurs cruelles? Son cœur fond :

— Grande, tu m'aimes encore, n'est-ce pas?...

— Oh ! mon petit, mon petit !... répond-elle ; et il sent le poids de la vieille main crispée, qui lui serre et lui relève le front, afin qu'il puisse lire dans les yeux de sa meilleure amie qu'elle ne l'a jamais tant aimé qu'à ce moment où elle va le perdre.

— Grande, pardonne-moi, fait-il. Nous t'aimerons tant !

Elle répond :

— Je ne doute pas de ton cœur.

Par ce mot qui l'isole, elle met à l'écart malgré elle l' « autre », l'intruse.

Il voudrait plaider pour elle, et malgré lui craint le mauvais présage de cette réponse. Il est si plein de tendresse qu'il lui semble que rien n'est plus facile que de s'aimer. Et pourtant, il sait trop bien que les âmes les plus faites pour s'unir ont leurs écarts involontaires et leur mésintelligence forcée. Comme il en coûte de s'exprimer, pourtant ! Il avait tant à dire, et maintenant quelque chose en lui s'est séché ; il craint d'employer des mots qui peinent Marie-Anne. Ah ! la bonne volonté est peu de chose, dans la vie...

Mais elle, magnétiquement avertie, veut réparer et dit :

— Sois heureux, mon cher frère, jouis de ta jeunesse et de ton avenir. Vois-tu, je ne veux que ton bonheur !

Mais elle ajoute, par un retour si légitime :

— Moi, ma vie est finie.

Il proteste, à cœur perdu :

— Pourquoi finie?

— Puisque tu veux me quitter.

C'est dit avec tant de douceur et d'indulgence que le reproche ne lui semble pas amer ; ainsi s'émeut-il :

— Moi, mais comment, te quitter? Peux-tu imaginer que nous séparions nos vies? Notre foyer restera le même ; il n'y aura qu'une amie de plus pour toi dans la maison.

Elle était noyée dans l'ombre, maintenant. Il ne pouvait voir ses yeux, ni tout ce qu'ils exprimaient. Heureusement ! car cette obscurité lui cachait la seule chose dont Marie-Anne n'était pas maîtresse, son visage, où des larmes rares coulaient jusqu'à ses lèvres douloureuses : pauvres sanglots de vieillards qu'on n'entend pas, et

— GRANDE, MA CHÈRE, TU AS COMPRIS, N'EST-CE PAS? J'AIME... CETTE JEUNE FILLE.

qui ne soulèvent même plus leur poitrine ni n'oppressent leur respiration. Mais il devina, et bouleversé :

— Tu pleures?...

— C'est le passé, dit-elle, nos habitudes, notre intimité. Je ne t'aurai plus, toi, qui étais tout pour moi. Toutes mes pensées se rapportaient à ta vie, jusqu'aux petits soins du ménage et aux coquetteries de ta toilette. Je me rappelle tant de choses, quand tu étais petit!... Mais ne crains rien, je serai forte.

Alors vaincu, d'un élan généreux, mais qui à peine formulé se repentit, avec la peur lâche qu'elle n'acceptât, il dit :

— Veux-tu que je renonce?

Elle répondit :

— Non, *maintenant* le sacrifice est fait pour moi. Ce n'est pas aujourd'hui que j'ai souffert. Au premier jour, j'avais deviné ce qui arrive.

— Mais, insinua-t-il avec un peu de ce jésuitisme inconscient qu'ont les plus loyaux, pris entre des devoirs opposés — rien ne dit que Mme Tratkoff consente...

Elle eut une belle révolte d'orgueil : Son Noël!... on ne voudrait pas de lui... Elle voudrait bien voir! Elle dit nettement :

— C'est mon affaire.

Il se demanda si toutes deux, en leurs futurs rapports de belles-mères, n'allaient pas se prendre de travers, et compliquer d'aigreurs une situation aussi délicate? Ç'avait été si simple, entre Sonia et lui!... La main de Grande qu'il tenait dans la sienne était devenue chaude et fiévreuse :

— Que ferez-vous? — dit-elle, agitée déjà de soucis d'avenir. — Vous prendrez une petite maison? Dans quel quartier? Aurez-vous un jardin pour Snorr et Frimousse?

Ces mots lui firent mal : cette soumission forcée au jeune ménage, à la nouvelle venue; et il répliqua :

— Mais notre rez-de-chaussée de la rue Notre-Dame-des-Champs n'est-il pas très bien? Nous y avons trop de pièces pour nous deux. Une fois remis à neuf et arrangé, ce sera charmant.

De Mme Tratkoff il ne fut plus question; elle avait toujours déclaré qu'elle ne vivrait jamais, par principe, avec Sonia mariée. Mlle Guislain soupira :

— Ne vaut-il pas mieux que je vous suive dans un appartement inconnu, où je n'aurai pas mes vieilles habitudes à perdre, où je pourrai m'effacer, vivre dans mon coin!

La femme reste toujours femme, un être faible qui se défend. Cette tactique, dans la lutte éternelle que nos intérêts disputent, si toutefois c'en était une, réussit. Noël dit :

— Mais, Grande, il n'y aura rien de changé à vos habitudes. Que parlez-vous d'abdiquer? c'est vous qui conduirez la maison et tiendrez le ménage.

— Mon ami, tu ne peux engager que toi, si ta « femme »... — (ce mot lui racla la gorge) : une *jeune* femme doit vouloir commander; il est impossible que nous gouvernions ensemble.

— Vous gouvernerez seule, ma sœur. Sonia, j'espère, ne demandera pas mieux de se fier à vous; si vous consentez à mener toujours la barque comme vous la menez si bien, c'est un fardeau dont nous vous saurons un gré infini de nous délivrer.

— Je crains que ce ne soit impossible, Noël, dit-elle — soit qu'elle le crût, soit pour se faire prier.

— Si, Marie-Anne, tu verras!

La nuit était complètement tombée; elle enveloppait d'un suaire la vieille fille qui vaincue, anéantie, se sentait dissoudre en ces limbes de deuil. Son frère respectait ce silence et regardait, loin dans les champs, un grand peuplier perdu dans l'azur foncé.

— Quand devrai-je faire les démarches? demanda-t-elle tout à coup. Ne sera-t-il pas temps à Paris? Et puis, leur voyage... ne trouves-tu pas que c'est bien hâtif?

Un léger pressement de main l'avertit; elle se rendit à cette prière :

— Accorde-moi trois jours, dit-elle, et j'irai.

La main la pressa plus fort, reconnaissante. Et comme ils écoutaient, muets, des voix tristes et tendres, en eux, une clarté de lait coula du ciel, inonda la campagne. Une âme subtile flotta dans l'air; le peuplier s'argenta : l'azur devint pâle et, sur les coteaux, monta la lune blanche.

Songeant combien il devait être tard, puisque Margaude, par une sorte de divination complice comme en ont les frustes et les simples, avait respecté leur solitude, ils descendirent. Il semblait à Mlle Guislain, dans l'escalier tournant, s'enfoncer en des ténèbres d'avenir. Noël, une seconde aussi, la partagea, cette sensation superstitieuse. Mais à la belle lumière de la lampe, devant la nappe blanche et scintillante où fumait la soupière, il ne pensa plus qu'à ce qui lui arrivait de bon et de beau. Etant jeune, il avait faim; mais Marie-Anne mangeant peu, par délicatesse, il fit comme elle.

Dire que Mme Tratkoff ne s'attendait à rien et ne soupçonnait rien, serait excessif. Tout de suite, Noël lui avait plu, et si elle n'avait pas connu l'éloignement de sa fille pour le mariage, éloigement qui n'était chez elle que l'amour de l'indépendance, l'horreur des conventions banales et du flirt convenu, elle eût certainement prôné davantage le jeune homme, et fait miroiter, aux yeux de Sonia, son mérite, ainsi que les avantages moraux et pratiques de cette union. L'opinion flatteuse qu'elle avait des gens étant le reflet de celle qu'elle supposait qu'ils avaient d'elle-même, son amour-propre, caressé par la politesse et les égards de Noël, la prédisposait fort en sa faveur : elle le jugeait d'excellent ton. Ce brevet de bonnes manières qu'elle lui décernait, lui suffisait; car, pensait-elle naïvement, étant d'abord un bon gendre, nul doute qu'il fût de reste un suffisant mari. En son absence, elle avait risqué plus d'une allusion à son égard, mais sans succès Sonia se livrant peu, Mme Tratkoff ne se démontait pas pour si peu; elle avait des inventions si bizarres, celles ci entre autres:

— Plus j'y pense (elle affectait un air de profonde méditation), plus ce M. Noël ressemble à Serge Pavlowitch Kloustine. Tu ne l'as pas connu, ma chère? C'était un bel homme!... Il a été très amoureux de moi dans le temps; et si je n'avais pas épousé ton père! Hem! Il est mort bien lamentablement, ce pauvre Klouskine : il passait dans une rue, quand une femme, que son mari jetait par la fenêtre, lui est tombée sur la tête. Il a été aplati comme un « bliny »! C'est étonnant, vois-tu, comme M. Guislain lui ressemble; de profil, c'est frappant; mais l'autre était mieux. Et sans la femme que son mari... un affreux moujick : on l'a pendu!

— Quels contes me faites-vous là, maman? répondait Sonia, en réprimant un imperceptible mouvement d'épaules.

— Mais, ma chère, reprenait-elle vexée, ce ne sont pas des contes. Ce Klouskine était très remarquable; j'ai toujours pensé que s'il avait vécu, j'aurais pu l'épouser en secondes noces! Car enfin — (elle jetait un coup d'œil dans la glace) — je ne sais pas pourquoi je ne me suis pas remariée. J'ai l'œil sain et la peau fraîche. Sais-tu que ce grand colonel de cuirassiers, cet hiver, au bal de l'ambassade, me faisait des déclarations en me conduisant au buffet! Hé! ma chère, s'il allait vouloir m'épouser, lui aussi!

— Maman, s'écriait Sonia en se bouchant les oreilles, taisez-vous, je vous prie, vous me feriez croire que vous devenez folle!

— Sonia, tu me blesses, ripostait-elle avec beaucoup de dignité. Il n'y a jamais eu de fous dans ma famille. Il n'y en a eu qu'un dans celle de ton père; et encore l'oncle Thadée n'était-il pas précisément fou; sa manie consistait à avoir peur des mouches, et, quand il en voyait une, à se cacher sous son lit en appelant au secours le tsar, notre père! D'ailleurs, ça ne le prenait que par le vent d'est!

Pour faire taire sa mère, Sonia s'asseyait au piano, en tirait des arpèges et des trilles galopants; celle-ci se résignait et au bout d'un instant, s'écriait :

— Joue-moi, ma pigeonne, joue-moi la sonate de Beethoven que j'aime tant, tu sais!

Et fini le morceau, qu'elle avait écouté avec ravissement, elle sursautait :

— Il faut faire les malles, à quoi pensons-nous! Macha! viens m'aider.

Depuis trois semaines, la maison était en rumeur et en désordre; du linge traînait sur les meubles; des livres, des partitions s'écroulaient dans les coins. Et Mme Tratkoff reprenait :

— C'est égal, tu verras, l'été prochain, à notre retour d'Amérique — (elle levait en l'air un doigt prophétique) — crois-moi, il sortira de tout cela quelque chose de bon.

Sonia se détournait, rougissante, partagée entre l'envie de se fâcher ou de rire.

Le troisième jour s'était levé. C'était l'avant-veille du départ. Pas un mot, dans l'intervalle, au sujet de la démarche convenue, n'avait été échangé entre Mlle Guislain et son frère. Noël, toute la matinée, regarda avec inquiétude les nuages; des giboulées traversaient le ciel, coupées d'éclaircies de soleil. Par prudence, on commanda la voiture du père Rouguin.

Marie-Anne eût voulu aller seule, en ambassadrice, et si son frère l'eût écoutée, elle eût écrit, d'abord, à Mme Tratkoff pour lui demander une entrevue solennelle; mais lui, ennemi de toute oiseuse formalité, l'avait décidée à une visite très simple, dans laquelle il l'accompagnerait, quitte à la laisser seule pendant la demande. Déjà la voiture attendait, sous la pluie. Dans la salle à manger, dont il préférait la chaleur gaie au froid et à l'apparat du salon, Noël entendait, à travers la cloison, Margaude remuer dans la cuisine; et cela lui était agréable, les bruits familiers de la maison l'entourant d'une intimité cordiale. Marie-Anne, qui se préparait là-haut, seule, selon sa coutume, se faisait attendre.

Pour tromper le temps, il caressa le chat, qui fit le gros dos, ronronna et vint frotter sa tête contre lui.

— Oui, Frimousse, oui, dit-il, c'est comme cela!

Le chat le regarda, profondément, poussa un *miaou* plaintif, puis incrédule ou dédaigneux, lui tourna le dos en lui balayant le visage de sa queue soyeuse. Snorr, jaloux, s'était levé, et, tout frétillant, il caressait son maître. Margaude ouvrit la porte, les mains chargées d'argenterie qu'elle disposa dans l'armoire.

— Eh bien, Margaude, il pleut? fit-il de bonne humeur.

— Bien sûr, monsieur! Ça va faire du bien à la terre.

Ils se sourirent presque, d'un air satisfait, comme si rien ne venait plus à propos que cette pluie, qui cependant risquait d'endommager la robe de mademoiselle. On frappa à l'entrée; la servante y courut et introduisit M. Kastor, tout ruisselant sous un caoutchouc. Il ne s'excusa pas d'inonder le corridor.

— Enfin! s'écria-t-il, il pleut! Je ne sais rien de bête comme le soleil. La pluie au moins vous lave les idées! Je viens vous emprunter le dernier volume de Victor Hugo.

Noël s'étonna; sa surprise s'accrut de voir que M. Kastor avait meilleure mine; ses joues prenaient du gras; ses mollets, était-ce une illusion? se rembourraient presque. Le bon air, les rôtis de l'auberge du *Pin Blanc*, et le confort familial y contribuaient sans doute.

— Oh! s'exclama le poète; ce n'est pas pour moi, c'est pour prêter à ma cousine *Loyse*. — Il voulait dire Louise, sans doute? Noël avait aperçu cette jeune personne, une brunette piquante, ma foi, et M. Kastor assez assidu auprès d'elle. — Tiens, tiens!... est-ce que son pessimisme?...

— Voilà le livre!

M. Kastor le prit avec précaution, comme s'il avait peur d'attraper le choléra, et pour plus de précaution il l'enveloppa d'un journal.

— Ces femelles!... soupira-t-il avec un mépris indulgent. — Voilà les vers qu'elles comprennent! Peuh! après tout, ce Victor Hugo a fait UN beau vers dans sa vie!

Ah! lequel?... Noël eût bien voulu le savoir, mais il n'en eut pas le temps : Mlle Guislain venait d'apparaître, en un frou-frou de robe empesée. Comme elle s'était faite belle! Pauvre Grande! Une capote de jais sur ses bandeaux gris, sa longue robe de soie mauve des grands jours, un camée sur la poitrine, des bracelets aux manches; et dans le sourire, quelque chose de souriant, de triste et d'altier qui semblait dire :

— N'est-ce pas que je suis bien comme cela?

Noël pensa à ces victimes antiques, parées de fleurs pour le sacrifice. Margaude, dans une admiration à la fois inquiète et réjouie, admirait sa maîtresse. On ouvrit les parapluies. M. Kastor s'éclipsa, et dans un silence préoccupé qui devait durer jusqu'au pont de Malves, les Guislain s'enfournèrent sous la capote de la voiture.

Mme Tratkoff n'attendait personne par un temps pareil. Le malheur voulut que les Guislain sonnèrent au moment où, un foulard sur la figure, elle commençait, dans un grand fauteuil, sa sieste. Brusquement réveillée, elle leur apparut toute rouge et les yeux bouffis, habillée d'un simple peignoir bleu tendre, coquet, il est vrai, et garni de dentelles. Mais en voyant Mlle Guislain en grande toilette, elle se confondit en excuses, dépitée d'avoir été ainsi surprise. Si elle avait su, pensa-t-elle, elle aurait mis sa robe de peluche; car elle gardait le goût des toilettes trop jeunes.

— Figurez-vous, bavarda-t-elle, Sonia et Etoile sont justement sorties. Elles ont déjeuné à Brolande, chez des amis; mais elles vont rentrer, je m'étonne qu'elles ne soient pas déjà là.

— Si vous le permettez, dit Marie-Anne, mon frère ira au-devant d'elles; et je vous demanderai la permission de vous entretenir seule quelques instants.

Mme Tratkoff se dressa en pied, avec une agitation extraordinaire :

— Certainement, certainement, mais pardonnez d'abord... Non, décidément, je ne puis vous recevoir ainsi; l'affaire d'une minute et je m'habille. Pardonnez, ce sera fait tout de suite!

Il fut impossible de la retenir, tant elle s'était précipitée dehors avec impétuosité.

— Vous voyez, Noël, dit gravement Marie-Anne, j'aurais dû la prévenir d'avance.

— Mais non, chère sœur, tout ira bien !

Et par contenance, il se mit à examiner des bibelots sur une étagère ; il s'approcha ensuite de la fenêtre et regarda les tilleuls. Il les avait admirés par un temps de pluie semblable, le jour où il avait vu Sonia dans cette maison pour la première fois, et où elle lui avait chanté du Schumann. Il apercevait aussi le verger mouillé. Un parfum de feuilles humides, comme alors, mais plus pénétrant, s'élevait du jardin. Marie-Anne, immobile dans un fauteuil, ses mains gantées jointes, les yeux relevés fixait sur lui un regard indéfinissable. Ils restèrent ainsi cinq bonnes minutes, gênés par ce silence d'attente, avec l'envie de se parler bas.

— Mille fois pardon ! — minauda Mme Tratkoff réapparaissant en sa robe de peluche, les doigts chargés de bagues et secouant un éventail ; elle avait mis aussi du rouge. — Mais, vraiment, j'étais si peu convenable !...

Bien vite, Noël prenait congé. D'après les indications qu'elle lui donnait, il ne pouvait manquer de rencontrer les jeunes filles.

Une fois seules, les deux femmes se regardèrent, empruntées, dans leurs belles toilettes. Mme Tratkoff avait le sourire le plus engageant, et cependant le pli de ses sourcils et le virement de ses prunelles trahissaient l'inquiétude. Marie-Anne avait pâli ; mais elle fit bonne contenance.

— Je suis, dit-elle d'une voix qui se raffermit peu à peu, chargée d'une mission qui ne vous surprendra peut-être qu'à demi ; mon frère aime Mlle Sonia, et je viens en son nom vous demander sa main.

Mme Tratkoff, qu'elle s'y attendît ou non, crut bien faire de manifester une émotion appropriée : elle écarquilla les yeux et la bouche d'une façon effrayante, comme un poisson qui se pâme :

— Dieu ! Dieu ! fit-elle, se peut-il !

Puis le naturel l'emportant, elle fondit en pleurs et s'effondra toute.

— Non, non, c'est impossible ! Soniencka, ma petite pigeonne ! La séparer de moi ! Oh ! quelle épreuve, quelle épreuve pour une mère !

Et avec incohérence :

— Mais y pensez-vous, l'avant-veille du départ ? Comme cela, on ne me prévient pas ! Il l'aime, et moi qui ne sais rien ! Il a trompé, trompé ma confiance ! Et elle, comme elle a dissimulé. Mais il faut tout défaire, et les malles qui sont faites ? Que n'a-t-il parlé huit jours plus tôt ?...

Un tremblement nerveux semblait présager, chez elle, une proche attaque de nerfs, quand heureusement un flacon de sels qu'elle aperçut et qu'elle aspira violemment, la ragaillardit. Elle avait vu aussi, du coin de l'œil, que Mlle Guislain n'avait pas l'air très content. Aussi, avec une volubilité extrême :

— Mais, comment, je suis très honorée ! C'est-à-dire, je ne sais, peut-être devrais-je demander réflexion ? M. Noël certainement est un garçon « chairmant », oh « chairmant ! » Et si ma fille... Elle aura trois cent mille francs de dot et j'irai vivre en Amérique. Voyez un peu comme elle m'a trompée, ah ! ah ! ah !

Des rires aux pleurs, des pleurs aux rires, Mme Tratkoff, que ses larmes, en délayant le fard de son visage, avaient toute barbouillée, passa enfin à un état d'exaltation mixte où il fut possible à Mlle Guislain de s'entendre avec elle et de débattre les principaux points des accordailles. Ce ne fut pas sans heurts, ni cahots, interruptions nerveuses et protestations loquaces de la bonne dame ; mais Marie-Anne s'était promis de rester calme ; et elles causaient en assez bonne intelligence, depuis une heure, quand on frappa timidement à la porte :

— Peut-on entrer ? dit Sonia en montrant la tête.

— Non, dit la mère, non, à moins que tu ne ramènes ton ramier rouge ; ne l'as-tu pas rencontré par hasard ? Voyez comme elle prend feu ! la sournoise, — (et apercevant Noël qui se dissimulait derrière Sonia) — avance, toi, avance un peu, mon petit père ! Eh bien, qu'est-ce que j'apprends ? Tu veux l'épouser ? Que la bénédiction du Christ soit sur toi. Que dis-tu, Sonitchka ? Te plaît-il ? Alors prends-le devant la face du ciel et de la terre. Pourquoi ne t'embrasse-t-il pas ? Il le peut s'il veut.

Noël ouvrit les bras et étreignit son amie, fraîche de pluie, comme une fleur à la rosée ; une goutte d'eau brillait encore dans ses cheveux ; mais son corps était chaud de jeunesse, et elle exhalait le parfum de la vie éternelle.

— A mon tour ! dit Mme Tratkoff.

Noël l'embrassa aussi, tandis que Sonia s'agenouillait devant Mlle Guislain ; et tendrement :

— Aimez-moi un peu, mademoiselle.

— Oui, mon enfant, de tout mon cœur ! répondit la vieille fille très émue, en la baisant au front.

— Jinny, appela Mme Tratkoff, pourquoi n'entres-tu pas ?

Le fier sourire, la beauté de lumière de miss Star firent irruption dans la pièce. Oh ! comme elle était rose. Elle comprenait donc le français, cette fois? Quels bons *shake-hands* sa main douce, à serre d'acier, donna !

— Macha ! Macha ! cria très fort Mme Tratkoff ; et à la servante aux yeux bridés, au type populaire russe, elle dit, le doigt tendu vers Noël :

— Voilà le maître. Il épouse Soniencka.

La servante, s'inclinant, baisa le bas de la robe de la jeune fille et fit au fiancé une révérence jusqu'à terre. Mme Tratkoff ajouta :

— Défais les malles, à présent !

La « Bourgogne » s'éloignait majestueusement.

DEUXIÈME PARTIE

Tâchons de nous aimer sans nous faire souffrir.
Maurice Bouchor.

LE DRAME

I

Mlle Guislain, impatiente, regardait la pendule. On avait tiré depuis longtemps les rideaux sur les arbres grêles, aux petites feuilles neuves, du jardinet. Pour la vingtième fois elle avait erré de la chambre des jeunes mariés au salon, du salon à la salle à manger, dans laquelle un en-cas était préparé, et de la salle à manger à la cuisine, où, discrètes, s'entendaient les voix de Margaude et de Macha. Partis en voyage de noces huit jours auparavant, pendant le congé de Pâques de Noël, c'est cette nuit que les Guislain rentraient du Havre, où ils avaient été conduire Mme Tratkoff, à bord de la *Bourgogne*, en partance pour New-York.

Tout le jour, Marie-Anne avait été anxieuse. Tant d'événements s'étaient passés depuis six mois qu'elle restait dépaysée, perdue au milieu de sensations étrangères, loin du calme où elle avait vécu tant d'années. Ç'avaient été, d'abord, les fiançailles de Noël et de Sonia, leur jeune amour s'affirmant sous ses yeux à travers les désaccords forcés, les aigreurs de belle-mère à belle-mère, les discussions d'intérêt et les lenteurs des notaires ; sa patience, plus d'une fois, avait été poussée à bout par les bizarres humeurs et les propos malchanceux de Mme Tratkoff. Ensuite, le mariage fixé à Pâques, elle avait dû, se pliant au désir de son frère, courir avec lui les magasins, conférer avec les tapissiers et les peintres, remettre complètement à neuf le rez-de-chaussée de la rue Notre-Dame-des-Champs ; on avait abattu des cloisons, couvert de vitres un hall-serre. Les pièces familières où l'on vivait depuis six ans avaient changé de destination. Il avait fallu établir une grande chambre pour le ménage, avec cabinets de toilette, de robes et salle de bains. Marie-Anne, il est vrai, avait gardé sa chambre ; mais, contrainte par Noël à en renouveler l'étoffe, elle ne se reconnaissait plus dans ce cadre trop neuf. Ses vieux meubles, sous la soie à fleurs brochée qui les recouvrait, avaient perdu leur intimité ; ils étaient bien usés, pourtant, bien fatigués ; mais c'est ainsi qu'elle les aimait : ce lui était presque un chagrin qu'on les eût rajeunis puisqu'Elie, hélas, restait la même, avec ce besoin de l'atmosphère et des entours surannés que les vieilles gens créent autour d'eux.

La maison entière, sous son air brillant et gai, la déroutait. Ce confort et cette élégance des choses prenaient presque, à son égard, une hostilité; car c'était le bouleversement d'un ordre établi, de règles invariables. L'âme moderne, avec son joli luxe bibelotier, s'installait à la place du raide et fruste décor du passé. Cela semblait lui dire : « Vous n'êtes plus de ce temps, Grande! Vous n'êtes plus de ce temps! » Et elle n'éprouvait pas seulement une pure détresse sentimentale, un isolement et un refoulement; il y avait, en plus, un recul et un sursaut de sa vieille âme choquée, blessée presque, dans une pudeur très intime et une austérité dévote, par tout ce que ces concessions au bien-être mondain annonçaient de prévenance et de soumission envers la femme nouvelle, l'étrangère, l'*Autre!* Jalousie cruelle! En vain Marie-Anne avait repoussé, depuis six mois, toute pensée mauvaise. Oui, elle enviait amèrement Sonia pour sa jeunesse, pour l'amour qu'elle pouvait inspirer, pour l'influence caressante qu'elle saurait prendre, pour les baisers même dont la chaste fille se privait, avec son grand frère, et que Sonia pourrait, devrait lui donner comme à un cher petit enfant. Cette dernière idée l'affolait; ce qu'on lui prenait, ce qu'on lui arrachait, en effet, c'était l'être qu'elle avait vu grandir, qu'elle avait élevé, c'était sa vie et plus que sa vie! Elle en voulait à Sonia, en dépit de sa fierté, d'une jalousie de femme à femme, incurable. Et à la pensée qu'ils allaient bientôt arriver, s'installer pour la première fois, mariés de dix jours, dans le nid frais et définitif, elle eut froid dans l'âme.

En même temps, avec la préoccupation complexe de remplir jusqu'au bout son devoir, et que son accueil ne démentît pas la bienvenue souhaitée par le poli des meubles, la tiédeur des tapis, la flambée de bois sec dans la cheminée, la clarté paisible des lampes, elle continuait à aller et venir par l'appartement, relevant une embrasse de portière, effaçant le pli d'une draperie, parant, d'une façon machinale et discrète, à d'infimes soins où témoignaient son bon vouloir et l'espoir de lire une reconnaissance joyeuse dans les yeux de Noël. Car, en somme, ces préparatifs des derniers jours, cette suprême main mise aux choses, lui avaient coûté peut-être, mais c'est avec orgueil qu'elle s'y était donnée tout entière, y goûtant une âpre distraction; et maintenant, en une satisfaction modeste, que traversait l'inquiétude d'avoir pu oublier en rien, elle contemplait son œuvre.

La vieille horloge sonna : son timbre lent et voilé, si cher par l'accoutumance aux oreilles de Grande, prit, cette fois, un accent de mélancolie particulière qui pénétrait; l'heure grave tinta, dans l'inconnu, émettant cette sensation d'inquiétude et d'avertissement fatidique que dégagent, souvent, les choses qui sont nôtres depuis longtemps et qu'une vie sourde et bizarre anime. Marie-Anne restait assez fermée à ce genre d'émotions nerveuses; mais cette fois, dans son attente fébrile, elle perçut à fond la solennité des vibrations tristes. Et elle se sentit tout à coup abandonnée, si seule en l'appartement neuf, transie d'une telle détresse que rien ne lui fut plus et qu'elle eut presque envie de mourir. Mais sa fière volonté se raidit, et après cet évanouissement d'âme, elle secoua, d'un brusque mouvement d'épaules, toute lâcheté. Avoir fait son devoir et le bonheur de Noël la raffermit. Ils pouvaient venir; elle les accueillerait, maternelle et souriante.

Oui, tout était bien comme cela, rien ne manquait au bon accueil préparé; elle s'arrêta devant un guéridon, tira plus au centre un plateau, par rectitude. Et tout à coup, sa pensée ayant été au-devant d'eux les recevoir, elle se dit :

« Comme ils tardent! » Très vagues, des inquiétudes lui vinrent, qu'elle précisa : ces accidents de chemins de fer si fréquents;... peut-être avaient-ils manqué le train? pourvu qu'ils eussent trouvé à la gare un bon cocher! Le bruit d'un fiacre la fit tressaillir; pas encore!... Elle alla dans le hall, examina le ciel à travers le vitrage, craignant qu'il plût : elle vit un azur sombre, semé d'étoiles. Tout noirs, les arbres du petit jardin se détachaient dans la nuit, jusqu'au mur, sur lequel un réverbère de la rue jetait, d'en haut, une lueur blême.

Elle soupira, songeant au grand jardin de Sonnelles, ramenée aux émotions cruelles de l'été, qui, après les neiges de l'hiver, par ces frileux souffles du printemps, toutes vives et cuisantes encore, ressuscitaient au moindre appel. Elle refoula ce passé, ne voulant se fier qu'à l'avenir, l'espérer bon, heureux.

« Mais comme ils tardent, mon Dieu! » Une fièvre battait à son poignet, un léger froid descendait sur son dos, la mystérieuse angoisse de l'attente la traversait de petits élans douloureux. Comme elle allait les embrasser, tous deux! Oui, Sonia aussi, avec un sincère désir de l'aimer et d'en être aimée. Enfin un bruit de voiture s'arrêta; tout son sang reflua, sa vie en quelques secondes fut suspendue; puis elle courut à la porte et, dans un grand spasme, à la vue des jeunes mariés, son cœur s'ouvrit :

— Mes enfants!

Elle embrassait d'abord Sonia.

Ce n'est pas sans malaise que Noël attendait le premier choc et ce premier baiser. L'égoïsme de son bonheur n'avait pu lui faire oublier tout ce que Grande avait souffert et l'empêcher de craindre l'avenir. Cette préoccupation s'était accrue en lui pendant le retour, tandis que, sa femme reposant en face de lui, le train à toute vitesse les emportait vers leur vie nouvelle. Une comparaison, à cet instant, s'était imposée à lui, le souvenir de ce premier jour de vacances, où Grande en vis-à-vis, dans un train rapide aussi, ils couraient vers Sonnelles, ignorant les changements qui allaient troubler complètement leur vie. De même, ici, il avait appréhendé l'inconnu. Mais en ramenant ses regards sur Sonia endormie, il s'était rasséréné. Un sommeil de femme ou d'enfant, par son abandon confiant et sa faiblesse, attendrit et désarme cette méfiance que ceux qui nous sont le plus chers nous inspirent souvent. Noël avait souri.

Avec une tendresse profonde il contemplait, dans le ballottement du train, la jolie clarté fuyante que la lampe du wagon répandait sur le visage de la jeune femme. Etait-ce le sommeil qui détend et régularise les traits, ou le mystérieux reflet du bonheur? Sonia n'était plus la même : elle avait embelli brusquement, en un épanouissement de fleur. Son teint s'était rosé, une expression douce et lente étirait en sourire ses lèvres, une langueur mourait dans l'ombre de ses yeux. Noël alors, pour perpétuer en lui la conscience de sa joie, se souvenait. Mais ce n'était plus, comme jadis en allant à Sonnelles, son passé d'enfant et de jeune homme qu'il revoyait. Ce temps lui semblait brusquement séparé de lui, mort dans le vide, appartenant à un être qu'il avait été et qu'il n'était plus. Sa vie ne partait plus que de sa première rencontre avec Sonia : le Noël marié lui paraissait un autre homme; il passait par cette illusion si fréquente après un grand bouleversement d'habitudes; on se cherche et on ne se retrouve plus : douceur étrange, mêlée de malaise.

Il se rappelait d'abord l'époque des fiançailles. Pendant la semaine, retenu par ses occupations, il ne pouvait guère appartenir à son amie. Le jeudi pourtant, il dînait chez elle; c'était une longue soirée de causerie et de musique. Le dimanche ils s'en allaient avec Mme Tratkoff aux concerts; et les belles gelées, les salubres frimas leur donnaient une gaieté alerte, l'envie des marches rapides. Souvent ils traversaient le jardin défeuillé du Luxembourg, qu'ils aimaient tous deux. Parfois le crépuscule les y surprenait, l'heure exquise à Paris où les premiers réverbères s'allument; et ils adoraient les roulements de tambour tristes qui annoncent, dans le grand jardin, la fermeture des grilles.

Jour à jour, leur mariage s'était rapproché, mettant dans leurs entrevues une attente frissonnante. Il leur semblait si bien se comprendre : moments précieux, de vie facile, où les mutuelles prévenances, les attentions délicates, l'espoir en l'être aimé et en soi-même, élèvent le cœur et l'esprit, rendent meilleur! Moments presque aussi doux, peut-être, que l'ivresse réalisée ensuite. Et les jolies joies des cadeaux, le langage blanc des bouquets, ces symboles parlants et toujours nouveaux! Enfin, le grand jour, Sonia en sa robe de neige, sous un nuage de tulle, et sa pureté de reine vierge ou de jeune fée!

Là, comme le comique, invariablement, se mêle aux actes profonds de la vie, aux douleurs hautes, Noël ne pouvait s'empêcher de sourire, encore, en pensant à l'exubérance de Mme Tratkoff, contrastant, ce jour-là, avec la dignité sérieuse de Marie-Anne. Très certainement, l'excellente dame était émue, désolée à l'idée de perdre sa fille, mais le sentiment prenait chez elle une forme imprévue et burlesque. Pendant la toilette de Sonia, la cérémonie et le lunch qui avaient suivi, elle avait harcelé les jeunes mariés d'observations, de souvenirs personnels et de remarques intempestives. Puis elle avait eu une attaque de nerfs et des sanglots convulsifs pendant trois heures, ce qui ne l'avait pas empêchée, ensuite, de faire bon accueil au dîner. Noël et Sonia étaient alors partis, seuls, à dix heures du soir, pour Rouen, où ils avaient passé une semaine, attendant que Mme Tratkoff vînt les rejoindre et vivre avec eux les deux ou trois jours qui les séparaient de son embarquement au Havre.

Un poème, cet embarquement, avec une belle-mère aussi encombrante! En mettant le pied sur le bateau, elle avait failli, pour commencer, se rompre le cou dans l'escalier des premières; on avait dû lui apporter de l'eau de mélisse et du sucre. Elle avait soutenu, ensuite, une discussion avec le commissaire du bord, à cause de sa cabine qu'elle avait fait changer. Elle y installait aussitôt une quantité prodigieuse de petits colis, des boîtes de biscuits, de conserves, deux ceintures hygiéniques et quantité de remèdes contre le mal de mer; le plus sûr et le plus simple, croyait-elle, consistait à brûler un bouchon et à en avaler la fumée. Heureusement, pour rassurer ses enfants, qu'ils avaient retrouvé sur le bateau une famille anglaise, à laquelle ils l'avaient recommandée. Les embrassements avaient été rapides, ces baisers de la dernière minute que hâte la cloche du départ. De loin, Sonia et son mari, descendus, échangeaient des signaux avec elle. Quand la *Bourgogne*, ses dernières amarres détachées, dérapa, ils virent Mme Tratkoff s'élancer brusquement et son ombrelle qu'elle brandissait tomba à l'eau. Ce fut sur cette vision drolatique et attendrissante, et sur le geste de consternation de la pauvre femme, qu'ils la virent disparaître dans la foule des passagers, sur la grande masse flottante qui s'éloignait, majestueuse, beuglant de toute la voix de la sirène monstre. Et si touché qu'il fût, si fraternel qu'il se montrât envers le chagrin de sa femme, Noël avait respiré, il respirait encore, délivré, en poussant tout bas un ouf! involontaire.

LA VIEILLE HORLOGE SONNA.

Sonia ouvrait les yeux; on arrivait. Durant le trajet en voiture, ils s'étaient peu parlé, chacun songeant, sans doute, à Marie-Anne, à la vraie vie qui les attendait, après ces vacances d'amour, au seuil de la maison rajeunie; et tous deux s'étaient sentis remués étrangement, lorsque Grande les accueillit, d'un cri tendre, à bras ouverts.

Pendant un instant, ils se sourirent tous trois, une extraordinaire gaieté sur le visage, pareille à ces belles flambées courtes qui rayonnent dans la cheminée; et ils parlaient un peu au hasard, à mots coupés, qui ne parvenaient pas à rendre le plaisir qu'ils éprouvaient, mais qui, par leur insuffisance même, leur donnaient la sensation d'un bonheur intense et au delà.

Puis, après une exubérance soudaine et l'agitation un peu vaine de l'arrivée, ils

Souvent ils traversaient le jardin défeuillé du Luxembourg

sentirent qu'ils n'avaient presque plus rien à se dire; leur feu de paille était tombé. Rien de plus naturel, les séparations et les réunions donnant lieu, presque toujours, après les premières minutes d'expansion, à cette sorte de lassitude, de reprise égoïste de soi-même. Mais ce qui ne fut pour les Guislain qu'un imperceptible malaise, bien connu d'eux, s'affina en souffrance imprévue pour Marie-Anne.

Elle subit cette déception si fréquente, lorsqu'on attend quelqu'un de cher, que depuis quelques heures votre imagination travaille, grossit d'avance l'émotion de la rencontre, et qu'il vous semble que l'aimé ou l'aimée, par son silence ou sa retenue, soit indifférent et étranger. Il n'en était rien pourtant, Marie-Anne l'eût juré; et cependant elle eut, très à tort, la sensation poignante que Noël et Sonia restaient froids pour elle; elle interpréta mal leur fatigue et leur besoin de sommeil; et, à son grand et triste étonnement, elle englobait Noël dans cette impression défavorable, car aujourd'hui, pour la première fois, il lui paraissait faire corps avec sa femme, être moins entier, moins lui-même; et elle pressentait que jamais plus elle ne le verrait seul, comme auparavant, mais double et inséparable de Sonia.

Pour les êtres d'une sensibilité vive, les minuscules contacts de la vie sont une source de malentendus infimes, d'interprétations erronées, qui peuvent être le point de départ de grandes crises morales, de déchirements et de ruptures. Ce fut précisément de ces peines puériles, en piqûres d'aiguille, que ressentit, ce soir-là même, Mlle Guislain. Si modeste qu'elle fût, elle attachait, avec raison, une extrême importance aux soins qu'elle avait donnés à l'appartement et aux attentions que Margaude avait eus, jusqu'à confectionner certains petits gâteaux que Noël aimait beaucoup. Et voilà justement qu'il ne donnait pas un regard aux gâteaux et qu'il ne semblait pas se soucier du brillant des meubles et de l'éclat des glaces. Enfantillage, sans doute, mais Marie-Anne fut vexée! Non qu'elle tînt à l'éloge pour l'éloge, mais pour la gratitude qu'un mot eût exprimée. Sans doute, Noël y penserait demain, ou bien, connaissant sa sœur, il trouvait cela tout simple. Quoi qu'il en soit, il avait plutôt l'air de rentrer chez lui, dans sa maison propre, que chez Elle. Ce ne fut qu'une nuance, mais elle la sentit. Et chose curieuse, la déception qu'elle éprouvait lui venait plutôt de son frère que de la jeune femme, contrairement à ce qu'elle avait supposé.

Une très vive contrariété suivit pour elle, car ce devait être son malheur d'attacher, comme la plupart des femmes, une extrême importance aux choses qui n'en ont qu'une mince et relative. Elle avait soigneusement fermé la porte de la chambre à coucher des mariés à Frimousse, qui perdait sa pelucheuse fourrure et laissait des poils à tous les meubles. Or, qui aperçut-on, en entrant dans cette chambre? Le chat, roulé en boule sur un beau couvre-pied de satin feu, sur lequel il avait préalablement exercé ses griffes. Grande poussa un cri d'horreur, et malgré sa tendresse pour Frimousse, le prit par la nuque et le jeta à terre avec une telle violence indignée, que Noël et Sonia, surpris, se regardèrent, dans cette confusion émue où nous jette la vue d'un acte excessif et disproportionné : d'autant plus que la bête, chassée à grands coups de pied par sa maîtresse, bondissait aux rideaux, désespérément, avec d'aigres miaulements de terreur. Comment cet incident, plutôt comique, fut-il pris au tragique par Marie-Anne? C'est qu'elle gardait une prévention contre Macha, la servante de Mme Tratkoff, restée au service de Sonia comme femme de chambre. Sans doute, c'était la faute de cette fille, si le chat était entré. Mais Macha se défendit et Margaude aussi; l'enquête ne fut pas poussée plus loin, et Grande en garda une amertume : elle craignait qu'on pût l'accuser de négligence, tant elle poussait loin l'orgueil de sa responsabilité. Elle conserva une rancune envers la Petite-Russienne.

Bref, on se sépara, les jeunes gens las heureux de se coucher; Marie-Anne détendue, après cette secousse passionnée. Mais en faisant, comme chaque soir, avant ses prières, son examen de conscience, elle s'accusa d'avoir été brutale pour Frimousse et égoïste vis-à-vis des jeunes gens. Car enfin, que demandait-elle? Elle était bien forcée de le reconnaître : Sonia s'était montrée très convenable et Noël affectueux. Dans le silence et la solitude de sa chambre les yeux levés vers le Christ d'ivoire qui dominait son prie-Dieu, elle s'apaisait, voyait plus clair et plus juste, ainsi loin d'eux; car, hélas! elle ne le pressentait que trop, la communauté d'âme de Noël et de sa femme, leur double présence, et le magnétisme exhalé par leur tendresse qu'elle jalouserait, l'empêcheraient plus d'une fois encore de se montrer impartiale envers eux, la troubleraient et l'agiteraient de craintes vaines et de méfiances injustes.

II

Noël s'éveillait tôt. Il se levait sans bruit, et après la douche froide qui, été comme hiver, le retrempait moralement et donnait de la vigueur à ses pensées, il gagnait son cabinet de travail. Les livres de sa bibliothèque s'éclairaient, au petit jour, de taches claires et gaies. Il aimait l'intimité de sa table aux plumes méthodiquement rangées, aux paperasses toujours à la même place, et le petit almanach usé sur lequel il effaçait, chaque matin, la journée de la veille. Il faisait alors son examen de conscience, prenait les bonnes résolutions de travail, souriait aux plans d'avenir. Autant que possible, en ce moment-là, il se fermait au souvenir de Grande et de Sonia, préservait l'intégrité de son moi : c'était l'heure égoïste, dans un coin de bon repos et de refuge, où il aimait à vivre avec lui-même. Ensuite la journée prendrait son cours, avec le va-et-vient journalier, le contact d'autrui, son départ pour le lycée, mille petites préoccupations qui l'emportaient dans leur flot trouble. Mais là, de si bonne heure, tandis que Sonia, qui se levait tard, dormait encore, et que Grande allait et venait, préparant le déjeuner, il se reprenait et méditait, l'âme lucide et reposée, comme sur un ferme îlot.

Un léger toc-toc! très discret à la porte, l'avertissait, le tirait du travail où il s'était bientôt plongé, oublieux de l'heure; et invariablement, dans la salle à manger :

— Bonjour, Grande!

— Bonjour, Noël!

Elle le baisait au front, maternellement. Ils s'asseyaient en face l'un de l'autre.

— Tu as bien dormi?

— Oui.

— Ta femme aussi?

— Très bien, merci.

Elle le servait, lui découpait des tartines pour le thé; et il souriait, de ce que cet acte, perpétué depuis tant d'années, lui rappelait : il se voyait petit garçon comme autrefois. Puis, de se dire qu'il était homme, et pleinement heureux, de songer à Sonia qu'il irait embrasser sur les cheveux, endormie encore, avant de s'en aller au lycée, il s'épanouissait, tout en buvant son thé; et Grande, à le voir ainsi, était triste et contente à la fois.

C'était le meilleur moment de sa journée, ce déjeuner du matin, où elle avait Noël à elle seule. Non qu'ils échangeassent beaucoup de paroles; il tirait à soi les journaux, parcourait les nouvelles; mais elle le retrouvait tel que jadis, lorsqu'il était célibataire, reproduisant les mêmes gestes, la même façon de rejeter les journaux parcourus et d'offrir à Snorr les miettes du repas. Il ne reflétait alors aucune influence étrangère, cet indéfinissable changement dans les petites façons d'être que la présence de la jeune femme provoquait en lui. Etait-elle là, en effet, Noël, dans ses silences, le son de sa voix, parfois à de courtes gênes, ou à un entrain un peu factice, laissait voir cette infime rupture dans l'harmonie d'un caractère, ces légers disparates à fleur d'âme que chacun éprouve au contact nerveux d'être aimés et différents.

Puis elle lui tendait son chapeau, l'aidait à enfiler son pardessus, lui souhaitait un : « A tout à l'heure! » et c'en était fait pour toute la journée : Noël, à partir de là, ne lui appartenait plus. Il s'en allait toujours un peu en avance, afin de traverser sans se presser le Luxembourg qu'il aimait, à cette heure blanche et passagère, où filaient en ligne droite ou oblique des employés, des collégiens et des ouvrières en cheveux. Il pensait à la classe qu'il allait faire, aux visages d'élèves qu'il allait revoir : certains lui plaisaient, d'autres lui étaient antipathiques ou indifférents. De ces visages, les uns, plus affinés, trahissaient une hérédité de caste, confirmée par la sveltesse du corps et la finesse des mains. D'autres, plébéiens, annonçaient la force lourde et une sorte de puissance vulgaire. Il connaissait des yeux fiévreux d'anémiques, des joues rougeaudes de santé, et des masques doux, obstinément fermés, de cancres. C'était un coin de vie très à part dans sa vie; sa classe lui donnait l'impression de la société en raccourci : tous les caractères s'y manifestaient : les audacieux, les mous, les goguenards; et jusque dans les devoirs qu'il corrigeait, à l'écriture, bien qu'indécise encore, il pressentait les tendances de ces grands garçons, à la veille d'entrer dans le monde, pour y suivre des voies si opposées : les uns s'enlisant dans la paresse ou le plaisir, les autres se cassant témérairement le cou, la plupart s'attardant en route, à des positions médiocres, tandis que de très rares, habiles ou forts, perçaient.

A son retour du lycée, retour rapide, et accéléré par une faim robuste, il trouvait

Sonia vêtue de blanc, drapée de grands peignoirs à manches pagodes et à ceinture haute qu'elle affectionnait. Dans le hall qu'il lui avait ménagé comme atelier, elle remuait des cartons, préparait ses pinceaux pour son travail de l'après-midi, un portrait de Marie-Anne, qu'elle avait entrepris. Et rien n'était si doux à Noël que le regard dont elle l'accueillait, et ce sourire, que suivait un baiser. Il ne croyait pas que l'amour pût inspirer un sentiment de sécurité pareille, une aussi noble et aussi franche fraternité, quelque chose d'aussi doux et d'aussi mâle qui lui réconfortait l'esprit autant que le cœur.

Souvent, avant le dîner, sa journée officielle finie, il sortait avec elle, l'accompagnait dans des magasins. Ils faisaient peu de visites, vivaient d'intimité et de travail, renfermés dans leur bonheur. Peut-être s'y renfermaient-ils trop, ingénument, et Marie-Anne se trouvait-elle isolée, tenue un peu à l'écart. Des incidents, légers en surface, mais de retentissement profond, leur donnèrent l'éveil.

Un dimanche, comme ils revenaient ensemble du concert, ils entendirent les bonnes se quereller et Marie-Anne intervenir, rudement, en donnant tort à Macha. Cela se passait dans la pièce voisine. Silencieux et étonnés, ils écoutaient : il s'agissait d'un détail de ménage, et Macha répliquait :

— J'ai suivi l'ordre de ma maîtresse.

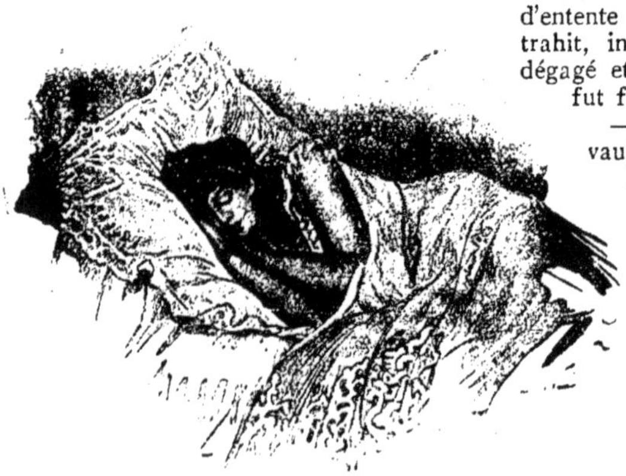

SONIA, QUI SE LEVAIT TARD, DORMAIT ENCORE.

A quoi Mlle Guislain :

— Vous devez prendre mes ordres à moi !

Elle avait à peine dit cela, avec une colère de revanche contre les airs d'indépendance que la servante affichait depuis quelque temps vis-à-vis d'elle et de Margaude, que les Guislain se montrèrent. A leur vue, les bonnes s'éclipsèrent, le dos bas ; et Marie-Anne, confuse, pinça les lèvres.

— Vous vous plaignez de Macha ? demanda Sonia, avec un intérêt déférent.

— Ce n'est rien, dit Mlle Guislain, partagée entre le dépit qu'on l'eût entendue et qu'on pût mal interpréter ses paroles, et une pudeur à avoir l'air de se plaindre. Mais, comme Sonia insistait, elle s'imagina, — toujours les petits malentendus de la vie, les inévitables froissements du côte-à-côte ! — que la jeune femme lui demandait des comptes, et, avec un peu d'irritation, sous son grand air digne, elle articula, contre Macha, des griefs. Ils ne portaient à vrai dire que sur des choses futiles ; mais, dans la promiscuité des rapports quotidiens et la fréquence des coudoiements, les choses futiles prennent plus d'importance qu'on ne croit. Ceux qui échappent à leur irritante suggestion sont rares, et Marie-Anne n'était pas de ceux-là.

— Vous avez parfaitement raison, dit Sonia quand Marie-Anne se tut. Je gronderai cette fille. Ma mère l'a un peu gâtée, car nous sommes attachées à elle depuis longtemps, mais je lui parlerai sévèrement.

Bien qu'elle n'attachât guère d'importance aux griefs de Mlle Guislain — ce que celle-ci devina — elle parla ainsi par désir d'entente et conciliation ; mais son ton trahit, inconsciemment, quelque chose de dégagé et de supérieur, dont Marie-Anne fut froissée :

— Laissons cela, dit-elle, cela ne vaut pas la peine...

En effet, on n'en parla plus, jusqu'à ce que d'imperceptibles picotements involontaires, de nouveau, pour un motif ou l'autre, se produisissent.

Il faut avouer que Sonia mettait beaucoup de bonne grâce en ses rapports avec Grande. Toutefois, son caractère viril, soit qu'elle fût souvent préoccupée, soit que quelque chose lui eût spécialement déplu, la rendait certains jours silencieuse envers la vieille fille. Ce n'était pas de la froideur, ni rien d'hostile, loin de là : c'était seulement une discrétion, une abstention, un soin à ne donner aucune prise, à se renfermer. Grande alors sentait cela et en souffrait. Ces moments, d'ailleurs, étaient encore très rares et dépendaient des effluves du printemps, des énervements d'orage, auxquels les deux femmes étaient très sensibles, d'un rhumatisme intermittent de Grande, ou des migraines dont Sonia souffrait, par intervalles.

Une autre fois... C'est un jeudi. Noë n'a pas classe; des giboulées traversent et empêchent toute sortie. Sonia attend Grande pour le portrait, car celle-ci brusquement s'est absentée, prétextant des ordres à donner. Et en l'attendant, Sonia contemple Noël qui, le nez sur un livre, lève au même instant les yeux, comme s'il devinait que sa femme pense à lui. Ils se sourient; néanmoins, dans leur sourire flotte une indéfinissable contrainte. Ils sentent que leur bonheur a un pli de rose, et sans se l'avouer, attribuent à l'humeur de Marie-Anne ce malaise informulé qu'ils éprouvent. Se serait-il passé quelque chose? Non, rien de précis, rien sur quoi ils puissent mettre le doigt. Et cependant, comme en une journée radieuse où l'on devine qu'un grain s'approche, la paix de leur ménage est traversée de petits souffles de mauvais augure, d'éparses électricités.. Voyons, pourquoi Grande se fait-elle ainsi attendre? Pourquoi a-t-elle été maussade tout le temps du repas? Pourquoi s'est-elle retirée si vite? Et ils n'osent se l'avouer, mais ils le savent bien, c'est qu'elle est jalouse et, qu'elle a beau faire, elle le restera toujours : en vain dissimule-t-elle, la plaie saigne toujours là.

Et tout à coup, Sonia à mi-voix, tendrement :

— Nous avons dû la peiner sans le vouloir! Si j'allais l'embrasser?...

— Non, Nitchka, n'en fais rien — (car il la tutoie quand ils sont seuls) — elle est occupée, ou bien c'est un caprice; il ne faut pas y faire attention.

Elle rougit un peu et paraît plus charmante, elle s'approche de son mari; et avec l'indécision pleine de grâce d'une tendresse qui hésite entre le *vous* et le *tu* :

— Je crois qu'il vaut mieux que vous... que tu ne te permettes pas de plaisanter ses petites manies devant moi; cela l'aura froissée.

Noël se frappe le front : c'est vrai au déjeuner, il a innocemment raillé sa sœur, en toute affection, sur

Dans le hall qu'il lui avait ménagé comme atelier, elle remuait des cartons.

les remèdes de bonne femme qu'elle emploie contre les fréquents élancements de son rhumastisme, une eau merveilleuse dont elle seule a la recette. Bien des fois il l'avait taquinée ainsi, pour rire, mais jamais devant Sonia.

Il prend doucement la main de sa femme et la baise :

— Tu as raison, je ne le ferai plus.

Elle rougit davantage et, retirant sa main :

— Ne lui laisse pas trop voir non plus notre intimité. Elle pâlit quand tu me regardes trop longtemps. Il serait cruel de la voir souffrir. Elle t'aime tant!

— Et je le lui rends bien, dit Noël, mais ne puis-je t'aimer aussi? Ma pauvre sœur n'est pas raisonnable.

Et il reprend la petite main qui se défend.

Marie-Anne rentre juste à ce moment, voit le geste et entend le mot « pas raisonnable ». Doit-elle se l'appliquer, devant leur silence d'embarras? Un doute pénible la harcèle, et elle regarde son frère avec des yeux qui font mal à voir, tant l'angoisse s'y débat. Deux bras autour de son cou, une bonne caresse : c'est Sonia qui l'enlace; et la vieille fille mollit, sourit presque en se détournant vers elle, mais reporte ensuite sur Noël son regard noir, énigmatique, scrutateur.

— Venez là! » dit Sonia, et elle l'installe doucement dans un fauteuil. Ces caresses qu'elle lui fait, Noël sait qu'elles ne sont pas dans le caractère réservé de sa femme, c'est donc par délicatesse, par bonté, afin de gagner à elle, de désarmer ce vieux cœur méfiant! Il en est touché.

— Là, dit-elle, ne bougez plus, ou plutôt si, bougez, parlez, votre portrait sera plus vivant.

Et elle prend sa palette, avec de jolis coups vifs charge ses pinceaux; elle a mis son long tablier de travail, un tablier de soie écrue qui l'enveloppe toute et lui donne l'air d'une grande petite fille.

La pose commence, et pendant quelques instants tout va bien. Mais Marie-Anne, qui s'est mis dans la tête qu'on doit s'immobiliser dans un maintien et un sourire forcés, comme chez le photographe, et qui s'impose une attitude de grâce raide, souffre de ce masque de commande, en désaccord avec les préoccupations tristes qu'elle a. Il lui semble qu'elle joue un rôle, muet il est vrai, mais parlant par la signification des yeux et du sourire, et ce lui devient une souffrance. Elle a aussi l'impression d'être sur la sellette, tandis que Sonia l'examine et que Noël, à la dérobée, l'observe : elle craint qu'ils ne veuillent la déchiffrer, lire son trouble; et des bouffées de chaleur montent, rouges, à son front. Son visage, trahissant des sentiments contradictoires, prend un air décontenancé et malheureux, un léger sourire qu'elle surprend, échangé entre Sonia et son mari, la perce tout à coup d'une imagination folle? Ne va-t-elle pas supposer, sans raison, qu'on se moque d'elle! Et devant ceux qu'elle croit complices, en un navrement de trahison, sans mots, sans geste, gardant une immobilité résignée, elle laisse couler deux larmes, lentes, sur ses joues.

A cette vue, un sursaut stupéfait, bouleversé de Sonia : la jeune femme est à ses genoux, attendrie :

— Oh! qu'avez-vous? qu'avez-vous?...

Noël s'est levé aussi, le cœur étreint; et mordant sa lèvre sous sa moustache.

Dans les beaux cheveux de Sonia, Grande, penchée, laisse couler ses pleurs, qui la soulagent, en balbutiant :

— Mon enfant,... aimez-moi seulement, aimez-moi un peu.

Et elle ajoute, avec un sourire mouillé :

— Grondez-moi tous deux, je ne suis pas raisonnable!

Elle a regardé Noël, sans reproche, en disant cela.

Les maladies graves ne paraissent pas toujours en rapport avec les petites causes auxquelles on les attribue. On voit des fluxions de poitrine suivre un bénin courant d'air; il suffit d'une goutte d'eau infectée pour donner la fièvre typhoïde : c'est que l'organisme, intimement débilité, donne plus facilement prise au mal dissolvant. De même, c'étaient en apparence bien peu de chose, les motifs qui pouvaient altérer le caractère de Grande; et cependant ils la bouleversaient au plus profond, et, comme dans toute maladie, ils transformaient sa manière d'être, exaspéraient fâcheusement sa sensibilité, la portaient au soupçon, à l'aigreur, aux larmes. Les relations entre le moral et le physique sont trop étroites et réagissent trop efficacement les unes sur les autres, pour qu'il échappât à Noël et à Sonia, combien Grande souffrait, non seulement de l'âme, mais du corps. Paisible durant tant d'années, vivant une vie réglée, économe d'émotions, elle s'était tellement dépensée ces derniers mois, elle avait passé par un chagrin si vif et une telle agitation, qu'il ne fallait pas s'étonner que sa santé s'en ressentît. Seulement les remèdes, Noël s'en doutait, n'étaient pas de ceux que prescrivent les médecins et que vendent en fioles ou en onguents les pharmaciens. Les bromures ne calmeraient pas cette exaltation nerveuse. Seuls, le temps, la patience, la tendresse des deux époux guériraient Marie-Anne, si son mal était curable. Car en cette âme profonde, mais étroite, les sentiments préconçus prenaient une rigidité extrême, barricadaient l'esprit de la vieille fille contre tout raisonnement et contre toute persuasion.

Le malheur, un malheur sans remèdes, voulait que la situation n'offrît que peu de ressources d'avenir et peu d'espoir d'amélioration. Vieille, sans famille, sans autre occupation que le soin du ménage de son frère, Grande avait tiré sa vie et ses raisons de vivre de l'existence de ce frère. Elle l'avait couvé avec un soin jaloux, et maintenant il fallait le partager, céder le meilleur de lui-même à une autre femme! Sans doute elle conservait toutes ses prérogatives et la dignité de son rôle, puisqu'elle restait la bonne et vieille fée qui dirigeait et ordonnait tout, dans la maison. Mais ce qui eût pu la satisfaire, lui devenait au contraire une cause de trouble et de mécontentement. Non que Sonia ne s'effaçât pas pleinement, devant elle, avec une abnégation rare chez une jeune femme : mais constamment des petits faits, des difficultés d'organisation, des compétitions d'autorité immédiatement réprimées, démontraient à Mlle Guislain combien il est difficile, pour ne pas dire impossible, que deux femmes règnent, en parfait accord, sous le même toit. Tout au moins y a-t-il quelqu'un d'un peu sacrifié. Et ici, c'était Noël, qui pris entre deux affections exclusives, impuissant contre d'infimes désaccords trop fuyants pour être saisis, souffrait, de façon vague et intermittente, de la situation fausse où ils vivaient tous trois. Et comment vivre autrement? Que Grande abdiquât, remît le gouvernement de la maison à Sonia, ne fût plus rien dans ce logis où, la veille encore, elle était tout, était-ce possible? Non! — Alors?...

Alors, chaque jour apportait, malgré la bonne volonté de chacun, sa petite piqûre d'épingle, son involontaire froissement, tout ce qui se déguise sous les concessions empressées, sous le sourire de bonne compagnie, mais qui peu à peu s'accumule en faisceau et se hérisse et vous blesse. Donner l'idée de ce genre de souffrance n'est pas facile, car il faudrait entrer dans le menu et le tout petit de la vie quotidienne, ce à quoi les hommes ne prêtent guère attention, mais que les femmes connaissent si bien; aussi toutes comprendront!

Par exemple, les déjeuners et les dîners, les soins de la table ramenaient pour Marie-Anne un sujet de préoccupation inquiétant et tenace. Elle voulait bien faire, trop bien faire même; et l'amour-propre minutieux qu'elle montrait à s'enquérir si les plats étaient bons, à craindre qu'on ne fît pas assez de cas de la cuisine de Margaude, devenait à la longue la chose la plus agaçante du monde. Une preuve, entre cent.

Noël avait pris, par imitation de Sonia, le goût des hors-d'œuvre et des crudités accompagnant le repas. Et un jour, il avait rapporté d'un magasin anglais un flacon de petits melons au vinaigre. Ce flacon, le croira qui voudra, fut, dans le ménage, un sujet tragique d'amertume. Chacun de ces petits melons, avant d'être croqué, exhala toute l'acidité cruelle en laquelle il était confit. Mais il faut peindre la scène.

Noël, avant le dîner, a posé le flacon sur la table. Mlle Guislain a bien vu les melons étrangers, et partant subversifs, mais elle feint une parfaite ignorance. Cependant, en voyant que son frère pique l'un d'eux au bout d'une fourchette et l'amène dans son assiette, elle insinue, avec un mélange de dignité et de taquinerie :

— Je croyais que tu n'aimais pas les crudités!

— Mais si, je les aime bien

Elle le réfute, avec fermeté :

— Margaude en faisait autrefois, et jamais je ne t'en ai vu manger. C'est pour cela qu'on n'en sert plus.

— Ah! fait-il perplexe, j'ai oublié...

Elle insiste, avec une rancœur contre l'intrusion des melons anglais, comme si c'était une attaque, un blâme dont la façon de Margaude confectionnait les siens, et elle affirme :

— Je crois même, j'ai toujours cru que Margaude faisait les melons et les cornichons au vinaigre dans la perfection; et comme tu n'en mangeais pas, j'ai toujours supposé que tu ne les aimais pas.

— Ma foi, dit-il gaiement, je les aime à présent.

Elle objecte :

— Si tu me l'avais dit, Margaude en aurait fait. Je... j'ai toujours entendu dire qu'elle s'en tirait très bien. Mais peut-être n'aimes-tu pas la façon dont elle les fait?

Et Noël, de ce jour, ne mangea plus les petits melons qu'avec scrupule et circonspection; il vit même se vider le flacon avec plaisir.

Eh oui! petites misères que cela! Noël, qui connaissait sa sœur, en prenait bien son parti. Mais Sonia, étant femme, et sensible à ces petites impressions, n'en subirait-elle pas un jour le contre-coup énervant? Il est peu de natures assez fortes pour résister à l'émiettement, à la désagrégation produites par le choc des tracasseries continues, même involontaires, ou faites à bonne intention. — Trois jours après, vint l'incident des confitures.

— Vous ne prenez pas de cette gelée de coings dit Marie-Anne à Sonia.

— Non, je vous remercie.

— Peut-être ne l'aimez-vous pas? Margaude n'y met peut-être pas assez de sucre? Je crois que vous aimez la confiture sucrée? Je le lui dirai.

— Pour Dieu, n'en faites rien! s'écriait

Sonia sérieusement alarmée. Cette gelée est excellente, et même, je vous prie de m'en donner un petit peu !

— Oh ! ne le faites pas par gracieuseté ! répondit Marie-Anne avec douceur.

Après quoi, ce fut le jour néfaste du *pyrog*. On donne ce nom à une sorte de vol-au-vent où entrent des choux et du hachis de viande. Pour amuser Noël, Sonia avait commandé ce plat national russe à Macha ; et Noël eut le malheur de le trouver très bon, et d'en reprendre trois fois. Mlle Guislain, qui n'avait pas touché au plat, en eut une névralgie. Pendant huit jours, elle insinua que « peut-être Macha, en effet, savait faire la cuisine beaucoup mieux que Margaude, du moins une cuisine plus à leur goût. Peut-être préféraient-ils qu'elle leur fît souvent des plats de choix ? En effet, Margaude ne savait pas tout faire, et elle ignorait totalement la façon de préparer du *pyrog* ou des *bliny*, quoique au reste, elle avait toujours entendu dire que Margaude passait pour une excellente cuisinière ! »

Pauvre Grande ! c'eût été inoffensif et plaisant de l'entendre, si, bourreau d'elle-même, elle ne se déchirait pas le cœur en parlant ainsi, pendant que, chose étrange, elle prenait un peu, dans ces moments-là, des airs et du ton même de Mme Tratkoff !

III

Le printemps, si doux à Paris, répandait une splendeur gaie, infusait sa sève aux arbres et aux individus. Une allégresse bourgeonnait dans les marronniers du Luxembourg traversés de vols et de cris d'oiseaux. Noël et Sonia participaient à l'ensoleillement de mai : ils étaient partis seuls, en escapade, contents comme des écoliers en vacances. Miss Star, récemment mariée, traversait Paris avant de se rendre en Italie. Elle et son mari attendaient les Guislain à la gare, pour faire un dernier déjeuner ensemble.

L'avant-veille, ils avaient été reçus, rue Notre-Dame-des-Champs, chez leurs amis ; mais malgré le digne et bienveillant accueil de Mlle Guislain, une gêne indéfinissable avait accompagné le repas. Sans doute la présence étrangère de sir John Castle, le changement qui s'était opéré chez les deux jeunes mariées, le dépaysement qui suit d'ordinaire les premiers instants d'une réunion, quand on est resté longtemps sans se voir, contribuaient à ce vague et flottant malaise, malgré les efforts de chacun pour ramener la gaieté. Mais c'est qu'aussi Marie Anne, si elle ne le provoquait pas, augmentait ce léger froid, par son air et son attitude. Oui, ç'avait dû être cela, puisque loin d'elle, ce matin dans la voiture qui les emportait rapidement, Noël et Sonia se sentaient pleins de vie et de bonne humeur, éprouvaient presque un sentiment de délivrance.

Les Castle les attendaient devant un restaurant des environs de la gare : elle, délicieusement blanche, un peu pâlie et maigrie, d'une suavité svelte ; lui, grand, musclé, à l'aise en de soyeux vêtements de laine à carreaux, la négligente petite casquette posée sur un grand front, au-dessus de deux yeux verts, très francs. Il avait la mâchoire forte et combative, des mains longues et dures, la souplesse d'un corps énergique, bandé en ressorts d'acier. Il parlait assez bien le français, avec un accent fort, qui, aux inflexions d'une voix très pure de timbre, ne manquait pas du tout de grâce. Son large sourire éclairait de grandes dents blanches, coupantes et dures, de bon augure pour le déjeuner. On fut très gai, bien qu'on mangeât aussi mal qu'on peut manger et qu'on bût de l'eau minérale par épouvante de l'eau indescriptible que contenaient les carafes. Le service était fait par les garçons avec la sorte d'indolence dédaigneuse qu'ont des gens habitués à voir passer des visages anonymes, toujours nouveaux, et la sécurité que leur inspire le mouvement rapide de l'horloge, accélérant le repas des voyageurs inquiets. Comme il n'y avait pas d'exemple qu'une personne emportée par le rapide revînt exprès de Marseille ou de Nice se plaindre de l'empoisonnement causé par le mauvais repas qu'on lui avait servi et les vins frauduleux qu'on lui avait versés, maître d'hôtel, sommelier et garçon en prenaient à leur aise. Comment se faisait-il alors que ce déjeuner, mal préparé, mal servi, inférieur de tous points à ce dîner offert par les Guislain l'avant-veille, sous les auspices de Marie-Anne, comment se faisait-il que ce déjeuner fût beaucoup plus cordial, beaucoup plus franc, assaisonné d'une bien meilleure humeur et de rires plus à l'aise ? On ne peut insinuer que c'était l'effet des bordeaux plâtrés, pas plus que du champagne fabriqué avec du vinaigre et du sucre qu'il burent, pour trinquer, au dessert ? Fallait-il attribuer leur entrain à ce que, jeunes tous les quatre et pleins de vie, ils ne se sentaient paralysés par aucune autre présence, importune quoique chère? Ils ne se le demandèrent pas, car si quelqu'un fut oublié à ce déjeuner-là, ce fut la pauvre Marie-Anne.

Mais l'aiguille avançait sur le cadran; les garçons avaient apporté l'addition considérablement enflée, et escamoté subtilement une partie de la monnaie qu'ils devaient rendre à l'Anglais. On se leva de table. Alors, pour la première fois, Noël et sa femme, devant le départ imminent, éprouvèrent une mélancolie. Certes la tristesse, le décor neutre et froid de la salle d'attente y ajoutaient, et aussi le va-et-vient affairé des voyageurs, et tout ce qu'une séparation, même petite, exhale d'amertume; mais surtout, c'est qu'ils enviaient affectueusement leurs amis de s'en aller, libres, au gré de leur fantaisie, vers le beau pays dont toutes les intelligences rêvent. Un instant Noël regretta sa servitude, eût voulu casser le fil qui le retenait à son lycée; et Sonia, avide d'émotions changeantes et de vie indépendante, elle aussi, fût gaiement partie. Ils caressèrent presque, une minute, cet espoir, fou, impossible, tandis que les Castle souriaient, engageants. Mais on allait fermer les portières; les femmes s'embrassèrent, les hommes échangèrent les plus vigoureux *shake-hands* ; et le cœur gros, les Guislain reprirent tristement le chemin de la maison.

Pendant toute la soirée, ils s'amusèrent à suivre, en pensée, les Castle, dans leur itinéraire; ils les envièrent de voir Pise, Florence et Rome. Venise surtout les tentait. Et dans le voyage imaginaire qu'ils faisaient, des réminiscences traversaient leur esprit : les délicieuses pages des *Reisebilder* d'Henri Heine, des impressions de route de Stendhal, de Théophile Gautier et de Taine, puis des fresques et des tableaux divins. Mais tout ce qu'ils évoquaient là était à peu près lettre morte pour Mlle Guislain, qui ne se représentait l'Italie qu'à travers un tableau de Léopold Robert et l'air populaire de *Mignon*. Elle s'imaginait que la campagne de Rome était infestée de brigands et qu'indubitablement on y mourait de la *malaria*.

Aussi Noël ayant eu l'imprudence de dire : « Eh bien, pourquoi cet été n'irions-nous pas faire un tour en Italie? » elle tressaillit, sous la lampe, dans le cercle de lumière qui éclairait vigoureusement sa figure volontaire et ses mains occupées d'un tricot de pauvre; et elle contempla son frère avec une stupeur mêlée de blâme et de méfiance, comme s'il se livrait à une étrange plaisanterie.

— Mais oui! répétait-il. N'est-ce pas, Grande? Et vous viendriez avec nous!

— Si vous parlez sérieusement, Noël, je vous répondrai que non, je n'irai certainement pas avec vous. A mon âge, l'envie des voyages est passée.

— Eh bien, dit-il, nous irons tous deux, n'est-ce pas, Nitchka?

Mlle Guislain baissa le nez, sur son tricot.

ELLE SE RETIRA DANS SA CHAMBRE.

Ce petit nom pas chrétien, barbare de Nitchka, l'horripilait toujours, et plus encore l'accent de tendresse avec lequel Noël le prononçait, et aussi le regard sérieux qui l'accompagnait.

— Vois, Sonitchka, fit-il, quel joli voyage nous pourrions faire!

Il atteignait un *Indicateur*, montrait du doigt à sa femme un de ces parcours circulaires qui mettent l'Italie à la portée de toutes les bourses. Et ses paroles vives, colorées, évoquaient les trajets en chemin de fer, les séjours d'hôtel, les promenades en voiture, les longues heures dans les musées; Sonia souriait, à cette vision de bleu et de soleil, pensait à la baie de Naples et à la mer sans reflux. Mlle Guislain, elle, songeait avec amertume à cette séparation possible, à son isolement à la campagne, dans la maison vide de Sonnelles. En ce projet, peut-être chimérique, elle voyait une ingratitude, l'égoïsme à deux de jeunes gens méprisant sa vieillesse. Ils semblaient bien loin d'elle, en ce moment; elle profita d'un moment où Noël lisait à Sonia une page d'Henri Heine pour se retirer dans sa chambre; et ils étaient si absorbés l'un par l'autre qu'ils ne s'aperçurent que bien après de son départ.

Ce soir-là, elle se coucha sans avoir échangé avec eux le baiser de paix.

Une lettre de Mme Tratkoff arriva le lendemain, quatre pages hachées, d'une écriture presque illisible. Elle dépeignait son arrivée à New-York, et mêlait les détails enfantins aux réflexions saugrenues. « Je te dirai, ma pigeonne, écrivait-elle, entre autres choses, — que j'ai trouvé ta sœur Marpha très embellie; son baby est superbe. Quant à Dick (c'était son gendre), tu sais comme il est prévenant, et que je le préfère même à ta sœur, s'il est possible. Leur accueil a passé toutes mes espérances; non, je ne puis te dire les bontés, les soins et les gentillesses qu'ils ont pour moi. Par exemple, on mange trop et trop bien chez eux. Je l'ai dit à Dick : « Si c'est pour moi, Dick, ne faites que quatre plats, un poisson et un entremets, ce sera bien suffisant! » Dick gagne beaucoup d'argent, et a une très belle clientèle; c'est le meilleur médecin de son quartier. Mais tu ne saurais croire combien Marpha a engraissé. C'est son régime. Elle ne fait pas assez d'exercice. Je le lui ai dit, je l'ai dit encore à Dick! »

Une interruption suivait; et la lettre reprise huit jours après, avec une plume et une encre différentes, montrait un enthousiasme croissant : « Itty Babe (elle appelait ainsi son petit fils) est le plus drôle enfant du monde. A trois ans, il chante et danse la gigue. Je ne sais pas s'ils veulent en faire un clown, mais il annonce les plus brillantes dispositions; il fait aussi les grimaces avec un art remarquable. Entre nous, je crois qu'il est extrêmement gâté, ce petit. Marpha en est folle, et son père aussi. Mais ils le gâtent trop. Je l'ai dit à Dick, je l'ai dit aussi à Marpha! »

Et quelques lignes plus loin :

« Marpha, qu'on ne pouvait jamais faire habiller autrefois, est devenue si coquette, si coquette, que tu ne la reconnaîtrais pas : elle change de robe trois fois par jour. C'est trop, je le lui ai dit, je l'ai dit à Dick aussi! »

Peut-être avait-elle dit trop de choses à Dick, car quelques lignes ajoutées, en travers de sa lettre, au départ du courrier, trahissaient, en leurs jambages dévergondés, une agitation imprévue :

« Je t'écrirai plus longuement un autre jour, ma pigeonne. Il s'est passé hier des petits, oh! très petits incidents, mais qui me semblent significatifs. Je ne sais si je dois conserver une aussi bonne opinion au sujet de Marpha et de son mari. Non que j'aie à m'en plaindre, oh! Dieu! je ne le souffrirais pas, mais... hem! Et puis je te dirai que le baby est trop gâté. Il a pleuré toute la nuit dernière et m'a empêchée de dormir. Aussi ai-je une migraine qui me bouche les yeux. D'ailleurs, vraiment, ils mangent trop, ils sont tous trop gras. Je l'ai répété à Dick qui a détourné la conversation, et à Marpha qui s'est mise à chanter une chanson nègre, une chanson comique très déplacée dans la circonstance! Mais je te reparlerai de tout cela. »

Il était difficile de se reconnaître au milieu des nombreux feuillets en papier pelure d'oignon sur lesquels Mme Tratkoff avait écrit sa lettre. Sonia ne les déchiffra pas sans peine; elle était seule en ce moment dans le hall avec Mlle Guislain; par instinct gracieux, elle éprouvale besoin de dire, en repliant sa lettre :

— Ma mère va bien, elle a fait un bon voyage et elle me charge de toutes ses tendresses pour vous.

Grande inclina sa tête, tandis que Sonia, se retirant dans sa chambre, allait répondre à sa mère. La porte venait de se refermer, et Grande, qui avait une peur extrême du feu, s'approcha de la cheminée pour arranger les bûches. Comme elle se baissait, un petit feuillet écrit attira son attention; il avait dû échapper à Sonia et tomber quand elle ouvrit sa lettre. Mlle Guislain le ramassa sans aucune envie indiscrète de le lire; mais, par hasard, son nom, entre les lignes, lui sauta aux yeux. Un pressentiment curieux l'agita, une intuition méfiante. En toute autre circonstance, elle ne se serait jamais, trop fière pour cela, abaissée à lire une lettre en cachette; mais le démon qui perdit Eve la tenta, elle eut le désir cuisant, impérieux de savoir ce qu'on disait d'elle, et, devenant très rouge craignant d'être surprise, avec une angoisse d'enfant coupable, elle déchiffra ces mots, écrits sans méchanceté par Mme Tratkoff, mais avec le manque de tact qui la caractérisait.

« J'espère que tu t'entends bien avec Mlle Guislain, quoique... hem ! son humeur ne soit pas toujours facile à supporter ; et pour ma part, j'aime mieux vivre loin d'elle que près. Je souhaite que tout marche bien entre vous, quoique cela me semble peu probable, étant donnée la différence de vos caractères. Je ne veux pas te donner de conseils et me mêler de ce qui ne me regarde pas ; tu as accepté de te soumettre à elle par amour pour ton mari, c'est très bien, mais crois-moi, Sonienska, ne te laisse jamais marcher sur le pied, non, jamais, autrement tu seras toujours écrasée !... »

D'autres conseils suivaient ; mais, dans un soubresaut de révolte, Marie-Anne s'arrêta, se refusant à en lire plus. L'effet de cette lecture fut terrible : elle ne fut pas seulement froissée, mais ulcérée d'être si peu comprise. Ne songeant pas que Sonia n'était en rien coupable, que probablement elle n'avait ni vu ni lu ce malencontreux feuillet, elle reporta sur la jeune femme un peu de la rancœur qu'elle voua dès lors à la mère. Cela lui fit l'effet d'une trahison ; et l'idée que Mme Tratkoff avait péché par légèreté et maladresse ne lui vint pas. Elle la détesta cordialement. Heureusement sa fierté et la pureté de ses intentions la retinrent de faire un éclat, de se plaindre à Noël ou à Sonia. A quoi bon ? N'avait-elle pas pour elle sa conscience ? Mais ce papier ?... Grande faillit le brûler, ce qui eût mieux valu et simplifiait tout. Mais elle s'en fit scrupule, ne se reconnaissant pas le droit de détruire ce qui ne lui appartenait pas. Laisser ce fragment de lettre à terre, à la place même où elle l'avait trouvé ?... Mais peut-être ne serait-ce pas Sonia qui le retrouverait, mais Noël ou une servante ? Elle tenait toujours le papier mince qui lui faisait, dans sa vieille paume crispée, l'effet d'un charbon ardent. Sonia parut.

— Je crois que ceci vous appartient, dit Grande.

Sonia prit le feuillet, avec un sincère étonnement, y jeta les yeux, puis rougit dans l'honnêteté de son âme. De cette rougeur, Marie-Anne crut voir une complicité, et un silence embarrassé régna. Combien il eût valu mieux s'expliquer. Mais une mauvaise honte leur ferma la bouche. Une visite fit diversion.

IV

De ce jour, les sentiments de Mlle Guislain, encore flottants, prirent une direction fixe. Irrésolue entre la tendresse et la malveillance, du moment qu'elle put supposer que Sonia lui était hostile, elle ne balança plus, et malgré elle laissa voir fermement à la jeune femme qu'elle ne l'aimait point. Sonia, très bonne jusque-là, avait repoussé ce pressentiment, mais il lui fallut bien se rendre à l'évidence, surtout quand, après une ou deux petites mauvaises humeurs de Noël, elle crut qu'il prenait parti pour sa sœur et qu'il lui donnait tort, à elle.

Les âmes très fières, très pures, sans expérience de la vie, s'effarent affreusement devant de pareilles certitudes. Autant la veille elle était confiante en l'avenir, pleine de bonne volonté, autant elle eut peur et trembla, avec une révolte soudaine. Si son mari venait à lui manquer, si elle ne sentait pas qu'il la soutînt, qu'il la protégeât, la lutte serait trop inégale pour elle ; la peur d'être opprimée l'angoissa. Elle s'élevait bien, par l'intelligence, au-dessus des petites misères du côte-à-côte, et elle eût supporté très longtemps la domination tatillonne et inquiète de Marie-Anne, pourvu qu'elle pût se dire qu'en définitive, cette vieille fille, malgré ses faiblesses et ses petitesses, l'aimait. Mais comprenant enfin que Marie-Anne ne l'avait accueillie qu'à son corps défendant, et qu'elle verrait toujours en elle une étrangère et une intruse, Sonia souffrit cruellement.

Une seule chose pouvait la fortifier, l'amour et la protection de son mari. Or, par un de ces malentendus fréquents du cœur, après une insignifiante bouderie, elle s'imaginait que Noël l'aimait moins, préférait sa sœur, subissait l'influence et l'ascendant de celle-ci. Rien ne pouvait venir plus mal à propos qu'une telle imagination. Si Sonia doutait de son mari, elle doutait de tout, et l'avenir ne pouvait plus s'offrir à elle que sous des teintes sombres. Pour la première fois, elle pesa le sacrifice qu'elle avait fait, en abdiquant toute direction et tout contrôle dans le ménage. Il lui semblait qu'elle aurait dû, par là, acheter la paix et le bonheur. S'ils lui manquaient, après une telle preuve d'abnégation, était-ce juste ? Si elle eût osé, elle eût demandé à Noël une explication confidentielle, mais elle balança, par pudeur, par fierté, par crainte des difficultés qu'il y a toujours à s'épancher, à risquer d'être mal comprise, de se voir calomniée. Elle respectait, d'ailleurs, le repos de son mari : elle ne voulait pas qu'il fût dit qu'elle l'avait troublé.

Des idées tristes l'assaillirent toute une semaine. Cette affection fraternelle, dont elle ne s'était pas assez défiée, lui paraissait à présent beaucoup plus tenace, minutieuse, envahissante qu'autrefois. Le Noël qu'elle avait aimé, dans les champs libres de Son-

SONIA ACHEVAIT SA TOILETTE UN MATIN.

nelles, lui avait paru alors autrement indépendant, tandis qu'ici, dans la maison close de Paris, il ne se dédoublait pas assez de Marie-Anne, tant, par la force des choses, elle était mêlée à leur vie, tant elle tenait à lui par des liens multiples et étroits. A son tour, Sonia fut jalouse de Grande, jalouse de l'autorité que lui donnait son âge. Et bien qu'elle restât tendre pour son mari et soumise et prévenante, à un malaise imprécis, nouveau, dont il se sentait enveloppé, il eut désagréablement conscience que les choses n'allaient pas comme il l'avait espéré.

A qui la faute? A qui s'en prendre? Il respectait trop Grande pour laisser voir la moindre mauvaise humeur. Il bouda un peu Sonia, qui n'en pouvait mais, et qui, tout à coup, tombée de son extrême sécurité, se sentit très malheureuse. Elle vivait dans une intimité complète avec Noël; ses goûts la portaient peu aux visites, aux courses; elle aimait la vie d'intérieur, les longues lectures en commun, la musique et la peinture. C'étaient de belles conditions de bonheur, mais aussi de malheur; car plus la vie que menaient ces trois êtres était tranquille et douce, plus les chagrins devaient y retentir profondément : c'est dans l'eau calme que les pierres qu'on jette font ces grands cercles qui s'élargissent à l'infini. Il en était de même de la vie des Guislain : toute peine, même petite, y agrandissait des ondes douloureuses. Ce que des gens communs, vulgaires, eussent méprisé ou supprimé d'un geste brutal ou d'une parole vive, devait, en raison même de leur politesse et de leur raffinement, leur rester sur le cœur. Car, hélas! dans les intérieurs où la mésintelligence règne, ce qui fait la plaie vive n'est pas tant ce qu'on dit, dans un accès de vivacité, que tout ce qu'on retient aux lèvres, au cours d'une énervante patience!

Sonia achevait sa toilette, un matin, avant le déjeuner, quand Macha, qui venait de disposer la robe de sa maîtresse sur un canapé, et qui depuis quelque temps montrait un air singulier et des façons heurtées, tout à coup, sans motif et sans qu'on lui eût parlé, fondit en larmes.

Sonia fit un petit haut-le-corps; jamais elle n'avait vu pleurer la servante, de la part de laquelle elle ne souffrait d'ordinaire ni épanchements ni confidences; et cet accès de chagrin brusque la surprit, d'une sensation nerveuse désagréable.

— Eh bien, Macha, qu'est-ce que cela signifie?...

— Rien, madame, je suis trop malheureuse!

Sonia comprit, avec l'inquiétude d'une explication nécessaire. Depuis plusieurs jours elle avait su réprimer l'intérêt qu'elle portait à Macha, et imposer silence aux plaintes de celle-ci, qui n'aimait pas obéir à Margaude, et à qui la surveillance tracassière de Mlle Guislain était adressée. Elle sanglotait toujours, gémissant :

— Autrefois, j'étais si heureuse avec mademoiselle et madame. On n'avait que des bontés pour moi. Mais ici personne ne me regarde plus, ON me gronde continuellement, ON veut me faire partir, je le sais, ON veut me faire partir !

Une pitié émut Sonia : cette douleur d'une autre femme, d'espèce inférieure, à qui déjà son servage devait être assez lourd sans qu'il fût aggravé par les petites vexations auxquelles une maîtresse de maison s'entend si bien, quand elle a pris une servante en grippe ; cette douleur vraie la toucha, éveilla en elle, par analogie, de secrètes et douloureuses affinités. Elle soupira, involontairement :

— Que voulez-vous ! ma pauvre Macha ; il faut vous habituer. Moi, je ne vous veux que du bien.

— Oh ! si tout le monde était comme madame — dit la bonne dont le chagrin redoubla. — J'étais si heureuse avant, si heureuse. Mais ça ne peut plus durer, non !

— Que voulez-vous dire ?

Et plus agitée qu'elle ne l'eût voulu, elle souffrait positivement de la souffrance de cette fille qui leur était dévouée, qu'ils avaient amenée de Kiew, de si loin et depuis si longtemps avec eux.

— Madame, dit Macha en s'essuyant brusquement les yeux, avec la décision d'un parti pris, — laissez-moi m'en aller. Vous avez été si bonne toujours pour moi que cela me coûte, bien sûr ! Mais je sens que je mourrais ici. Permettez que je m'en retourne dans mon pays : je pourrai m'y marier et y vivre tranquille. Ici, — dit-elle avec une énergie pleine de rancœur — ici, ça n'est plus tenable !

— Réfléchissez, Macha ! dit Sonia avec douceur. Vous parlez peut-être dans un moment de vivacité. Je ne veux pas savoir, — elle appuya — je ne dois pas savoir ce dont vous avez à vous plaindre. Mais pourquoi ne pas patienter, être bonne fille ? Quand ma mère reviendra, qui vous empêchera de reprendre votre service auprès d'elle ? En attendant, quelques mois sont vite passés !

Elle continua ainsi quelques minutes, se forçant à paraître convaincue, mais prise d'une sorte de pitié et d'attendrissement où il lui semblait se plaindre elle-même. Macha, la tête baissée, les yeux fixés sur le tapis, l'écoutait avec une résignation farouche. Mais, quand sa maîtresse se tut, elle releva sur elle un regard profond, un de ces regards clairvoyants qui illuminent parfois le visage terne des simples ; et tristement, fermement, elle dit :

— Pardonnez-moi, madame, et laissez-moi m'en aller, s'il vous plaît.

Un doux et invincible entêtement barrait son front piqué de taches de rousseur, raidissait sa bouche entre des pommettes saillantes.

Sonia ne fut pas maîtresse d'un mouvement nerveux ; ses beaux yeux, sous une vive palpitation de cils, se ternirent de brume. Elle mit la main sur l'épaule de la servante, fraternellement, et sans la regarder :

— Eh bien, va, Macha !

Le déjeuner était servi, et Mlle Guislain, ponctuelle comme l'horloge, se tenait déjà devant sa place, quand Noël, surpris de ne pas voir sa femme, bien qu'on eût été l'avertir, alla la chercher dans sa chambre.

— Sonia, c'est servi !

Elle l'examina d'un regard un peu fuyant, où une âme de souffrance indécise flottait. Il fut touché et, par un pressentiment délicat, attristé lui-même par ce malaise vague qu'on respirait dans la maison :

— Tu souffres, qu'as-tu ?

— Rien, mon ami.

— Mais, presque aussitôt, une larme perla entre ses cils ; elle essaya de dire d'un ton indifférent :

— Macha nous quitte, elle veut retourner dans son pays.

— Cela t'afflige ?

Ils se regardèrent, se devinant bien : un regard sous-entend tant de choses ; à quoi bon exprimer ce qu'ils avaient sur le cœur ? Les paroles exagèrent ou faussent si souvent la sensation ressentie ; ils le savaient : on ne s'entend bien que dans le silence. Aussi répondit-elle :

— J'étais attachée à elle et je ne pensais pas qu'elle pourrait nous quitter ; mais elle a raison de chercher son intérêt et son bonheur.

Noël hocha la tête, mécontent. Il pressentait bien pourquoi Macha partait, et à cause de qui, et songeant que Grande les attendait toujours, rigide, dans la salle à manger, il dit doucement :

— Allons déjeuner, Nitchka !

Beaucoup de drames commencent et finissent de cette façon. Qu'on souffre ou non, les tyranniques petites habitudes de l'au-jour-le-jour ne perdent jamais leurs droits : il faut manger, parler, sourire, sortir, rentrer, dormir à heure fixe, en [illegible] l'envie ou point. Ce sont après tout des distractions, souvent insupportables. C'est pourquoi Noël, Sonia et Grande déjeunèrent et causèrent, en apparence, comme si de rien n'était. Mais leur politesse sonnait faux.

Comme on pouvait s'y attendre, le départ de Macha mortifia grandement Mlle Guislain. Sans doute elle trouvait son compte à ne plus voir cette fille, qu'elle détestait, Dieu sait pourquoi ! Mais ce congé donné volontairement par la servante était une protestation contre elle ; elle en fut d'autant plus irritée qu'elle sentait bien que la chose tenait au cœur de Sonia. Celle-ci commit divers petits actes, légitimes en soi, si Marie-Anne avait pu les ignorer, mais qui, presque à son nez (car Macha en fit parade), furent de véritables imprudences et prirent tout l'air d'un blâme. Elle donna à Macha les certificats élogieux que Mlle Guislain n'aurait probablement osé refuser si on les lui eût demandés, mais qu'on ne lui demanda pas. De plus elle combla Macha, lui fit don de robes, d'un manteau et d'argent. Tout cela, assez innocent, produisit un effet très fâcheux, et rendit Grande encore plus butée à cette idée fixe, que la jeune femme souffrait d'être en tutelle et voulait s'en affranchir. Dès lors, ne pouvant, n'osant attaquer de front l'ennemi, Marie-Anne commença une guerre sourde ; elle se croyait dans son droit ; et l'égoïsme de sa jalousie âpre, une sorte de lutte pour la vie et le bonheur, la fermèrent à toute concession et à toute indulgence.

De ce jour elle contint difficilement des allusions bénignes, et qui cependant portaient en flèche. Dans les faits les plus éloignés, les conversations les plus générales, elle trouvait le trait pointu, la réticence acide, les mots à double sens que la personne visée doit s'appliquer et dont elle souffre, pour peu qu'elle ait la moindre sensibilité et la moindre fierté. Sonia ne répondait jamais, du moins dans les premiers temps, mais elle en vint à se persuader que les airs de bonté de Mlle Guislain avant le mariage l'avaient dupée, et que la vieille fille était dure et méchante. Cette idée, d'abord repoussée comme injuste, finit par la subjuguer ; elle en fut si malheureuse que, n'eût été sa tendresse pour Noël, au fond si patient, si calme, si prudent, elle eût amené un éclat et entraîné une rupture. Il faut avouer que les choses prenaient chaque jour plus mauvaise tournure.

D'abord le remplacement de Macha ne fut pas chose aisée. La nouvelle bonne devant être agréée par la vieille et par la jeune femme, toutes deux à l'envi se désintéressèrent du choix, Marie-Anne par dignité mal entendue, Sonia par défiance. Du moment que la servante serait subordonnée à Margaude et obéirait de préférence à Mlle Guislain, Sonia jugea qu'il valait mieux accepter, les yeux fermés et avec indifférence, celle qu'on lui présenterait, pourvu qu'elle plût aux deux intéressées : Margaude et sa maîtresse. Mais, par un revirement très humain, quand cette femme, une nommée Jeanne, entra en fonctions, Sonia la vit avec déplaisir. Elle était habituée au service de Macha : ce visage étranger et ces yeux un peu curieux la gênaient. Et aussi l'air un peu faux, trop obséquieux de cette fille, un léger strabisme qui lui déformait le regard, ses façons non familières, sa présence insolite qui lui rendaient ses soins importuns et lui inspiraient presque une gêne de pudeur. Elle ne concevait, en effet, les domestiques qu'attachés à leurs maîtres, faisant partie de la maison, une sorte d'amis humbles et inférieurs qui se détachaient familièrement sur le fond de la vie commune, s'harmonisaient avec le cadre des meubles et les petits événements quotidiens. Quant à Noël, il fit la moue. A en croire Margaude, les recommandations et les certificats, la nommée Jeanne possédait toutes les qualités ; mais elle n'avait pas l'air jeune et n'était point avenante. Il s'en ouvrit à Sonia, avec sa bonhomie ordinaire :

— Ma foi, les jolies bonnes ont des inconvénients ; mais au moins leur service a quelque chose de plaisant et de coquet. Sans être belle, Macha avait une bonne figure du peuple. Celle-ci ne me revient pas.

— Ni moi, dit-elle un peu trop vivement.

— Pourquoi l'avoir acceptée ?

Elle fit un mouvement d'épaules ; lassée et triste :

— Celle-là ou une autre...

Noël la regarda dans les yeux et détourna la tête, avec un claquement de doigts et de langue mécontent. On a beau être patient, à la fin on s'énerve. Jusqu'à présent il s'était efforcé de tenir la balance égale entre les deux femmes, mais il ne voulait pas que Sonia, sacrifiée, souffrît.

V

Ce matin-là, quand, les volets poussés, ils virent à leurs pieds la Seine, toute claire, charriant mille petites vagues d'or, tandis qu'en amont le pont de Malves découpait sa silhouette sur le ciel vert, et qu'en aval les peupliers de Brolande tremblaient au vent, Noël et Sonia ne purent croire à leur bonheur. La veille, étouffant dans la maison de la rue Notre-Dame-des-Champs, ils avaient fait une fugue, échappés en vrais enfants, sans prévenir autrement que par une lettre Marie-Anne absente. Noël avait enlevé sa femme. Trois jours de congé et de vie à deux leur permettraient de se reprendre, de rétablir l'intimité un peu compromise de leur tendresse. Et ce n'était pas seulement l'air pur et la belle matinée qui les allégeaient ainsi.

Ne pouvant, pour si peu de temps, rouvrir la maison close de Sonnelles, ou celle de Mme Tratkoff, ils étaient descendus à mi-chemin des deux, à l'auberge du Pin Blanc Une flottille de barques s'amarrait devant le quai. Dans l'une, un homme tirait des poissons d'une réserve, et leurs ventres écaillés brillaient au soleil comme des miroirs. Ce matin-là, Sonia ne fut point longue à sa toilette. Ils descendirent, et une fois sur la route, dans le frais matin, s'arrêtèrent indécis. Ils avaient tant de choses à voir; par où commencer?

Sonia voulut aller dire bonjour à Pilgri, qu'on avait mis en pension chez le garde forestier. Ils rentrèrent dans la grande cuisine de l'auberge afin d'emplir leurs poches de sucre.

— Prenons-nous la route du parc? dit Noël.

— Oui, dit-elle en se suspendant à son bras et en s'y faisant lourde, par un abandon plein de confiance.

Ils s'engagèrent dans un chemin étroit, qui montait. Trois vaches leur barraient le passage; Noël les frappa doucement sur la croupe; elles détournèrent vers eux leur tête épaisse, ce qui fit tinter la sonnette de leur cou, et, de leurs gros yeux noirs et brillants, regardèrent passer les Parisiens. La route verte, coupée en plein bois, semblait s'être resserrée, les branches poussant en travers, non taillées encore. L'herbe molle, que nulle ornière n'avait foulée, hérissait sous leurs pas son gazon fleuri d'œillets sauvages et de tiges lancéolées. Noël serra le bras de sa femme. C'est à cet endroit qu'il l'avait vue venir, poursuivie par le docteur Mirage; c'est là, en face de cet énorme tronc coupé, tel qu'une table ronde, qu'ils avaient vu s'approcher l'invasion des Chesne; voici le taillis dans lequel Sonia, pour les fuir, s'était jetée. Aucun des témoins muets de leurs jeunes amours n'avait bougé : ils

La nature les enveloppait de sa douceur pacifiante.

retrouvaient la nature aussi fraîche, aussi belle; elle les enveloppait de sa douceur pacifiante, de sa grandeur sereine; mère éternelle, dans le chuchotis doux des grands arbres elle murmurait de bons conseils : la patience et la résignation. Le bonheur, dont la continuité leur paraissait là-bas si difficile, leur apparut aisé ici.

Il semblait que tous leurs élans comprimés, leur jeunesse repoussée, leur gaieté cachée devant Mlle Guislain, reprenaient vie et les emportaient, d'un pas preste et léger, en la joie d'être et de s'appartenir. Leur escapade était divine, vraiment; et s'ils ne se le disaient pas, par une sorte de pudeur à parler de l'absente et à s'avouer leurs intimes pensées, ils n'en jouissaient pas moins. Voici le pont de Malves atteint. Ils passent sur les planches goudronnées, à travers lesquelles on aperçoit l'eau; c'est une seconde d'appréhension absurde : la supposition d'un écroulement, ou qu'en se penchant sur la balustrade ils tombent au fleuve. Mais Sonia s'émeut et aussi Noël, devant la maison fermée de Mme Tratkoff, où les fenêtres ressemblent à des yeux morts. Ils n'ont pas apporté les clefs. A quoi bon? pourquoi seraient-ils entrés, tâtonnant, dans les pièces qui exhalent une odeur humide? Que leur eût-il servi de salir leurs doigts à la poussière des meubles et de troubler la cendre de leurs meilleurs souvenirs? N'en goûtaient-ils pas mieux le charme, restant ainsi à la porte, au seuil du jardin clos, contemplant les tilleuls verts, et par delà le verger joyeux qui leur rappelait de si doux après-midi? Oui, cette contemplation était exquise, et cependant une mélancolie s'y mêlait, comme s'ils regardaient au dehors leur ancien bonheur, et qu'ils n'y pussent rentrer. Mais Noël entraînait déjà Sonia vers la maison du garde. Il ne fallait pas penser aux choses tristes, mieux valait s'absorber dans la distraction présente et l'espoir en l'avenir.

— Pilgri! Pilgri! nous reconnais-tu, Pilgri!

Sonia demande cela au poney, tandis que la femme du garde, loquace, tient la porte de l'écurie ouverte. Des petits enfants joufflus, attachés à ses jupes, et le doigt dans leur bouche, contemplent avec de grands yeux ces étrangers, et s'expliquent difficilement que ce monsieur et cette belle dame soient les légitimes possesseurs du petit cheval.

— Attendez, madame, dit la bonne femme, je vais le tirer au jour, il vous reconnaîtra mieux.

Ainsi est-il fait, et Pilgri hennit et danse. Oh! qu'il est gras! On voit qu'il est bien nourri et qu'on ne lui vole pas son avoine.

— Pilgri! joli Pilgri! répète Sonia; elle lui a pris le cou dans ses bras et lui, pour rire, lui donne des coups de tête comme un chevreau qui joue des cornes. Mais on lui offre, sur le plat de la main, du sucre, ce qui lui paraît extrêmement agréable. Ses dents, larges comme des touches de piano, font croc! croc! Et il frotte son museau contre la manche de Sonia pour en avoir encore.

— Oh! le gourmand! fait-elle pleinement heureuse, attendrie par le plaisir de la bête.

Pauvre Pilgri, il ne lui a jamais fait de peine, lui! Que de fois, docile, il l'a promenée dans la forêt. Ne la conduisait-il pas, ce premier jour, où, tout près de Sonnelles, elle rencontra la voiture du père Rouquin amenant, pour les vacances, les Guislain? Mon Dieu, c'est donc vrai, tout cela? Tant de choses passées en moins d'une année! Et, une seconde, elle s'imagine que Noël n'est pas encore son mari, pas même son fiancé, qu'ils revivent les jours d'inconscience heureuse où leur amour flottait encore. Un petit élancement au cœur lui point, c'est qu'elle songe au retour, à l'accueil de Mlle Guislain, aux semaines difficiles qui vont suivre. Mais non, il faut être heureuse, rien qu'heureuse aujourd'hui, il fait si beau! Et puis Noël est tout à elle; elle le sent bien. Il a l'air si content; il respire à pleins poumons l'air saturé de la fraîcheur amère des pins. Il faut pourtant quitter Pilgri; on resterait là tout le jour.

— Adieu, Pilgri, nous reviendrons demain!

De là, sur la route blanche de soleil, ils se dirigeaient, lentement, vers Sonnelles. L'ombrelle de Sonia abritait d'une ombre claire sa figure. Comme il fallait peu, pensa Noël, pour que ce doux visage rose se fût épanoui! Comment n'avait-il pas eu plus tôt l'idée de cette escapade salutaire! Il lui vint aux lèvres des mots qui exprimaient sa naïve confusion. Certes, une explication tendre, franche et loyale avec sa femme serait à présent la bienvenue; elle soulagerait leur cœur. Mais il hésita devant le trouble des premiers aveux; pourquoi mêler le souvenir, un peu douloureux, de Grande à leur paix d'âme? Sans doute, ils parleraient, mais pas encore; se laisser vivre était si bon.

Sonnelles, au tournant du bois, dressait ses murs grisâtres, hérissés de tiges roses. Des femmes, au seuil des jardins, les saluaient de la tête. Ils passèrent devant la grande maison des Chesne; des boules de couleur énormes, placées à l'entrée du jardin, les refletèrent, déformés, au passage. Ils ne s'arrêtèrent pas devant la petite maison voisine, la leur : mais ils sourirent en se rappelant ce jour où Sonia apporta des

Mais on lui offre, sur le plat de la main, du sucre.

glaïeuls, et où M. Chesne, dont la voix furibonde leur arrivait par-dessus le mur, brisa, avec une si belle colère, la sarbacane du petit Gustave. Oui, tout cela avait existé et n'était plus. Les deux maisons, jadis fenêtres ouvertes et exhalant le va-et-vient de la vie, sommeillaient jusqu'aux vacances, dans l'immobilité touffue des arbres, comme aux jardins de la Belle au bois dormant. Des galopins passèrent en courant, traînant au bout d'une ficelle un bidon à pétrole vide. Celui qui menait la bande se retourna, et ils reconnurent l'enfant au bras cassé, le petit de la Ballonne. C'est par lui pourtant qu'ils s'étaient connus, le premier soir ! Noël pressa le bras de Sonia qui rougit, en souriant.

Mais, si elle avait voulu voir Pilgri, Noël de son côté voulut dire bonjour à son canot. Car ce morceau de bois mort gardait pour lui une existence à part, par tout ce qu'il lui rappelait de cher : la première promenade sur l'eau avec les femmes, et ce soir de brume argentée où il avait chanté, sur le fleuve aux écailles de lune, la douce chanson. Bien d'autres choses encore étaient suggérées par ce joujou de sapin verni : le plaisir enfantin de posséder en lui un compagnon de rêve et de flânerie toujours prêt et docile ; le projet de s'en servir tout l'été et d'emmener Sonia très loin, vers des villages aux jolis noms. Ils s'attacheraient à ces remorqueurs qui traînent de longs trains de bois, et dans le remous de l'eau déchirée, ils s'en iraient jusqu'à Follerive ou Mantagne, goûtant l'illusion du voyage et l'oubli complet de la vie. Comme il y a souvent quelque chose de puéril chez les esprits les plus sérieux, Noël pensait au costume qu'il se ferait faire tout exprès, vareuse marine et pantalon large, puis le béret, et, collant sur la poitrine, un jersey à raies bleues de matelot ; c'est cela qui étonnerait Grande ! Pauvre Grande ! Comme elle se tourmentait, comme elle se faisait du mal inutilement ; et qu'il est difficile de vivre heureux ensemble, même avec les meilleures intentions ! Il écarta cette pensée qui revenait toujours, comme une mouche importune, et se réjouit, car, sous le hangar dans lequel il avait remisé, chez des paysans, son canot, il l'apercevait, dans l'ombre, tapissé de toiles d'araignées comme un grand corps raide enlinceulé de vieilles toiles. Il le démaillota, aidé par Sonia ; et avec des mains douces, affectueuses, il caressa le poli de la coque, posant le doigt sur des entailles comme sur des petites blessures, regardant partout si l'hiver n'avait point gelé et fait éclater les jointures.

— Allons ! fit-il satisfait, il n'est pas abîmé.

Et ils rhabillèrent leur ami, avec un soin intéressé, sans doute, mais qui n'était pas purement égoïste, et où perçait un peu de la sympathie qu'on porte, non seulement aux êtres animés, mais aux choses inertes, quand elles ont été façonnées selon notre âme et asservies à notre usage.

Ils rentrèrent pour le déjeuner.

On mangeait bien à l'auberge du Pin Blanc. Les Guislain, assis dans un bosquet, un vrai nid de feuillage parfumé de chèvrefeuilles, virent, sur la petite table recouverte d'une nappe bise, de frais hors-d'œuvre marier, d'un ravier à l'autre, le pâle des concombres au rose des radis, tandis que des tomates crues en salade luttaient d'éclat avec l'or des citrons, destinés à aiguiser la saveur d'éperlans frits. Des œufs brouillés aux girolles exhalèrent ensuite leur arome de sous-bois mouillé. Après quoi un beefsteack, entouré de pommes de terre soufflées, apporta son réconfort substantiel, son régal un peu barbare, si l'on y songe, et fait de sang et de tuerie ; mais Noël et Sonia n'y pensèrent pas un instant, car l'habitude, dût-on les blâmer, leur faisait trouver ce régime à leur goût ; et ils ne s'attendrirent pas davantage sur le poulet doré qu'on leur servit, après un intermède de petits pois, cueillis à la minute. S'ils s'abstinrent de découper la volaille, c'est que leur appétit s'avouait vaincu. Cependant ils ne se crurent pas en droit de mépriser une jeune laitue, étoilée d'œufs durs. Par exemple, devant le plus appétissant des jambons, Noël prit un air d'impuissance contrite qui fit rire Sonia d'un gai rire indulgent, un rire de jeunesse qui lui étourdit le cœur.

Dieu ! quel effroi eût inspiré à Mlle Guislain un déjeuner aussi énergique : elle eût attristé de ses craintes imaginaires la digestion paisible de Noël. Et elle eût juré qu'ils allaient s'enivrer, à voir la jolie façon dont ils sablaient le bourgogne. Le fromage, sur ces entrefaites, apparut, insinuant et presque indiscret, mais de si bonne grâce que Noël d'un geste qui s'excuse, se pencha vers le camembert et l'entama jusqu'au cœur. On juge que les desserts n'eurent plus, après cela, qu'une grâce dolente, les figues sèches surtout et les pruneaux cuits qu'on écarta. Mais certainement, ce qu'il y avait de meilleur dans le déjeuner, c'était l'intimité reconquise pour les deux époux. Ils ressentaient ce plaisir intense qui suit la cessation d'une douleur ; quand on a souffert d'une épine au doigt, c'est une volupté de la voir ôtée : ils éprouvaient un immense soulagement de comprendre que rien ne les empêchait d'être heureux, rien du moins en eux-mêmes et qui dépendît de leur volonté. Et ce ne fut point par des paroles qu'ils s'en assurèrent, mais par l'entente de leur bonne humeur, l'électricité de leurs regards qui se rencontraient toujours à point, l'accord du son de leur voix, l'harmonie des mille petites correspondances où deux êtres vibrent à l'unisson. Alors, sans qu'ils se l'avouassent, ils pensaient, chacun de son côté, combien il serait doux de vivre à deux, sans ce tiers respectable et qu'ils honoraient, certes, mais qu'ils reconnaissaient, tout bas, si redoutable, et qu'en même temps ils trouvaient si à plaindre, la pauvre Grande qui souffrait d'eux, en eux, par eux.

Une pitié les envahit, qu'ils eussent souhaitée non stérile, mais efficace. S'il était un moyen de ramener ce vieux cœur aigri, d'apaiser cette défiance toujours en éveil, de fondre sous la tendresse cette jalousie sèche ? Mais quoi ! il était bien difficile d'opposer une patience inaltérable et un continuel sourire à ces tracasseries énervantes, à ces silences agressifs, à ces petites toux fébriles, à ces intonations où la fêlure du cœur tintait si aigrement. Ce qui les oppressait dans l'attitude de Marie-Anne n'était pas tel petit acte fugitif et négligeable en lui-même, mais tout ce qui, de la racine des cheveux jusqu'aux pieds d'un être, dans sa présence, dans son va-et-vient, dans son immobilité même, et jusque dans son absence, s'accuse d'hostile et de presque haineux ! Allons, ils penseraient à cela une fois de retour : devaient-ils, en attendant, s'empêcher de vivre et de respirer, renoncer à la beauté des choses et à la bonté de la vie parce que Grande souffrait, et que peut-être elle mourrait de leur bonheur? Non, hélas! Ils avaient droit à leur place au soleil, à leur part des joies humaines. Pourtant, il ne fut pas en eux de pouvoir secouer tout à fait l'obsession mélancolique. Un incident la raviva.

Bons marcheurs, ils avaient gagné par le pont de Malves les peupliers de Brolande, préférant ce grand détour à la barque du passeur, et ils approchaient de l'endroit où les lavandières battent leur linge, quand ils aperçurent un rassemblement de femmes caquetant avec de grands cris et des bras levés. Ils s'approchèrent et virent une très vieille femme au grand nez, aux fortes pommettes et aux cheveux blancs, étendue sur la berge. Ses durs traits de paysanne rappelaient ceux de Marie-Anne. Elle avait les yeux fermés et le visage pourpre. Une congestion cérébrale l'avait frappée, alors que, la tête en bas, le corps miré dans l'eau, elle rinçait son linge. Le docteur Mirage, agenouillé près d'elle, la lancette aux doigts, allait lui faire une saignée. Noël entraîna Sonia alarmée. Elle avait remarqué cette ressemblance, mais ils ne se la communiquèrent point. Un instant, l'idée que Grande pourrait mourir, elle aussi, leur avait fait passer dans le dos un petit souffle froid. La vision triste s'effaça, heureusement. Quand ils s'enquirent, au retour de leur promenade, de la paysanne, ils apprirent qu'elle était hors de danger; ils en éprouvèrent un contentement : la mort et les médecins faisaient donc grâce quelquefois! Ils firent remettre de l'argent à cette femme, qui était très pauvre et qui avait ressuscité pour eux, pendant une minute si tragique, celle qu'ils savaient bien!

Le lendemain une voiture, eh parbleu! celle du père Rouquin, les emmena tout le jour en forêt. Du matin au soir, couchés mollement, ils s'emplirent les yeux de ce vert nuancé à l'infini, humèrent la grande senteur des feuilles. Le soleil descendait doux et tamisé sous les hautes futaies. Pas un bruit, ni un être. On roulait sur du velours; et cette fantasmagorie d'une forêt silencieuse, au crépuscule, en même temps qu'une lassitude suave, les condamnait au silence, un silence où la rêverie se teintait d'étrangeté. La main dans la main, ils fermaient les yeux, goûtant une plénitude faite de griserie, d'extase, et traversée du doute délicieux de savoir qu'ils étaient bien éveillés.

La troisième journée fut la fin du rêve; elle fulgura et s'éteignit, trop courte.

— Nous reviendrons, dit Noël.

Mais ce ne serait plus cela.

VI

— Mademoiselle est au jardin, dit la servante en ouvrant la porte aux Guislain.

Ils se regardèrent, échangeant un sourire voilé, s'attendant à ce que leur escapade leur valût un accueil froid ou blessé; et, d'avance, pleins des meilleures résolutions, ils se promettaient de désarmer Grande à force de gaieté, de ne point la laisser qu'elle n'eût souri. Car c'était le premier bon résultat de leur absence qu'ils rentraient plus tendres, meilleurs, ravis de s'être si bien compris sans avoir eu besoin de s'expliquer à fond.

— Allons l'embrasser, dit Sonia en quittant son chapeau.

Ils passèrent par le hall, ouvrirent la porte de verre qui donnait sur le jardin, un maigre petit enclos parisien où figuraient une corbeille de fleurs, trois grands arbres, et un coin de pelouse confinant à la volière des canaris. C'est là, près des oiseaux, que se tenait Marie-Anne. Elle ne se détourna point en les entendant venir. Ils virent qu'elle restait absorbée, regardant quelque chose qu'elle tenait dans sa main : un des canaris femelles, mort.

— Ils ont tué Lirelette, dit-elle, en s'adressant avec une indignation apitoyée aux canaris en cage : « Oh! les vilains! » Elle était malade, elle ne mangeait plus, elle allait mourir, ils l'ont achevée!

La bestiole aplatie, les pattes raides, la paupière fermée, laissa voir, sous les lèvres de Marie-Anne qui soufflait sur les plumes afin de les écarter, des points de sang, la plaie de petits becs cruels.

— Oui, répéta-t-elle, ils l'ont tuée. Elle était bien vieille pourtant, ils auraient pu la laisser finir tranquillement.

Noël et Sonia, émus par une arrière-pensée et saisis par l'accent pathétique de cette tristesse, n'osèrent se regarder; ils restaient silencieux, les regards fixés sur Marie-Anne qui, avec indécision, tenait l'oiseau, comme si elle ne pouvait se décider à le jeter, ou même à le poser quelque part. Noël comprit et dit :

— Il faut l'enterrer dans un coin.

Et prenant une bêche dans une petite niche aux outils, il fit, en trois coups, une étroite fosse, au pied du mur. Attirés par la curiosité, le chat et le chien se tenaient là, regardant de tous leurs yeux, le chat surtout, dont les prunelles s'avivaient d'une férocité sournoise.

— Va-t'en, Frimousse! dit Sonia en s'éloignant.

Noël prit l'oiseau des mains de sa sœur et le déposa dans la terre; il repoussa Snorr qui avançait de trop près la tête : en trois secousses le trou fut comblé, la terre tassée; d'un coup de talon il couronna l'œuvre, comme pour enfoncer plus profondément, le petit cadavre dans le sol, et qu'il pût s'y désagréger en paix.

— Merci, Noël, dit Marie-Anne.

Il la regarda avec tendresse et fut frappé de l'air sénile qu'elle avait : elle lui parut vieille, bien affaissée; d'une pâleur terreuse, l'œil creux, elle semblait avoir dix ans de plus. Un petit souffle mystérieux de crainte passa alors sur ses tempes; il se rappela la paysanne inanimée, sur la berge de Brolande, la vieille femme au grand nez, à la ressemblance étrange. Et il vit Sonia qui, d'un élan spontané, ressentant peut-être la même impression, se jetait au cou de Grande et l'embrassait comme une chère fille. L'autre ne la repoussait pas, mais restait passive.

La disparition de cette petite bête qu'elle aimait l'avait donc bien frappée! Ou était-ce un retour sur cette immobilité sans appel, ces yeux clos, cette rigidité froide, tout ce qu'évoque en nous de superstitieux et de poignant, la mort de la plus humble des créatures de ce monde?

De la fugue du jeune ménage, il ne fut pas autrement question, soit que Grande, par fierté, ne voulût pas laisser croire qu'elle en eût souffert, soit qu'acceptant le fait accompli, elle le passât au compte des griefs sourds qu'elle gardait envers Sonia. En tout cas, elle en parla sans amertume. Et pendant quelques jours, il y eut comme une trêve.

Il est juste de dire que Noël et sa femme y mirent beaucoup du leur. Ce n'est pas assez, ils l'avaient compris, de s'abstenir du mal : il fallait plus et mieux qu'une charité inactive. Ils s'efforcèrent de distraire Grande. Malheureusement, leurs ressources étaient bornées; en dehors des soins du ménage, peu de choses l'intéressaient. Elle ne mettait jamais les pieds au théâtre, ni dans un musée; elles craignait les visites à faire ou à recevoir; elle vivait chez elle, repliée, suivant un rêve intérieur. La ressource même des arts intimes lui manquait, car elle n'entendait rien à la peinture et fort peu de chose à la musique. Même elle élevait plutôt, on le sait, des préventions contre ces distractions, à son avis trop absorbantes, profanes, et qui pouvaient offrir des dangers. Elle ne lisait non plus que peu ou prou, et jugeait que Sonia lisait des livres trop sérieux pour son sexe, car la jeune femme, soucieuse de s'instruire, suivait avec son mari des revues de sciences, se tenait au courant de livres graves. Le soir, à partir de dix heures, après un peu de musique, Noël avait pris l'habitude de lui lire : c'était tantôt de l'histoire, du Michelet, tantôt les chefs-d'œuvre de la littérature de l'Inde, des épisodes du *Ramayana;* en ce moment, il lui lisait les tragiques grecs. Marie-Anne n'assistait pas à ces lectures. Vers neuf heures et demie au plus tard, ses patiences terminées, elle ôtait ses bésicles et reportait dans un coin la table à jeu, puis, sur un grave baiser de paix, elle disparaissait. Cela durait depuis si longtemps que Noël tenta une révolution le soir où il proposa à Grande de faire une partie à l'écarté. Saisie au dépourvu, elle consentit.

De ce coup, l'habitude fut prise, ce qui anima un peu les soirées monotones de la vieille sœur. Et Sonia se mit aussi du jeu, proposant le bésigue, ou le domino, ou encore les parties de dames. Elle détestait ce genre d'amusement, et en eut donc tout le mérite. Elle essaya aussi, non sans peine, de décider Marie-Anne à l'accompagner dans Paris, par ces belles journées de juin où le Luxembourg, avec ses cris d'enfants et sa vie fourmillante de mamans et de promeneurs, est en fête. Dans l'intimité, elle recevait le mardi quelques personnes, réunies autour d'un thé de cinq heures; des étrangères qu'elle connaissait avant son mariage, des amis de Noël y venaient, les ménages Delorme et Vuillaume, et encore qu'elle n'aimât qu'à moitié les femmes de ces deux messieurs, des Parisiennes évaporées, elle leur faisait bon accueil. Elle insista pour que Grande, qui évitait le salon ce jour-là, y parût. Mais ce fut pour y gagner des migraines; et bouche cousue, en air de cérémonie, assise raide sur son fauteuil, elle ne savait que dire et s'ennuyait. Quant à recevoir du monde à dîner, elle s'y employait de son mieux, mais en se donnant tant de mal qu'elle en prenait presque la fièvre ; aussi Noël laissait-il ces occasions être assez rares. Tout allait donc à peu près, depuis quelques semaines, quand Grande eut une rechute ; on peut appeler ainsi le mal de jalousie et de méfiance qui recommença à la torturer.

Depuis quelques jours, Sonia se levait tôt ; elle renonçait à son habitude de rester et de lire au lit, afin de partager avec Noël le déjeuner du matin avant son départ pour le lycée. Or, cette heure-là appartenait en propre à Mlle Guislain. Noël était à elle seule : c'était elle qui lui servait son café et lui offrait ses journaux. Elle vit dans la présence de la jeune femme une intrusion, un empiètement ; elle crut surtout que Sonia faisait cela tout exprès pour lui enlever Noël, s'immiscer dans leurs entretiens. La première fois qu'elle la vit s'asseoir auprès de son mari et lui tendre les rôties beurrées, elle se recula, blessée, comme si on la dépossédait de ses plus essentiels privilèges. Elle crut voir s'y affirmer la suprématie de la femme aimée, préférée, ce triomphe éternel de la jeunesse sur les vieux, dédaignés, oubliés et qui ne sont plus bons à rien. Elle exagéra follement cet acte irréfléchi et sans mauvaise intention. Elle ne comptait plus, son frère lui-même ne faisait plus attention à elle, absorbé qu'il était par l'autre, la jeune, la séduisante femme !

Ah ! c'est qu'ils avaient beau accentuer leur réserve devant elle, s'abstenir de toute familiarité affectueuse, elle savait bien quel pouvoir Sonia possédait, par quel prestige de grâce elle le tenait. Tout affirmait son influence : les égards qu'il lui témoignait, l'empressement qu'il mettait à devancer tous ses désirs, la générosité avec laquelle il la comblait, toujours galant, égayant d'un bibelot ou de fleurs rares l'atelier ou le salon, voulant qu'elle fût élégante pour lui, qu'elle s'habillât de robes simples, mais chères et exquises. Une chose frappait Marie-Anne, à présent. C'est l'air de confiance et de certitude, le maintien de douce autorité que Sonia avait pris, depuis son escapade à Sonnelles. Ce jour-là, certainement, elle avait reconquis Noël, ou mieux, comme elle ne l'avait jamais perdu, elle se l'était attaché tout entier. Qu'avaient-ils dit, pendant cette brève intimité, seuls à seuls ? Certainement, ils avaient parlé d'elle ? De quelle façon ? Ce doute la faisait souffrir.

Un matin, elle frappait comme d'habitude à la porte du cabinet de travail ; et il avait passé, à cet appel, dans la salle à manger.

— Bonjour, Grande !

— Bonjour, Noël !

— OH ! FIT-ELLE TOUT A COUP, EN FONDANT EN LARMES.

— Ah ! ah ! fit-il...

Le jeudi et le dimanche, Margaude servait, pour le déjeuner du matin, une certaine galette sèche qu'il aimait beaucoup. Mais Sonia, du moins Marie-Anne se l'était mis dans la tête, n'appréciait pas à sa valeur cette pâtisserie, où Margaude mettait tout son talent. Aussi, comme il s'exclamait :

— Crois-tu, voilà des années que je vois revenir cette galette, avec sa pâte croustillante et toute givrée de sucre ! Et cela me fait toujours plaisir.

Grande répondit, en toussant derrière sa main, d'un air innocent :

— Mon Dieu, c'est que tu y es habitué. Tout le monde ne l'aime pas !

« Tout le monde », cela voulait dire Sonia. Il le comprit.

— Mais si, mais si, fit-il conciliant, nous l'aimons tous.

Et comme Sonia se faisait attendre, par déférence pour sa sœur, il dit :

— Commençons, elle va venir.

Mais Marie-Anne éloigna d'elle son bol de lait avec une résolution, un parti pris affecté d'attendre.

— Pourquoi?... commença-t-il ; mais il s'arrêta et se servit. Excellente, la galette !

Comme elle était assez petite, d'une minceur de carton, il n'eut pas grand'peine à en croquer la moitié. Un froissement de robe se fit entendre dans la chambre à côté.

— Nitchka ! cria-t-il, viens vite, ou je mange tout !

Il baissa son nez sur son journal et le releva aussitôt.

— Oh ! comme Snorr regarde l'assiette. Allons donc, Nitchka !

Une souffrance contracta le visage de Grande ; pourquoi l'appelait-il ainsi? Ne pouvait-il se passer d'elle un instant? Qu'avait-on besoin qu'elle vînt, pour dédaigner ce qu'il y avait sur la table? Rien de plus faux, cela va de soi, mais Marie-Anne se fût fait couper la main plutôt que de se laisser persuader le contraire. Elle regarda son frère, le vit de nouveau replongé dans son journal, indifférent à elle, la dédaignant peut-être aussi. Un éclair de jalousie, un trait de passion lui traversèrent l'âme en coup de foudre ; en entendant venir Sonia, elle saisit brusquement la portion de galette qui restait et la jeta au vol dans la gueule du chien.

A ce moment, Noël leva la tête et resta stupéfait.

— Eh bien, cette galette ! dit gaiement Sonia en entrant et en baisant au front la vieille fille, aussi immobile qu'une statue. L'assiette vide, Snorr qui broyait à grand bruit la pâte sèche, Noël confondu, Grande qui, de pourpre devenait pâle et fermait les yeux, comme si elle allait se trouver mal. Sonia vit tout cela en une seconde, et, les sourcils écarquillés, elle restait là, sans idée, sans parole. Puis ses lèvres s'abaissèrent comme celles des enfants qui ont envie de pleurer. Pourtant, elle se retint et, le cœur gros, s'assit. Marie-Anne, désolée, honteuse et cependant cruellement satisfaite, s'éclipsa. Noël et sa femme se regardèrent au fond des yeux.

— Oh ! fit-elle tout à coup, en fondant en larmes. Et lui, attendri, plein de pitié pour elle, et pour l'autre aussi, comprenant tout ce que ce petit acte méchant trahissait de passion irrémédiable et de haine inavouée, ne savait plus quelle contenance garder. Machinalement, il caressait les cheveux de Sonia, qui pleurait, pleurait à grosses larmes d'enfant ; et ce n'était pas, hélas ! pour la galette seulement !...

Quand Noël, soucieux, revint du lycée et qu'il fallut se mettre encore à table, à midi, Grande ne parut pas. Il attendit un instant et demanda à la servante si Mademoiselle était prévenue.

La nommée Jeanne — (décidément, il ne se ferait jamais à cette figure sans franchise) — répliqua avec hésitation qu'elle allait voir de nouveau ; elle revint, disant que Mademoiselle était souffrante et demandait qu'on déjeunât sans elle. Noël ne put se payer de cette réponse et alla frapper à la porte de la chambre. On ne répondit pas. Il tourna le loquet, la porte était fermée.

— Qui est là? dit une voix un peu aiguë.

— C'est moi, Noël.

Un instant se passa, puis il entendit tourner longuement la clef, comme si la porte s'ouvrait de mauvaise grâce. Il faisait sombre dans la chambre.

— Tu es souffrante? dit-il.

Elle avait le teint brouillé, pâle avec des pommettes rouges. Une expression équivoque nuançait, sur ses traits, le refus et la confusion.

— Je ne puis aller à table, ne m'attendez pas !

— Mais pourquoi, Grande, est-ce que tu crois?... c'est un enfantillage.

Elle rougit jusqu'aux cheveux, ses yeux devinrent troubles, comme si dans leur eau verte un fond de vase montait ; tout en elle trahissait une agitation extraordinaire ; elle se cacha la figure dans ses mains.

— Va-t'en, dit-elle, va-t'en ! va retrouver TA femme.

— Grande, ce n'est pas, j'imagine, à cause du petit malentendu de ce matin?

Il n'osa dire :

« La galette ». Ce mot, un peu comique et ridicule, mais grave cependant dans la circonstance, s'étrangla dans sa gorge.

Elle le regarda dans les yeux, avec une intensité extraordinaire de colère et presque de défi, et en même temps on eût dit qu'elle se repentait.

— Crois-tu que ce soit un malentendu? dit-elle.

— Que veux-tu dire? fit-il à voix basse.

— Ne m'interroge pas. Ça été plus fort que moi ! Il y a des choses, des choses qui...

Elle répéta encore ce mot, d'un air irrité ; puis, d'une voix brève :

— Je regrette, j'étais malade. Je le suis encore. Laisse-moi et va déjeuner, mon ami.

Noël, pendant quelques mots qu'ils échangèrent encore, ne put tirer d'elle rien de plus et se retira, après lui avoir serré la main, une main et un poignet très chauds, où la fièvre faisait saccader le pouls. Il

— PEUT-ON ENTRER? DEMANDA-T-ELLE DOUCEMENT.

heurta presque, en sortant, Margaude plantée derrière la porte. Evidemment, elle écoutait ; cela lui fut pénible : rien n'étant douloureux comme de penser qu'aucun détail de notre vie intime n'échappe à la curiosité des domestiques. Devant Jeanne, qui servait à table, il dut se taire ou parler de choses différentes. Il lui semblait que les yeux un peu louches de cette fille l'épiaient ; sa présence l'importunait. Elle devait bavarder avec Margaude, à la cuisine, de ces choses délicates qui lui tenaient au cœur. Il mangea peu et mal, avec des gestes nerveux.

Quand enfin il se trouva seul avec sa femme, dans le hall, près du guéridon où le café était servi, il vint à elle, lui mit la main sur les épaules ; et elle le regarda, il en eut conscience, comme jamais elle ne l'avait regardé. Ce fut un regard si clair, si parlant, si incisif qu'il interdisait, entre eux, tout faux-fuyant, tout leurre, tout mensonge de politesse. Ce regard mettait leur âme à nu, et son éloquence triste était si pénétrante que Noël, comme s'il se sentait en faute, baissa les yeux. Il souffrit, partagé entre ces deux tendresses, ne pouvant prendre parti pour l'une sans blesser l'autre à mort. Et il sut gré à Sonia de ce qu'elle ne disait pas, il le devinait si bien que son cœur lui faisait mal, très mal d'angoisse, ainsi qu'il arrive lorsque la conscience de l'irréparable nous étreint.

Il essaya de sourire :

— Je crois, Nitchka, que nous irons passer ces vacances en Italie, décidément ?

De vivre tous ensemble à Sonnelles, il n'était déjà plus question. Oui, une longue absence s'imposait, ce serait un acheminement pour l'avenir.

Elle hocha la tête, gravement. Mais comme elle était foncièrement bonne, et que son intelligence dominait le plus souvent ses nerfs, elle sentit le besoin d'aller trouver Mlle Guislain. D'un pas léger, sans bruit, elle se glissa dans le corridor, entrebâilla discrètement la porte. Elle distingua, dans l'obscurité, Grande, couchée, sur une chaise longue, immobile.

— Peut-on entrer ? demanda-t-elle doucement.

Pas de réponse ; elle entra sur la pointe du pied, vint à Marie-Anne qui dormait ou feignait de dormir. Avec une pitié délicate, elle resta là un instant à la contempler. Elle passa doucement la main sur ce vieux front brûlant, toucha la main ridée, qui était devenue de glace. Un petit frisson agita Grande, mais elle ne se réveilla point. Sa respiration était irrégulière. Sonia prit un châle et l'étendit sur les pieds de la dormeuse. Pendant une minute encore, elle la considéra, avec attention. Il fallut un grand effort à Marie-Anne pour ne pas ouvrir les yeux et parler à Sonia ; peut-être lui eût-elle demandé pardon. Mais une mauvaise honte la retint et elle la laissa partir.

— Eh bien ? demanda Noël.

— Elle dort.

Il dit après un silence :

— Je crains qu'elle ne se rende malade. Elle a eu dans sa jeunesse une maladie nerveuse, après un grand chagrin. Il faudra que je consulte le médecin. Mais jamais elle ne voudra se laisser soigner.

Il ajouta :

— Pauvre sœur ! Certainement elle est malade. C'est cela qui la change ainsi !

Il attendit un mot de Sonia, un mot consolant ou amical ; mais elle était au bout de son élan généreux, et elle garda le silence.

VII

La vie reprit, comme si de rien n'était, mais sans sécurité de part et d'autre. On était poli, car l'éducation toute-puissante mettait un vernis sur les paroles et les façons d'être ; l'habitude rivait la chaîne élégante qui tenait ces êtres attachés les uns aux autres ; la bienséance mettait un frein aux pensées et les arrêtait sur les lèvres ; mais c'était tout. Entre les deux femmes, la confiance et la tendresse étaient parties ; et, par une loi fatale, leur mésintelligence sourde devait empirer rapidement. Plus elles la comprimaient, plus elle prenait la violence du feu qui couve en une maison close et que le premier souffle de vent, le premier bris de vitre, vont attiser en brusque incendie.

D'abord Marie-Anne, une fois pour toutes, avec une inébranlable douceur, se refusa aux parties de cartes, le soir ; elle renonça même à ses patiences. Bientôt, on ne la vit plus qu'aux repas ; elle prit l'habitude de se cloîtrer dans sa chambre et y vécut en recluse. Elle n'en sortait que pour aller à l'église ou visiter ses pauvres. Mais la charité qu'elle faisait ne laissait pas trace d'onction et de tendresse en elle. Loin de là ! Son visage se ferma, sa bouche parut cadenassée, ses gestes eurent un air de ne plus toucher aux choses. Présente, elle se reculait de la conversation, s'abstenait de paraître s'intéresser à quoi que ce soit. Son pas, dans la maison, s'était fait plus silencieux ; on ne l'entendait plus. Elle avait le fuyant d'une ombre. Elle semblait dire : « Je ne suis plus rien, je n'existe pas ; ce n'est pas moi qui gênerai votre jeunesse ! » Et, avec cela, des mots n'auraient pas mieux exprimé que son silence le grand reproche qu'elle semblait faire aux époux en se retirant d'eux. Un blâme profond, une amertume sans espoir émanaient d'elle, troublant et empoisonnant leur âme,

Qu'avaient-ils à se reprocher? Peut-être y avait-il de leur faute? Puis, leur honnêteté protestait. « Elle n'aime pas Sonia, se disait Noël tristement, mais eût-elle aimé une autre femme? N'aurait-elle pas pris en grippe — (et là il s'efforçait de sourire) — jusqu'à Marie Ladoucette elle-même? » Ce lui était presque une douceur de songer que sa femme, personnellement, n'était pas responsable de cette prévention hostile, et que cel fût arrivé aussi bien avec une autre.

Les premiers jours de juillet furent très orageux, lourds de migraines et d'oppressions. Sonia souffrait, ses nerfs étaient particulièrement agacés. Un dimanche, en revenant d'une promenade au bois, elle chercha vainement une bague qu'elle avait déposée, le matin, dans une petite coupe en cristal. Elle tenait beaucoup à ce bijou, qui était ancien, de grande valeur, et qu'elle tenait de sa mère. Noël, qui entrait, lui vit la figure inquiète, les yeux fureteurs, tandis que, de ses doigts crispés, elle ouvrait et refermait des boîtes et des tiroirs.

— Tu cherches quelque chose?

— Ma bague d'émeraude. Je l'avais laissée là, dans cette coupe.

— Elle ne peut pas être perdue.

Ce qui augmentait son énervement, c'est que, quelques jours auparavant, une petite broche de brillants qu'elle portait au cou avait disparu ; mais elle avait cru que c'était de sa faute et que, l'ayant mal agrafée, la broche était tombée dans la rue.

— Tu es sûre de ne pas l'avoir emportée? reprit-il, parlant de la bague. Elle est peut-être tombée dans ton gant.

En effet, elle était un peu large et coulait facilement du doigt. Mais le gant secoué, on ne trouva rien.

— Il faut demander à Grande si personne n'est entré dans ta chambre.

D'un geste suppliant, elle allait le convaincre de n'en rien faire, mais justement un pas fugitif longeait le corridor, une ombre fila devant la porte.

— Grande! appela-t-il.

Elle parut : vraiment bien changée, pâle, les yeux cernés, et quelque chose de dur et de fermé par tout le visage. Noël la mit au courant, en lui demandant si quelqu'un était entré dans la chambre pendant son absence.

— Il n'est entré que Margaude et que Jeanne pour changer les rideaux.

En effet, une blancheur vive de mousseline tramée de fleurs éclairait les vitres.

Elle ajouta, comme une caution des servantes, et les mettant hors de soupçon :

— Il n'est entré personne.

Elle surprit un regard entre Noël et sa femme, et vivement s'écria :

— Est-ce que vous soupçonnez quelqu'un?

Ils ne répondirent pas ; alors elle s'adressa à Sonia, et, avec une violence extrême :

— Vous soupçonnez quelqu'un, mais vous n'oserez pas, vous n'oserez pas dire que quelqu'un a volé votre bague! Vous l'aurez perdue, comme votre broche l'autre jour!

Et tout son air semblait dire : « Si vous aviez plus d'ordre, cela n'arriverait pas!

Sonia répondit sans s'émouvoir, avec une fermeté douce :

— Non, j'ai laissé ma bague dans cette coupe, j'en suis sûre. Quelqu'un l'a prise.

Mlle Guislain lui jeta un regard courroucé, et, d'une voix entrecoupée :

— Vous n'allez pas insinuer... que c'est Margaude qui l'a prise, vous n'allez pas... porter vos soupçons sur une fille que je connais depuis neuf ans, et qui... est honnête comme moi-même!

— Je ne l'accuse pas, dit nettement Sonia.

Noël s'était avancé, pour intervenir, empêcher un malentendu désastreux, arrêter la scène qu'il sentait venir, comme l'orage qui plombait le ciel, au-dessus du jardin. Mais Grande, avec une rage concentrée :

— Non, vous ne l'accusez pas, mais peut-être la soupçonnez-vous, car vous ne l'aimez pas, pourquoi mentir? Je sais bien que vous ne l'aimez pas!

Et, d'un grand geste, à bout de bras, elle poussa, au bouton électrique de la cheminée, le double appel qui faisait venir Margaude.

— Grande, que fais-tu?

— Il faut que tout cela s'explique! il faut que cela soit tiré au clair! je veux que cette bague se retrouve!

Margaude parut, vit sa maîtresse très animée.

— Margaude, avez-vous vu une bague qui était, *paraît-il*, dans cette coupe?

La servante répondit avec raideur, comme si elle craignait quelque soupçon :

— Je n'ai rien vu, et je n'ai pas seulement regardé.

Marie-Anne jeta un regard de triomphe et de dédain à Sonia. « Vous voyez bien! » semblait-elle dire. Elle demanda :

— Où est Jeanne? Allez la chercher!

— Elle est sortie, elle est allée au salut.

— Vous voyez ! dit Marie-Anne, comme si ce mot répondait à tout. Mais Sonia humiliée était devenue très pâle ; elle attendit que Margaude se fût retirée et elle déclara :

— Je tiens à vous répéter que je n'ai pas accusé un instant votre bonne. Cette idée est au-dessus de moi, et je m'étonne que vous me connaissiez assez peu pour me la prêter.

Marie-Anne s'écria :

— Mais qui donc accusez-vous, alors ? Moi, peut-être !

— Oh !... oh !... fit Sonia blessée au cœur.

— Grande, peux-tu... ! interjeta Noël, voyant croître le malentendu éternel, navrant.

Mais elle l'écarta.

— Je ne te parle pas, c'est à ta femme que je parle. A-t-elle besoin que tu la défendes ? Oh ! je sais... je sais..., fit-elle avec une affreuse amertume, je sais que tu prendras toujours parti pour elle, je sais qu'elle aura toujours raison contre moi, je sais qu'elle te fera toujours faire ce qu'elle voudra, entendre par ses oreilles, voir par ses yeux !...

Devant ce flot amer où la jalousie longtemps amassée crevait enfin, Sonia, les yeux égarés, le sein palpitant, s'écria :

— Mademoiselle !... Mais que vous ai-je fait pour que vous m'insultiez devant mon mari, dans ma propre chambre ?

— C'est vrai, répliqua Grande avec une volubilité saccadée, c'est vrai ; je ne suis pas chez moi, il y a longtemps que vous m'en avez chassée, chassée, comme du cœur de mon frère ! Ah ! vous n'y avez pas mis longtemps, et vous avez bien réussi. Eh bien ! gardez-le, puisqu'il est à vous. Je n'ai plus rien à faire ici !

Il regardait couler son sang.

— Oh! c'est indigne... indigne! répétait Sonia, tandis que Grande s'élançait dehors.

Noël, exaspéré de son impuissance, se mordait les ongles devant la fenêtre. Toute sa dignité d'homme se révoltait contre la scène dont il avait été témoin, complice. Il eût battu Grande de colère, et en même temps il eût voulu la calmer, la persuader, bien tendrement. Oh! quelle misère de ne pouvoir se comprendre et s'entendre! Et Sonia, injustement accusée, dont les yeux semblaient fous de douleur et de honte!...

Il étouffait, le sang aux tempes; d'un geste violent, il essaya d'ouvrir la croisée afin de respirer mieux. La poignée de cuivre résistait. Il vit comme du feu, et d'un coup de poing fit voler la vitre en éclats. Sa main devint rouge, et au cri de Sonia qui se jetait sur lui à corps perdu, soulagé, il regardait couler son sang, d'une longue entaille.

Il saignait encore un quart d'heure après, sous l'eau fraîche que Sonia lui faisait ruisseler sur la main; mais grâce à cette diversion radicale, presque insensée, et qui aurait pu avoir des suites dangereuses, au moins lui et sa femme virent détourner leur émotion. Un peu d'acide phénique, imbibant des compresses, jetait son parfum désagréable dans le cabinet de toilette. La coupure ayant assez saigné, Sonia en rapprocha les bords sous plusieurs couches de taffetas d'Angleterre. Elle achevait d'envelopper la main blessée dans un mouchoir, quand la porte, brusquement ouverte par Margaude, montra celle-ci, le bonnet de travers, l'œil en feu. Elle ouvrit la main et montra non seulement la bague, mais la broche en brillants perdue.

— Tenez! dit-elle d'une voix rude et fâchée, les voilà, vos bijoux!

Et sans les laisser parler, d'un ton rancuneux et gros d'arrière-pensée :

— Et je suis bien contente, bien contente qu'on les ait retrouvés!

— Mais où étaient-ils? demanda Noël.

— Où ça? Dans la malle de Jeanne, cachés au fond, tout au fond, dans le nœud de son foulard. C'est à Mademoiselle que vous devez de les ravoir. C'est elle qui a fouillé dans les affaires de Jeanne, car moi, je n'aurais jamais osé, je n'aurais jamais cru qu'elle oserait voler.

Elle aperçut du sang dans la cuvette, et, remarquant la main emmaillotée de Noël, elle resta bouche bée, ne parvenant pas à s'expliquer la relation qui pouvait exister entre le sang et la scène de tout à l'heure, dont elle avait presque tout entendu, dans le corridor.

— Le carreau est cassé, dit Noël, vous ferez venir le vitrier.

Margaude, indécise, tenait toujours les bijoux dans sa main, attendant qu'on les prît.

— Ah! la voleuse! dit-elle avec un retour de colère, à l'idée qu'on avait pu la soupçonner. Idée fausse, mais elle partageait les préventions de sa maîtresse : elle était, à sa façon aussi, jalouse de Sonia, de son ascendant de jeune femme, de sa jeunesse altière, de ce qu'elle appelait « sa fierté et son mépris des gens », parce que Sonia lui parlait peu.

— La voleuse! répéta-t-elle, moi qui lui aurais donné le bon Dieu sans confession. Ah! la voilà! Mais ça ne va pas se passer comme ça!

On entendit un pas dans le vestibule; la bonne, endimanchée, son paroissien sous le bras, parut.

— Venez ici, cria Margaude.

L'autre s'approcha.

— Qu'est-ce que c'est que ça? Et elle lui mit les bijoux sous le nez.

Jeanne changea de couleur.

— Qu'est-ce que ces bijoux faisaient au fond de votre malle, voulez-vous me le dire, hein, voleuse! Voulez-vous me le dire?

— Oh! madame, ne me perdez pas! s'écria la servante en laissant tomber son paroissien d'où s'échappa un billet de banque. Et, perdant toute contenance à cette vue elle se jeta aux genoux de la jeune femme.

L'explication fut des plus pénibles. Grande survint sur ces entrefaites : elle voulait envoyer immédiatement chercher les agents de police et faire conduire Jeanne au poste. Margaude, dans son indignation, y eût couru, surtout quand la voleuse eut avoué avoir pris le billet de banque, la veille, dans la redingote de Monsieur. Mais celui-ci, par pitié ou dégoût, d'accord avec Sonia, laissa déguerpir la malheureuse, après lui avoir fait écrire et signer l'aveu de son vol. Cette indulgence faillit raviver la scène avec Grande.

Mais Sonia ayant dit d'un ton péremptoire, en serrant sous clef ses bijoux :

— En voilà assez, qu'elle parte et que ce soit fini! Marie-Anne céda, la confusion au cœur.

Toute la soirée, une odeur d'éther traîna dans la maison, entre les chambres des deux femmes.

VIII

Dans la détente qui suivit, les lendemains, entrait de l'accablement, cette sorte de honte que provoque toute brutalité échappée à notre vraie nature, quand la passion fait irruption sous les menteuses convenances et met à nu l'envers des âmes. Certainement, Mlle Guislain eut du regret, mais elle était trop aveuglée par ses partis pris pour en convenir noblement. Au contraire, elle tentait de se persuader qu'une dernière indulgence l'influençait en faveur de Sonia, et que, si elle ne la détestait pas davantage, après tout ce qui s'était passé, c'est que la charité chrétienne exerçait encore une grande puissance sur elle. Elle avait bien conscience d'avoir désolé son frère ; mais lui, ne la faisait-il pas souffrir ? Elle ne lui pardonnait pas son attitude, lors de la scène, ne pouvant comprendre qu'il n'eût pas imposé silence à sa femme, pris hautement parti pour elle, son aînée, sa sœur. Cela se pouvait-il ? Mais elle sentait avec toute l'injustice du sentiment et, on le sait de reste, elle ne raisonnait pas. Une paix trouble, une froideur extrêmement polie, nuancée, comme il convenait, d'une tristesse digne de part et d'autre ou d'un enjouement simulé, succédèrent à l'éclat. Mais on restait sur le qui-vive, et Noël ne partait jamais pour le lycée sans appréhension.

Pauvre Noël ! Il roulait dans sa tête les plans les plus divers. Tantôt il comptait sur les vacances, heureusement proches, et sur le bienfait d'une séparation momentanée qui permettrait à chacun de se reprendre et de se calmer ; tantôt il projetait de s'expliquer sérieusement, fermement avec Grande : femme, elle sentirait peut-être la domination d'une volonté virile, accompagnée de beaucoup de déférence, mais nettement exprimée ; à d'autres moments, il se demandait si Sonia ne pouvait avoir une autre attitude, il ne savait laquelle, peut-être des façons plus câlines, plus souples, plus serviles aussi. Mais s'il est des femmes à qui la tendresse ne coûte rien lorsqu'elles veulent envelopper une âme et qui passent pas tous les dégoûts et toutes les rebuffades pour arriver à leur but, il ne pouvait en vouloir à Sonia, trop fière, de n'être point de celles-là. Elle avait montré beaucoup de patience et de douceur jusque-là. Il ne faudrait point la laisser pousser à bout. Et alors il en revenait toujours à ce désolant malentendu de Marie-Anne. Comment, comment pouvait-elle, dans son injuste jalousie, en arriver à croire que Sonia l'avait supplantée dans son cœur, à lui ? Comment ne sentait-elle pas son affection, son respect fraternels ? Et d'autres peurs l'obsédaient : le souvenir confus, mais effrayant de la maladie, la crainte mystérieuse de cette affection nerveuse que Grande avait eue jeune fille et dont le retour serait terrible, aujourd'hui. Tout lui faisait peur. Et ce qui ne l'épouvantait pas moins, c'est de sentir combien peu on dirige la vie, quelle faible prise on a sur les caractères et les événements. Certes, la volonté !... On en parle aisément. Il ne tenait qu'à lui de recourir à des moyens extrêmes. Il pouvait mettre le marché à la main de Grande, lui dire :

— Cela ne peut durer ainsi. Nous vivons dans une situation fausse. J'ai cru, en te confiant la direction de la maison, t'honorer et bien faire. Je me suis trompé. Il n'est pas naturel, ni juste, qu'une jeune femme reste en tutelle ; elle doit commander dans la maison qu'habite son mari. Consens-tu à abdiquer franchement ? Tu t'épargneras les soucis, la responsabilité, l'amour-propre mal entendu. Tu seras notre hôte, notre chère et tendre sœur ; préfères-tu cela, ou bien que nous habitions dans la même rue, porte à porte, mais non plus sous le même toit ? Car pour notre repos, pour ta dignité, il est impossible que des scènes semblables se renouvellent !

Oui, rien ne l'empêchait de parler ainsi à Grande, rien ne l'empêchait non plus de prendre un couteau et de la frapper : à ses yeux, c'était tout comme. Peut-être se trompait-il, et une solution radicale eût-elle mieux valu. On en eût cruellement souffert, tout d'abord, puis on se serait résigné, et on n'aurait plus vu que les avantages de ce parti. Mais Noël, sous son air mâle, avait le cœur extrêmement tendre : il avait vécu trop d'années avec Grande, elle était trop pour lui, pour qu'il pût envisager de sang-froid l'abdication ou la séparation. Ces décisions absolues répugnaient à sa douceur. Il craignait que Grande n'en mourût.

En attendant, le mal passait à l'état aigu.

Sonia était dans son atelier, où elle lisait une lettre de madame Tratkoff. Pas gaie, non plus, cette lettre ! Des doléances l'emplissaient. « Madame Tratkoff s'ennuyait mortellement à New-York, dont l'air, affirmait-elle, était malsain pour sa santé. Elle souffrait d'un rhume de cerveau continuel, qui lui fait user dix mouchoirs par jour. Et son gendre, avec tout son savoir de médecin, ne la guérissait pas. D'ailleurs, son gendre, hem!... non, Dick et Marpha l'avaient bien trompée, Dick surtout qu'elle aimait tant. Leur accueil était beaucoup plus froid. Elle s'en apercevait ; et son petit-fils avait beaucoup moins d'égards pour elle : hier, avec ses aptitudes de clown, il s'était mis le pied dans l'œil, en disant : « Grand-maman, tu m'ennuies, pourquoi parles-tu toujours? » Et Marpha, hem!... Elle ne faisait qu'à sa tête, n'écoutait aucune observation de sa mère. Quant à Dick, qu'elle croyait si patient, si affectueux, elle ne pouvait plus lui parler qu'il n'eût l'air contrarie ou vexé. Elle s'apercevait bien que, depuis son arrivée, le ménage ne marchait pas comme il devait! Tout y allait de guingois et on servait trop souvent du porc salé sur la table! » Et après une interruption de quelques jours, Mme Tratkoff se lamentait : « Il y avait eu une scène à cause d'elle, elle avait voulu dire à Dick ceci, dire à Dick cela... et Dick l'avait envoyée promener! Alors elle avait adjuré Marpha, solennellement, de prendre sa défense, et celle-ci s'était mise à pleurer pour toute réponse. Elle le voyait bien, il était impossible à une belle-mère de vivre avec son gendre ou sa bru. Elle doutait fort que Sonia pût s'entendre avec Mlle Guislain. Quant à elle, elle s'était ruinée en cadeaux et en robes, et elle attendait de l'argent de France. Après quoi, elle quitterait New-York, Marpha et l'ingrat Dick, excédée d'un pays où il lui fallait parler du nez et se moucher continuellement, et où le porc salé dominait aux repas. »

Sonia relut la lettre, avec une vague envie de sourire ; mais, sous l'esprit burlesque de sa mère, sous ces jérémiades de vieille enfant gâtée, un petit accent de chagrin vrai perçait. Certainement, dans son amour-propre puéril, elle avait cru que son gendre l'adorait, et incapable de comprendre combien par son caractère brouillon elle avait dû l'agacer, le changement de manières de Dick l'avait surprise amèrement. Sonia hocha la tête, pensive, songeant à sa mère avec une pitié affectueuse. Elle éprouva le besoin de lui répondre immédiatement, comme si la lettre eût dû lui parvenir le soir même ; et attirant à elle un petit bureau de laque, elle écrivit :

« Ma chère maman... »

Ce mot lui fit gros cœur, lui rappela sa toute petite enfance. Toujours sa mère l'avait gâtée. Plus tard, elles ne s'étaient pas toujours entendues, mais qu'importe: jamais leur affection n'en avait souffert! Peut-être si Mme Tratkoff avait été là, avec sa bonne figure poupine, ses gestes vifs et un peu ridicules, Sonia, malgré sa réserve, se fût-elle jetée dans ses bras, lui eût-elle confié ses chagrins. Mais, de si loin, à quoi bon attrister, bouleverser l'excellente femme? Et puis, elle ne devait compte qu'à son mari des peines qu'elle pouvait avoir. Ne serait-ce pas manquer un peu à ce qu'elle lui devait que de se plaindre à d'autres? Enfin, toute la difficulté de s'exprimer! Les yeux tristes, elle resta ainsi un long moment, si long que l'encre sécha au bout de sa plume, et il n'y avait d'écrit sur le papier que ces mots où tenait l'appel et l'élan de son cœur affligé :

« Ma chère maman... »

— Ah! pardon! fit Marie-Anne en se reculant, sitôt la porte ouverte. Je ne voulais pas vous déranger.

— Vous ne me dérangez pas, dit Sonia en fermant son écritoire, j'écrivais à ma mère.

— Je ne vous empêche pas de continuer?... demanda Marie-Anne.

Soupçonneuse, les lèvres pincées, elle regardait Sonia glisser dans son corsage la lettre de New-York. Ce n'est pas moi qui vous fais fuir? ajouta-t-elle en voyant que Sonia gagnait la porte.

Celle-ci revint et se rassit, étrangement oppressée. Elle ne voulait se donner aucun tort. Elle prit sur la liseuse un livre et l'ouvrit. Mlle Guislain lui posa doucement la main sur le bras :

— Voulez-vous me donner une minute, mon enfant! Je serais bien aise de causer avec vous pendant que Noël est absent.

Sonia resta interdite, craintive, avec la sensation d'un guet-apens. Elle fit un effort pour paraître très calme.

— Oui, dit Marie-Anne, je serais bien aise de vous parler seule à seule. A quoi bon mêler à nos différends mon frère, le pauvre garçon!

Sa pitié s'aggravait de dédain. Sonia perçut ces nuances ; elle regarda avec une angoisse incertaine Marie-Anne qui avait l'air du chat guettant la souris. Et Sonia se sentit être la souris.

— J'ai beaucoup réfléchi depuis l'autre jour, dit Grande. Et je crois qu'une explication très franche, très calme, est nécessaire entre nous. Je vous ai parlé avec colère et je le regrette, non parce que mes paroles étaient au-dessous de la vérité, mais parce que la colère est indigne d'une âme chrétienne. Ce que je vous ai dit, je veux donc vous le confirmer de sang-froid. Mais ne croyez pas pour cela que je vous garde la moindre rancune ou que j'aie des sentiments hostiles envers vous. Non, ce que vous avez fait, est, mon Dieu, bien naturel, de votre part : détacher mon frère de moi, ébranler le respect et l'affection qu'il avait pour sa vieille sœur, compromettre la paix de son esprit, le rendre malheureux, car il souffre, je le sais, c'est bien l'œuvre d'une très jeune femme, mais d'une femme *très* intelligente, et qui sait le mal qu'elle fait. Je ne vous en veux pas, ma pauvre enfant!

— Moi..., répéta Sonia étourdie, moi..., j'ai fait cela! Vous me connaissez bien mal!

— Non, dit Marie-Anne, à qui un sourire étrangement douloureux et des yeux de visionnaire donnaient presque une autre physionomie, non, je ne vous déteste pas. C'est votre chimère de croire qu'on vous déteste alors qu'on ne veut que du bien, c'est votre égarement de croire qu'on veut vous opprimer alors qu'on n'y songe nullement, c'est votre folie de persuader à votre mari des griefs qui n'existent que dans votre imagination!

— Je ne vous comprends pas, interrompit Sonia véritablement exaltée, je ne puis pas vous comprendre!

SONIA RELUT LA LETTRE AVEC UNE VAGUE ENVIE DE SOURIRE.

— Naturellement, nous ne sentons pas de même! Vous n'avez jamais compris mon frère ni moi. Dès que vous avez mis le pied dans cette maison, vous avez souffert de mon autorité, de mes soins. Osez dire que votre femme de chambre Bacha, Macha, ne me manquait pas de respect? Mon frère n'est plus le même pour moi! N'est-ce pas votre œuvre? Vous vous êtes dit : Voilà une vieille femme encombrante, sa présence me gêne, éloignons-la en l'abreuvant de dégoûts! Est-ce que — s'écria Grande, perdant toute prudence et désignant l'écritoire de Sonia — est-ce que je ne sais pas en quels termes votre mère me juge?

Sonia pourpre, balbutia :

— A quoi bon cette scène? Vous me donnez de telles preuves de mépris que je ne dois rien, rien vous répondre.

— Pourquoi donc? fit l'autre avec une ironie amère, pourquoi manquer de franchise? Dites-moi ce que vous avez sur le cœur : vous ne m'aimez pas, vous ne m'avez jamais aimée!

— Non, dit Sonia avec dignité, non, je ne pourrai plus vous aimer si vous me traitez ainsi.

— A la bonne heure! ricana Marie-Annne.

— Mais je vous ai aimée, murmura Sonia prête à sangloter et se retenant de toutes ses forces, oui, je vous est aimée. Et vous, mademoiselle, vous ne m'avez jamais regardée avec bienveillance Les reproches que vous me faites, je vous respecte trop pour vous les retourner. Mais puisque vous me parlez de mon mari, je dois vous dire que ce n'est pas MOI qui le rends malheureux, ce n'est pas MOI qui trouble son repos, non! vous me calomniez dans ce que j'ai de plus cher, mon amour et mon dévouement pour lui!

Elle était belle ainsi, de fierté révoltée. Mlle Guislain la regarda avec une sorte d'éblouissement, et s'approchant d'elle, visage sur visage :

— Ah! pourquoi ai-je consenti à ce mariage? C'est le malheur qui est entré avec vous dans la maison. Mais puisque les choses en sont venues là, ne croyez pas que vous me ferez céder. Je vous disputerai mon frère. Si vous me croyez assez faible ou débile pour me réduire à votre merci, vous vous trompez!

Sonia eut un geste désespéré : elle crut que Grande devenait folle, surtout quand elle la vit partir d'un éclat de rire aigu, nsultant. Mais Noël parut, et Sonia se jeta dans son bras; son cœur haletait comme un oiseau blessé.

— Très bien! dit Marie-Anne, très bien joué! Attendrissez-vous maintenant!

— Ma sœur, dit Noël, en voilà assez. J'ai entendu la fin de cette scène, elle est inconvenante et souverainement injuste! Rentre dans ta chambre, Sonia. Ne réponds plus un mot!

Elle obéit, et il resta seul avec Grande. Une pitié intense lui serrait le cœur.

D'abord, un assez long silence régna. Marie-Anne semblait atterrée; elle avait fermé les yeux, ce qui accompagnait toujours chez elle une émotion défaillante. Elle les rouvrit en fixant sur son frère un regard sombre. Il s'approcha et lui prit la main, mais elle se dégagea avec force.

— Grande, dit-il d'un ton de reproche affectueux mais ferme, pourquoi parles-tu ainsi à ma femme? Tu te trompes du tout au tout sur elle.

— Vous ne m'aimez pas, vous ne m'avez jamais aimée!

— Oui, Noël, fit-elle avec une douceur simulée, oui, je me trompe. A mon âge, c'est bien excusable, n'est-ce pas? Je ne sais plus distinguer le bien du mal? Peut-être suis-je déjà retombée en enfance?

— Grande, répéta-t-il avec chaleur, tu te martyrises à plaisir. Je te jure, et je ne devrais pas avoir à le faire si ton cœur n'avait pas changé pour nous, je te jure que Sonia n'a pour toi que du respect et de la tendresse. C'est toi, ma pauvre sœur, c'est toi qui es jalouse d'elle.

— Jalouse! gémit Mlle Guislain en portant la main à son cœur comme à une blessure; et elle lui darda les yeux tout près des yeux : « Eh bien, oui, oui, certainement! Comment ne le serais-je pas? On me vole ton affection. Mais ma jalousie, tu devrais être le dernier à me la reprocher. Je t'aime trop, je n'ai aimé que toi, tu as rempli ma vie et maintenant tu me délaisses. Je te suis à charge, ingrat!

— Peux-tu dire cela! Le penses-tu seulement? Tu m'aimes, ah certes! Grande! Personne ne m'a aimé comme toi! Les soins dont tu as entouré mon enfance, tes bontés pour moi, l'honnêteté que tu m'as apprise, ton noble exemple, tout ce qui fait de moi un homme, comment veux-tu que j'oublie cela, ma sœur ? Et c'est au nom de cet amour si grand, si cher, si précieux, que je t'en conjure, Grande, ne nous meurtris pas le cœur ! Sonia est ma femme, je l'aime tendrement. La blesser, c'est me blesser. Sois bonne, sois douce pour elle comme tu savais si bien l'être pour moi, ma bonne Grande ! Ne pense plus à ces choses qui te font mal. Laisse faire le temps. Voici les vacances, nous irons, ma femme et moi, en Italie ; et au retour, apaisés, pacifiés, reconnaissant que tout cela est misérable, inutile, indigne de nous, tu verras, nous reprendrons avec bonheur la vie commune !

Elle répliqua, frémissante, les bras croisés sur sa poitrine :

— Tu le vois bien, je ne te le fais pas dire, tu m'abandonnes ! La reprendrons-nous jamais, cette vie ? Pars et laisse-moi seule dans mon coin. Je suis vieille, et je n'en ai plus pour bien longtemps !

— Grande, tais-toi, tu me déchires ! (Il lui prit les mains.) Vois comme tu te rends malade. Tu brûles de fièvre ! Mais tu es mamalade ! répéta-t-il avec angoisse.

— Pourquoi pas folle ? dit-elle. Penses-tu que le médecin me guérira ? J'espérais être aimée ! dit-elle d'une voix qui se brisa.

— Mais on t'aime, répéta-t-il ardemment, nous t'aimons ! Pourquoi te forger ces mauvais rêves ? Pourquoi ne pas te laisser vivre ? Que veux-tu, que penses-tu qu'il advienne de ces éclats inutiles, et que tu serais la première à regretter, si tu écoutais ton bon sens ?

— Est-ce donc moi qui les cherche ? réclama-t-elle avec l'obstination d'un esprit buté. Si ton désir est que je me soumette à ta femme, et je le sais, tu ne vois déjà plus que par ses yeux, tu n'as qu'un mot à dire ! Dis-le ! Tu parles de t'en aller, de nous séparer : que Dieu te pardonnes le mal que tu me fais ! Ah ! tiens ! — dit-elle en prenant dans sa poche les clefs des armoires et en les jetant avec force sur le tapis, — tiens, voici les clefs de la maison ! Qu'elle les ramasse si elle veut ! Pour moi, on m'en supplierait à genoux que je ne les reprendrais pas !

Elle sortit.

IX

Noël ramassa les clefs et les déposa sur un guéridon. Il se regarda machinalement dans la glace et desserra son nœud de cravate. Il était très pâle avec des fibrilles rouges aux yeux. Il respira deux ou trois fois très fort et passa la main sur son front. Il avait la sensation d'un écroulement, d'un désastre, quelque chose d'écrasant comme une faillite, un déshonneur public. « Est-ce que cela se peut ! » se demandait-il. Les choses en être venues là ! Et il se reprochait tout ce qu'il avait dit, de même qu'il sentait qu'elle aussi, par des reproches impuissants, n'avait su exprimer au juste l'affolement qu'elle ressentait. Mais l'irréparable était proféré. Elle avait dû blesser à mort Sonia : elle l'avait trop cruellement méconnue pour que celle-ci pardonnât. Quel avenir adviendrait ? Les ennuis de la veille lui parurent très supportables à côté de l'angoisse présente. Hier, ce n'était que l'orage, aujourd'hui la foudre était tombée. Il alla trouver sa femme.

Elle était en train d'empiler dans une valise du linge et de serrer dans un sac de maroquin des bijoux et de l'argent.

— Que fais-tu ? demanda-t-il effaré.

— Je ne puis rester ici, dit-elle. Je ne puis plus vivre dans une maison où j'ai été insultée devant toi.

Il lui sembla que ces mots contenaient un reproche :

— Sonia, ma pauvre sœur est folle, elle est irresponsable. Songe que dans quinze jours nous serons libres. Tout cela sera oublié. Tu as le cœur trop haut pour ne pas lui pardonner.

— Lui pardonner, oui, Noël, dit-elle, mais oublier, c'est impossible ! Je ne crois pas avoir manqué de patience et de douceur. Et même en ce moment aucun mot amer ne te blessera dans ma bouche. Mais je t'en fais juge, quelle attitude aurais-je, que veux-tu que je fasse, que veux-tu que je dise si des scènes pareilles continuent, et elles continueront ! Tu parles de maladie, je crains bien, fit-elle en secouant tristement la tête, que celle de ta sœur ne soit incurable. Pour moi, j'ai été assez humiliée devant toi, tu me mépriserais de rester exposée à de nouveaux affronts. Laisse-moi partir.

— Où vas-tu ?

— Je n'ai ni parents ni amis chez qui je puisse me retirer pour les quelques jours qui nous séparent des vacances. Du reste, ces douleurs domestiques ne regardent personne. Je vais coucher à Sonnelles. La femme du garde a deux chambres très propres, nous y avons habité ma mère et moi. Je connais une jeune fille du pays qui me servira. Je t'attendrai là, à moins que je ne m'installe dans notre ancienne maison. Je verrai. Tout cela a peu d'importance. L'essentiel est que je ne reste pas ici dix minutes de plus.

— Mais Sonia, tu es chez moi, c'est mon toit que tu quittes !

Elle lui mit les mains sur les épaules, et très calme, très résolue, avec une tendresse virile :

— Non, mon cher ami, ne dis pas que je suis ici chez toi. Tu sens bien que cela n'est pas. Songe que si quelqu'un doit s'en aller, ce n'est pas cette pauvre femme. Moi, je te le répète, je ne puis rester ici.

Il la vit si ferme, si franche, qu'il l'en aima mieux :

— C'est bien, dit-il, je t'accompagne.

Elle l'embrassa sur le front, avec gravité :

— Merci, mais à condition que tu reviendras ici demain. Ton absence en se prolongeant prendrait une signification qu'elle ne doit pas avoir. Comprends-le bien, Noël ; *moi*, je ne doute pas de ton affection. — Un beau sourire éclaira son visage ; dans ses yeux brillaient deux larmes qui ne tombèrent pas. — Mais *elle*, si elle croyait que tu l'abandonnes maintenant, Dieu sait ce qu'elle serait capable de faire ! Mon absence même sera salutaire, et tu auras plus d'action sur elle. Non, répéta-t-elle en tressaillant, comme à un pressentiment subit, non, ne viens pas, ne m'accompagne pas à Sonnelles. Si un malheur arrivait, je me le reprocherais toute ma vie !

Il se sentit froid dans les moelles et balbutia :

— Tu es bonne, ma chère Sonia, et je t'aime profondément ! Mais puis-je te laisser seule ainsi ? Ce départ précipité me bouleverse !

— Que je parte demain ou après-demain, crois-moi, fit-elle, le plus tôt sera le mieux. Tu sais que je ne suis plus une petite fille et que je sais me débrouiller en route. J'ai assez voyagé avec ma mère.

Elle mettait son chapeau, abaissait sa voilette.

— Sonia, dit-il, je suis bien malheureux !

Elle répondit :

— Je te plains du fond du cœur !

Ils s'embrassèrent comme pour une longue séparation.

— Du moins, dit-il, que je te mette en wagon.

Il envoya chercher une voiture et y monta avec elle. Ce fut un triste trajet.

Il revint à la maison consterné. La violence soudaine des événements, leur précipitation l'effaraient ; il restait l'âme perdue. Il ne pouvait blâmer le départ de Sonia, et cependant cela l'affligeait plus que tout le reste. Elle-même s'était attendrie de le laisser seul, elle avait dû se raidir, à la dernière minute, pour sauter dans le wagon. Si encore il était libre, maître de lui-même : l'idée d'aller demain au lycée, de faire tranquillement sa classe, lui fut odieuse. Heureusement, les vacances...

La nouvelle bonne, une petite Bretonne à bonnet blanc, lui dit :

— Il y a un monsieur dans le cabinet de travail de monsieur. Il a dit qu'il attendrait le retour de monsieur.

Elle tendit une carte, sur laquelle il lut :

EUGÈNE CASTOR.

Comment ! ce n'était plus Edèse et ça ne s'écrivait plus par un K. Ah bien ! il arrivait au bon moment et juste à propos, celui-là ! Rester des mois sans faire parler de lui et tomber du ciel un jour pareil ! Au diable fût-il !

Un bourdonnement sonore franchissait les murs du cabinet de travail ; des vers, déclamés à toute voix, sonnaient leur fanfare dans la paix triste de l'appartement.

— Mais c'est du Victor Hugo ! se dit tout bas Noël stupéfait. En effet, M. Castor (par un C), aboyait avec enthousiasme le châtiment de Caïn poursuivi par le grand œil de sa victime ; tout rouge, le gosier tendu, il vociférait en écartant les bras :

Je vois cet œil encore !...

Il s'arrêta court quand Noël parut, et ne parut pas autrement déconcerté.

— En vous attendant, dit-il, j'ai pris la *Légende des siècles*. Allons ! allons ! Il faut en convenir, ce Victor Hugo avait beaucoup de talent, disons même du génie ! Soyons juste : c'est tapé !

Il admirait Hugo, quel changement ! Mais en voici bien d'une autre. Il avait changé aussi d'allures et de costume. Il ressemblait maintenant à peu près à tout le monde.

— Il me semble que vous avez bonne mine, dit Noël, il y a des siècles qu'on ne vous a vu.

— Ah ! oui... je suis très occupé, je travaille dans le magasin de mon père... je... je me suis décidé à continuer son commerce.

« L'herboristerie! Tiens, tiens! Mais alors, la littérature?... »

— Quant à la poésie, dit M. Castor répondant précisément à la question mentale de M. Guislain, je vous dirai tout franc que j'y ai renoncé. J'ai à la vérité composé jadis quelques sonnets que vous connaissez, je crois; mais, fit-il en rougissant, ce sont... des fol... des fantaisies de jeunesse.

« De mieux en mieux! »

Noël ne put s'empêcher de sourire.

— Oui, dit M. Castor, je suis revenu de bien des choses, de mon pessimisme, notamment. Je reconnais à présent que la vie a du bon. Je me fais, dit-il en regardant ses jambes et ses mollets, devenus beaucoup plus gros sous son pantalon (*shocking!*) — je me fais l'effet d'avoir été très malade autrement. Mais de bons beefsteacks, de l'hydrothérapie, de l'escrime et de grandes marches à pied m'ont guéri. Il faut avouer que ma cousine Louise (il ne disait plus Aloyse) est pour beaucoup dans cette évolution. Elle est très intelligente et très bonne; nous sommes fiancés, et quand mon père m'aura cédé son magasin — (herboristerie, camomille, ronds de cuir et instruments hydrauliques) — nous nous marierons. Croyez-vous, dit-il en croisant les bras avec une extrême satisfaction, croyez-vous que nous prenons le plus grand plaisir à lire ensemble du Victor Hugo, du Lamartine, et *même* du Racine et du Corneille! Tenez, l'autre soir, Louise m'a lu le *Malade imaginaire*. Imaginez-vous que nous avons ri de tout notre cœur? C'est surprenant! Mais, fit M. Castor, je ne vous parle que de moi, j'espère que Mme Guislain va bien?

ELLE ÉTAIT EN TRAIN D'EMPILER DANS UNE VALISE DU LINGE.

— Très bien, dit Noël.

— J'espère que Mlle Guislain se porte à merveille?

— A merveille, dit Noël.

— J'aurais eu grand plaisir à voir ces dames, mais l'une est sortie, m'a-t-on dit, et l'autre ne peut recevoir. Veuillez leur présenter mes hommages.

— Je n'y manquerai pas.

— Ah! fit M. Castor en promenant un regard ravi autour de lui, de la lampe de travail aux livres de la bibliothèque, parlez-moi de l'intimité, de la bonne vie de famille.

— Oh oui! soupira Noël, dérouté par l'ironie involontaire de ces paroles et le comique qui se mêle si souvent à nos douleurs.

M. Castor enfin parti, il s'enquit de Grande.

— Mademoiselle, lui répondit-on, était sortie depuis une heure et elle n'avait pas dit où elle allait.

Il interrogea Margaude qui, sans le regarder, confirma cette réponse.

— Mademoiselle, ajouta-t-elle, avait dit de prendre les ordres de monsieur pour le dîner!

Il supposa qu'elle avait été à l'église. Malgré cela, un pressentiment d'inquiétude lui serrait le cœur. La nuit tombait. Elle sortait rarement si tard.

Lorsque Grande, après l'accès de rage et presque de folie qui lui avait fait jeter les clefs sur le tapis, se fut retirée avec violence dans sa chambre, elle resta si émue que ses mains tremblaient convulsivement. Là, elle eut conscience de l'irréparable. Elle sentit qu'elle avait dit, malgré elle, emportée par une force supérieure à toute volonté, les mots qui ne se rachètent ni ne se pardonnent. Et, dans la fureur de sa passion, elle demeurait profondément stupéfaite, ne pouvant croire que ce fût vrai, se persuadant que tout cela se passait en cauchemar. Mais non, pourquoi douter? Elle avait poussé les choses à l'extrême et une angoisse la traversa. Comment cela allait-il finir? Elle revit les yeux douloureux de Noël et s'en voulut; mais trop tard. Elle prêta l'oreille aux bruits équivoques de la maison. Un va-et-vient de pas se prolongeait, des portes se fermèrent. Elle eut un besoin fou de savoir; car de songer que la vie commune continuerait, qu'on s'assoierait encore à la même table, qu'on romprait le pain, qu'on se coudoierait dans le salon, le soir, à l'intimité des lampes, tout, son bon sens et sa fierté lui prouvaient que c'était chose impossible. Alors quoi?...

Des idées folles lui vinrent, les plus contradictoires du monde. Son cœur battait d'une attente anxieuse, mêlée d'espoir et de crainte. Tantôt elle croyait deviner l'approche de son frère, seul probablement. Il supplierait Grande de reprendre la direction du ménage, d'être bonne, d'oublier; et peut-être, qui sait, dans l'amollissement qui peu à peu la détendrait, s'attendriraient-ils? Ils pleureraient ensemble, et de nouveau la vie reprendrait à l'essai, jusqu'à de nouvelles crises; car il y en aurait, de plus en plus cruelles! Un frôlement de robe dans le corridor lui fit craindre que ce ne fût Sonia qui vînt la trouver, la fléchir. Et, d'un mouvement instinctif, elle se colla contre la porte, barrant le passage : voir la jeune femme lui eût été trop pénible. A un autre moment, un éclair de lucidité éclairait sa conscience, mais la nuit aussitôt se faisait en elle plus sombre. Une seconde, elle se disait : « J'ai eu tort, grand tort! Je suis la plus vieille et devrais être la plus raisonnable! » Et un instinct noble lui criait : « Va, va, les trouver, embrassez-vous pour l'amour du Christ! Pardonnez-vous vos offenses comme IL vous les pardonnera lui-même! » Mais l'idée de s'humilier devant Sonia, devant la rivale, devant l'étrangère, devant *l'autre*, la retint, la cramponna derrière la porte, raidie d'orgueil. Elle écoutait toujours. Tout à coup une autre supposition insensée lui perça le cœur : ils allaient venir la chasser; puisque la vie en commun n'était plus possible, ils lui diraient de se chercher un nouveau gîte. Et où irait-elle à son âge? Une si atroce imagination tira des larmes de ses yeux; elle se plaignit, comme si vraiment Noël venait de lui signifier son congé. De nouveau des portes s'ouvrirent, des pas glissèrent. Elle entendit un roulement de voiture et l'oreille collée derrière la porte, elle épiait, oui, elle espionnait vraiment ces bruits mystérieux qu'elle ne s'expliquait pas. Puis un grand vide, un grand silence pesèrent sur la maison. Elle eut la sensation d'un malheur et brusquement se jeta hors de la chambre :

— Mon frère? demanda-t-elle à Margaude qui, l'air étrange, la dévisageait.

— Il vient de partir avec madame, en voyage. Ils n'ont pas dit où. Monsieur a crié au cocher : « Gare de Lyon! »

Elle n'eut pas achevé ces mots que le cœur manqua à Mlle Guislain : la chambre, les meubles, tournaient autour d'elle; elle chancela et Margaude dut la faire asseoir dans un fauteuil.

— Mademoiselle veut boire! Que Mademoiselle ne se frappe pas ainsi! répétait la servante en courant au buffet prendre de l'eau de mélisse et un verre.

Elle prépara le cordial et fit boire sa maîtresse.

— Merci, Margaude, merci!

— Mademoiselle n'a besoin de rien? Mademoiselle est toute pâle; j'ai eu si peur un moment.

— Ce n'est rien, c'est passé.

Et Marie-Anne rentra dans sa chambre. Son cerveau bouillonnait. Partis! ils étaient partis! Pour toujours, sans doute! L'idée que Sonia pût aller à Sonnelles, et Noël l'accompagner, peut-être même seulement à la gare, ne lui vint pas. Ce départ brusque prit, à ses yeux, une signification absolue de rupture. A travers le petit abandon subit de l'instant, le dîner laissé, les liens de l'intimité rompus, cette fuite sans adieu, elle vit plus et pis, crut que Noël abandonnait son lycée, sa vie, Paris. Elle eut l'impression d'une séparation aussi profonde que s'ils venaient de partir pour l'Amérique. Ce coup de tête déroutait toutes ses idées casanières; elle tordit douloureusement ses mains en répétant : Partis, partis!

Ah! ce n'était pas Sonia qu'elle regrettait, mais Noël qu'elle ne verrait plus, qui lui signifiait par là son blâme et son dédain, qui lui préférait à tout jamais la jeune femme. Et puis, dans l'effarement d'une découverte, elle s'avisa que c'était elle, elle seule, la coupable! C'était à cause d'elle qu'ils partaient, c'était elle qui les avait forcés à la quitter! Mais pensaient-ils qu'elle resterait seule dans cette maison, qu'elle allait y vivre comme si de rien n'était, qu'elle pourrait y manger et dormir paisiblement?

Non! elle eût tout préféré à cet affront silencieux, à cette muette protestation. Ils s'en allaient, la laissaient seule! Ah! qu'elle eût mieux aimé qu'ils l'eussent chassée. Mais cela ne se passerait pas ainsi, elle ne resterait pas une minute de plus sous ce toit! Et avec des gestes de fièvre, malhabiles et saccadés, elle s'habillait, mettait un chapeau, se glissait dans le corridor. Pourvu que Margaude ne l'embarrassât pas de questions? Non, par bonheur, elle était rentrée dans sa cuisine : personne ne la voyait sortir, elle s'élança dehors.

Le crépuscule tombait; Marie-Anne alla droit devant elle, au hasard! Comme elle s'éloignait sans espoir de retour, elle regretta de n'avoir pas dit adieu à ses bêtes familières, elle aurait pu emmener Snorr avec elle; jamais le chien ni le chat ne lui avaient fait de la peine, et ils lui parurent, en ce moment d'affreuse détresse, meilleurs vraiment que des hommes, que des femmes surtout : cette Sonia! Mais elle fut toute surprise de s'apercevoir qu'elle la détestait moins. Par contre, l'abandon de Noël l'étreignait d'une douleur toute physique, d'un serrement de cœur pris à l'étau. Comment avait-il eu le cœur de faire cela, de la fuir, elle, sa vieille, sa plus tendre amie!... Etait-ce le crépuscule qui tombait plus vite, obscurci, ou sa vue se brouillait-elle de larmes? elle ne voyait point devant elle, marchait en aveugle. Une voiture, rue de Vaugirard, faillit l'écraser.

Elle entra dans le Luxembourg comme les gens en sortaient, au moment de la fermeture des grilles. Des ouvrières, des bonnes d'enfant, des étudiants se hâtaient vers les portes : la solitude descendait dans le grand jardin, élargissait les allées, nimbait d'une mélancolie d'abandon les statues blanches au milieu des pelouses, donnait un aspect insolite à la mare aux canards. Des tambours battaient la retraite; leur bourdonnement rythmique s'éloignait, puis se rapprochait, dans une bouffée de vent. Et il semblait à Marie-Anne que c'était dans sa tête, dans son crâne que les tambours battaient leur retraite grondante : de même à ses oreilles murmurait cette grande voix confuse de la mer qui s'exhale des gros coquillages, qu'on écoute. Puis, à travers les branches et les feuilles, par delà les grilles, en des fonds d'ombre, elle entrevit des lumières qui s'allumaient. Et elles lui semblèrent lointaines, comme au bout d'une grande plaine. Les roulements de tambour s'étaient tus, des voix de gardiens seules s'élevaient, pressantes et dures, dans le soir. Pourquoi ces voix, ces appels? à qui en avait-on? Et tout à coup, en arrivant près d'une porte, elle comprit que c'était elle qu'on hêlait ainsi. Un gardien, d'une voix grincheuse de vieille femme, lui parla rudement au passage, et derrière elle ferma avec colère la grille où une grosse clef tourna.

Hors du jardin elle erra désorientée; les lumières l'attiraient, inconsciente elle alla vers le boulevard Saint-Michel. Une vie bruyante de tramways et de voitures, de passants l'enveloppa, la frôla, la bouscula. Et tout cela lui semblait irréel; une fantasmagorie, une hallucination défilaient dans le double flot montant et descendant d'étudiants, dans la lueur irisée des tables de café en plein vent, dans les rires et les visages peints des femmes, dans la clarté vive des magasins, dans la lueur des grands bocaux, orange et bleu, des pharmaciens. Par moments, il lui semblait qu'elle était ivre, étrangement, qu'elle avait bu un poison amer et féerique qui lui faisait voir les choses et les gens tout autres qu'elle ne les avait vus jusqu'à présent. Elle rêvait sans doute et allait se réveiller dans sa chambre; Margaude viendrait lui annoncer que le dîner était servi, et elle trouverait dans la salle à manger Noël et Sonia. Justement il y avait pour menu une sole au vin blanc, un rôti d'agneau aux petits pois, une salade et un gâteau de riz à la crème. Et puis un élancement au cœur rouvrait sa plaie vive, lui rappelait la réalité :

Partis! où étaient-ils, à cette heure? Ah! jamais elle ne les reverrait, car elle aussi s'éloignait, fuyait pour ne plus revenir. Elle ne les gênerait plus. Ils pourraient rentrer « chez eux », elle n'y serait plus pour les faire souffrir, puisqu'elle les rendait si malheureux. Oh! Dieu!... »

Quand elle pensait à cela, il lui venait dans la bouche un goût de terre; les lumières, les voitures, les passants, tout dansait autour d'elle; elle ne voyait plus les choses qu'à travers des taches noires et brouillées, comme lorsqu'on a contemplé le soleil : elle étouffait et souhaitait de mourir. Mourir! oui, elle forma, dans son lamentable désespoir, ce vœu impie, criminel, eut la vision d'un lourd omnibus courant sur elle, les chevaux la renversant, les roues lui passant sur le corps. Elle arriva au pont Saint-Michel, s'arrêta, captivée par l'eau noire, d'une tranquillité de canal, avec des bateaux bombés au grand gouvernail. Un garçon de magasin, qui portait de grands cartons, la heurta rudement, des passants la pousssèrent; alors, elle se sentit en un tel désert, au milieu de toutes ces existences, si abandonnée, si inutile et si perdue, qu'elle ferma les yeux, souhaitant désespérément de ne plus voir, de ne plus entendre, de ne plus être.

Un bras qui se posait sur le sien la tira, au bout d'un long instant, de cette immobilité affreuse; une femme du peuple, au gros visage bourgeonnant, lui demandait :

— Vous n'êtes pas malade, ma bonne dame ?

— Non, non ! dit Marie-Anne effarée.

— C'est de vous voir si longtemps arrêtée, penchée sur l'eau. Ça m'a saisie. Peut-être bien n'êtes-vous pas de ce quartier et que vous êtes perdue.

— Non ! non ! dit Marie-Anne s'éloignant vivement. Et elle tenait son cœur à deux mains pour l'empêcher d'éclater, prête à fondre en sanglots, tant cette voix l'avait remuée, par son accent rude et bon. Elle suivit les quais : toujours les reflets des lumières scintillaient dans l'eau noire. Des points rouges ou verts, des yeux de bateau mouche couraient sous les ponts. A mesure qu'elle marchait, la foule s'espaçait. Des espaces vides, des coins d'ombre s'étendaient, coupés de petites flaques jaunes, de clartés tristes de réverbères. Non ! jamais Marie-Anne ne rentrerait chez elle. Un poids lourd l'étouffait, elle ne respirait plus, le souffle coupé, tant elle marchait vite, et tout en nage déjà. Une stupeur dominait, en elle, l'effarement de l'irréparable. Comment avait-elle pu parler ainsi ? comment en était-elle venue, même, à tant détester Sonia ? Mais est-ce que c'était bien vrai ? Etait-ce bien à elle que ces choses étaient arrivées ? Etait-elle cette même Marie-Anne, autrefois si aimée, si respectée de son frère, et qui maintenant, abandonnée, s'éloignait comme une bête craintive et traquée ? Elle marchait toujours. Plus de passants autour d'elle : un grand vide, un grand noir. Sous des arbres, en un endroit mort comme un cimetière, non loin du Champ-de-Mars, elle se laissa tomber, hors d'haleine, sur un banc.

Un vent frais pour la saison, un peu aigre, soufflait. Il colla les cheveux de Grande sur ses tempes ruisselantes, perça jusqu'à ses épaules et sa poitrine sous le léger mantelet qui la recouvrait. Un frisson s'exhalait de la rivière proche. Elle se sentit refroidie jusqu'aux os : ce fut comme une humidité de plâtre neuf tombant sur elle. Mais ce saisissement n'avait rien de désagréable ; elle buvait l'air traître avec ivresse. Le pressentiment d'un péril la traversa bien, mais que lui importait, à cette heure, une attaque de rhumatisme ou même une fluxion de poitrine ? Combien de temps resta-t-elle là ? Elle ne sut. Une heure lointaine sonna.

ELLE ARRIVA AU PONT SAINT-MICHEL, S'ARRÊTA, CAPTIVÉE PAR L'EAU NOIRE.

Elle regarda autour d'elle, il devait être très tard. Cependant bien que n'ayant pas dîné, elle n'avait pas faim ; toujours ce goût de terre amère dans la bouche ! Des ombres suspectes, de rôdeurs qui semblaient l'observer l'inquiétèrent ; elle se dressa toute raide, les articulations si nouées qu'elle ne marcha d'abord qu'avec difficulté.

Où irait-elle? Il fallait pourtant bien qu'elle couchât quelque part. L'idée d'un hôtel, de tout le banal et de l'anonyme, du froid et du lugubre d'une chambre garnie l'épouvanta. Des noms d'amis passèrent dans sa mémoire, mais aucun ne la décida. Un amour-propre trop fier la retenait. Sans doute, chez une ou deux vieilles amies on lui dresserait bien vite un lit, mais il faudrait parler, se confesser ; tout plutôt que cela ! Alors le nom de l'abbé d'Hautpont vint à ses lèvres. Par son caractère, sa mission, son âge, il présentait des garanties, on ne sait quoi de rassurant et de calme qui l'ébranla. Mais une crainte de vieille enfant agita Grande. Depuis longtemps elle n'avait pas revu l'abbé ; elle avait même évité de le voir, comme si elle lui gardait rancune de ce qu'au lieu de s'opposer au mariage de Noël, il l'avait conseillé. Et pourtant elle sentait bien que là, dans la petite maison que M. d'Hautpont occupait à Levallois-Perret, était le refuge, le repos de l'âme.

Elle fouilla machinalement dans sa poche, avec la vague intention de se mettre dans ces parages déserts, en quête d'un omnibus ou d'une voiture. Mais elle s'aperçut qu'elle avait, dans sa précipitation à fuir la maison, oublié son porte-monnaie. Elle se mit donc en marche, péniblement, connaissant mal sa route, s'orientant de son mieux. En passant la Seine elle frissonna, de nouveau induite à la tentation noire ; un instant elle faillit s'accouder au parapet, se disant : « A quoi bon aller plus loin?... » Mais le vertige de mourir d'avance l'affola, et par méfiance d'elle-même, elle quitta le trottoir, suivit le milieu du pont. Les grands squares vides du Trocadéro, dans un bain de lune, érigeaient leurs groupes d'animaux et leurs statues, au-dessus des bassins et des pelouses pâles. Elle se rappela être venue là avec Noël, pendant l'Exposition. Comme c'était loin ! Et le passé lui sembla s'éloigner et se rapetisser. Au bout du temps et des années parcourues, elle aperçut un petit Noël, enfant, se rappela un jour où il avait tant pleuré, parce qu'un de ses camarades lui avait déchiré sa casquette neuve. Ce souvenir s'associa en elle à celui de la rue où ils habitaient alors, à Auxerre, et à un grand couvent blanc qui se dressait tout au bout d'une place. Aussitôt une inspiration la pénétra : elle se dit qu'elle se retirerait dans un couvent ; morte au monde, morte à l'affection, réduisant sa vie aux douze pieds carrés d'une petite chambre, elle vivrait dans une de ces maisons religieuses où les laïques prennent pension, et occupée de son seul salut, y attendrait la libération suprême.

De grandes avenues silencieuses s'ouvraient, sans fin, devant elle ; puis elle aperçut l'Arc de Triomphe, dans une sorte de gloire argentée.

Instinctivement elle regarda la lune, un orbe blanc d'une pâleur nacrée. Elle se rappela ce soir où, dans l'atelier de Sonnelles, seule avec Noël, après avoir consenti au mariage, elle avait vu se lever la lune blanche sur les coteaux. Son cœur trembla à ce souvenir. Dieu ! qu'elle était lasse. Jamais elle n'arriverait. Elle tomba encore sur un banc ; et de nouveau la fraîcheur abattit sur elle une chape d'humidité mortelle, et cette fois, par un de ces mystérieux pressentiments que rien n'explique, elle eut conscience qu'elle prenait mal, très mal. Elle ne se sentait pas la force de se lever. Cependant, avisant un sergent de ville, elle se renseigna auprès de lui. Elle n'avait plus qu'une demi-heure de marche. Encore un peu de courage ! Elle se traîna.

A partir de là, une sorte de somnambulisme douloureux la domina ; une succession heurtée, un chaos de pensées et d'imaginations troubles l'assaillit. Elle brûlait de fièvre et se croyait en plein été, sur la route blanche qui mène de Sonnelles à Fontainebleau. Tout était jaune d'or, bleu de ciel, vert d'arbres, blanc de poussière. Des craquements de sécheresse partaient de tous les coins du bois ; il faisait beau, beau et chaud ! Puis elle eut froid, froid encore, et ses dents commencèrent à claquer. Tout était noir. Elle se croyait redevenue petite fille, éprouvait la terreur qu'elle avait eue de la maladie, des ténèbres et de la mort, pendant une semaine où elle était tombée si malade que ses parents avaient cru la perdre. La plante des pieds lui faisait très mal aussi, et elle crut marcher sur du gravier et du verre cassé. Enfin, enfin, passé l'octroi, passé le fossé noir des fortifications, et des rues et des ruelles près de l'église, le long du petit jardin fleuri, Grande, d'une main de cauchemar, machinalement tâtonne, rencontre la sonnette et tire désespérément. Un visage de vieille femme, encadré d'un bonnet tuyauté, apparaît au feu jaune d'un bougeoir de jardin. C'est Mme d'Hautpont, la mère du prêtre.

— Ah ! je croyais que c'était mon fils ! Qui est là ?

Elle élève sa lumière, cherche à recon-

— Monsieur l'abbé je n'ai plus qu'a mourir.

naître ce visage qui ne lui est pas étranger :

— Bonté du ciel, vous, vous, mademoiselle, à cette heure!... L'abbé va rentrer. Prenez la peine de me suivre.

Et des exclamations de surprise étouffée, et, Grande le devine confusément, chez la vieille femme une méfiance de l'inconnu, une curiosité peureuse d'apprendre un malheur. Mais quelle heure est-il donc? Il n'est que dix heures? Elle a marché quatre heures sans s'en apercevoir.

Un pas dans le jardin, une ombre noire derrière la vitre. M. d'Hautpont paraît. Il ôte avec surprise son tricorne en reconnaissant Mlle Guislain. Elle s'est levée toute droite, effrayante à voir, et si pitoyable, avec ses pauvres mèches de cheveux blancs qui pendent :

— Monsieur l'abbé, je n'ai plus qu'à mourir.

X

Grande rouvrit les yeux, et comme les fois précédentes, il lui sembla qu'elle recommençait un rêve. Cependant non! rien de plus réel; elle était dans sa chambre, dans son lit; elle reconnaissait le crucifix du mur, le prie-Dieu à fond de velours vert, ses meubles au vieux bois tendu d'étoffes neuves, toute sa chambre à la fois usée et trop belle. Et c'était bien Noël qui se tenait là au pied du lit, et c'était bien Sonia qui lui souriait, en tournant délicatement une cuiller dans la potion qu'elle achevait de préparer. Non, ce n'était pas un rêve, et la maladie de Grande, hélas! non plus, car elle était bien malade, et elle le savait! Elle ne pouvait voir sa figure au miroir, mais elle n'avait qu'à regarder ses mains desséchées et qu'à tâter ses bras amaigris; elle n'avait qu'à écouter le souffle rauque de sa poitrine, qu'à sentir la lourde, l'écrasante oppression qui lui serrait les côtes, pour se rappeler et comprendre. Ah! oui, bien gravement malade! Sans cela Noël ne serait pas si pâle, Sonia n'aurait pas les yeux si creux d'insomnie, le médecin, leur vieux médecin, M. Lussain, ne lui rendrait pas visite matin et soir, M. d'Hautpont, ne viendrait pas tous les jours s'asseoir à son chevet. Et elle n'aurait pas ainsi dans la bouche cette amertume et cette soif horrible, ce goût de terre âcre!

Mais Sonia se penche vers elle, et glissant un bras derrière le dos de Grande, la soutient, en lui portant de l'autre main la tasse aux lèvres. Marie-Anne boit et retombe, secouée d'une affreuse toux. Mais elle a encore la force de sourire à Sonia. Elle ne la déteste donc plus? quel mystère!... Mais pourquoi Margaude dans la cuisine ne fait-elle aucun bruit et essuie-t-elle à la dérobée ses yeux rouges? Pourquoi le silence de la maison propage-t-il quelque chose de si mystérieux et d'étreignant? Pourquoi une angoisse flotte-t-elle dans l'air, traîne-t-elle dans le désarroi des meubles familiers, la poussière des bibelots, le décousu des habitudes quotidiennes, la brièveté des repas où Noël et Sonia ne se parlent plus qu'à voix basse, comme s'il y avait entre eux un tiers invisible qui pourrait les entendre? Serait-ce la Mort qui est rentrée avec Grande, ce soir où l'abbé d'Hautpont, à minuit, l'a ramenée en voiture, hors d'elle-même, claquant des dents et brûlant de fièvre, alors que Noël éperdu, déchiré d'anxiété, après avoir couru comme un fou au hasard dans les rues, pour la vingtième fois rentrait et ressortait, se lamentant?

Quel cri il avait poussé en revoyant Grande, et comme il avait tremblé en la retrouvant si changée, en lui prenant les mains, en l'embrassant! Bien vite il l'avait confiée à Margaude, afin qu'on la couchât dans un lit bien chaud. Ah! que Sonia n'était-elle là, pour aider, avec la dextérité et la douceur de ses mains blanches! Tout était si mesquin, comptait si peu, à côté de l'atroce épreuve qu'il venait de subir, de ces heures d'attente épouvantée! Puis, l'explication douloureuse avec le prêtre, un aveu pareil à une confession où Noël avait déchargé son cœur, dans les rues noires, tandis qu'il allait chercher le médecin, car Marie-Anne délirait, était venue dire Margaude, tout effrayée. Une lugubre chose, ce réveil du médecin dans la nuit! Il venait, ordonnait une potion opiacée, ne pouvait se prononcer encore, mais craignait tout. Et deux jours après, il prononçait le mot terrible : fluxion de poitrine. Sans attendre ce verdict qui, à l'âge de Grande, laissait peu d'espoir, Noël, immédiatement, avait télégraphié à sa femme, et elle était revenue en toute hâte. Les premières paroles avaient été de tendresse et de regret :

— J'ai eu tort, mon mari, j'ai eu tort de vous laisser, une pudeur et une délicatesse l'empêchaient alors de le tutoyer, j'ai écouté mon premier mouvement de révolte et de chagrin. Pouvais-je supposer?...

— Ah! fit-il avec un geste désespéré, tu ne savais pas, nous ne savions pas... Si l'on savait!...

Et fébrilement, il lui tenait les mains,

avec une tendresse sans reproche, une confiance désolée.

— Puis-je la voir? demanda Sonia, y consentira-t-elle?

— Oui, oui, il le faut.

Et tout de suite, Sonia entrée, son chapeau laissé dans l'antichambre et ses gants quittés, comme si elle n'était pas sortie de la maison, Grande, s'éveillant d'une de ces torpeurs brisées qui la soulageaient, par instants, de ses souffrances aiguës, avait souri, faiblement, à la jeune femme.

Et maintenant, il y avait cinq jours que Marie-Anne se mourait; la veille, une consultation des trois plus grands médecins de Paris avait eu lieu; Noël voulait espérer, mais un doute plus fort que tout l'atterrait. Il lui semblait que s'il restait quelque espoir, il s'y serait cramponné avidement; nul doute que ce ne fût prescience, pressentiment noir, l'intime désespérance contre laquelle il luttait, perdant pied d'heure en heure. Et maintenant, maintenant que la mort était là, il songeait, songeait aux malentendus d'autrefois, si lointains, si vieux déjà dans son esprit, comme si l'apparition de la sombre Intruse les reléguait dans le plus ancien passé, il se disait : « Ah! quelle misère! » Il s'accusait, n'osant, ne voulant accuser Sonia. Il se répétait : « C'est ma faute, j'aurais dû être plus patient, plus doux, meilleur! » Et en même temps, une voix humble au fond de sa conscience s'élevait, la voix de sa bonne volonté méconnue, de ses efforts inutiles. Il se révoltait aussi contre la cruauté de la maladie, l'impuissance des médecins, il se disait : « Il est impossible qu'il n'y ait pas de remèdes. Pourquoi ne tentent-ils rien? » Et chaque moment qu'il employait ainsi, hors de la chambre d'agonie, à se torturer l'âme, lui semblait une minute, longue comme une heure, volée aux derniers instants qu'il devait passer encore avec Grande. Une envie désolée de rentrer auprès d'elle et de contempler son visage l'obsédait; mais devant la porte, il restait immobile, la main au loquet, le cœur crispé, sans courage.

Sonia parut, très pâle, transfigurée d'émotion.

— Oh! Noël — des larmes perlèrent entre ses cils — viens, viens! elle veut te parler; si tu savais, tout son cœur s'est réveillé, et tant de bonté dans ses paroles; la souffrance l'avait changée, mais cette affreuse maladie la rend à elle-même. Mais j'ai peur, viens vite, son visage n'est déjà plus de ce monde!...

Noël se jeta, comme fou, derrière sa femme. Grande, les yeux démesurément ouverts, ne parut pas les voir tout d'abord.

— L'abbé est-il venu? demanda-t-elle.

— Pas encore, dit Sonia

— Je veux le voir dès qu'il arrivera.

Elle parlait avec difficulté, la voix coupée par l'oppression indicible :

— Noël, et elle essaya de s'arc-bouter, de se redresser dans son lit, Sonia la prit entre ses bras et la soutint, — Noël, murmura-t-elle, il faut que tu me pardonnes!

En entendant ces mots, tout courage lui manqua, et il crut qu'il allait tomber là, par terre, et sangloter comme un enfant.

— Mon petit, mon cher petit, dit-elle, je n'ai pas aimé ta femme comme j'aurais dû; je vous ai fait souffrir par ma jalousie; j'en suis bien punie, puisque j'en meurs. Mais mes yeux se sont ouverts à la lumière. — (Elle appuya sa tête sur le sein de Sonia qui la tenait toujours entre ses bras.) — Chère enfant, murmura-t-elle, je vous aime!... Dites-moi que vous ne m'en voulez plus, dites-moi que vous m'aimez un peu?...

— Ah! jura Sonia de toute son âme, je vous ai aimée, je vous aime, et je vous le prouverai toute ma vie!

Grande sourit, d'un sourire si faible et si triste que cela crevait le cœur : on eût dit une lumière qui s'en va.

— Je vois... dit-elle plus oppressée, je vois... à présent la vérité! je la vois trop tard, mais... cela vaut mieux ainsi. Aime Sonia, mon frère, car c'est ta chair et ton âme; aime-le, ma fille, il en est digne. Oh! qu'il est bon... qu'il est doux... de s'aimer!

Et elle répéta, avec un commencement d'angoisse :

— L'abbé est-il venu maintenant?

On lui répondit qu'il allait venir. Elle murmura, affaiblie :

— Ah!... qu'il se hâte!

Ses mains s'étendirent en tâtonnant vers Noël et Sonia : ses yeux se ternirent comme si elle ne les voyait plus! Hélas! cela valait peut-être mieux ainsi; vivante, elle aurait souffert; agonisante, elle sombrait dans la paix et le pardon. Son visage revêtit une beauté rigide; déjà, bien avant le dernier moment et le petit souffle où l'âme s'envole, Grande entrait dans l'aube de la mort

---

MODERN-BIBLIOTHÈQUE

1 fr. 50 le Volume broché (prix provisoire)

VOLUMES PARUS :

rbey d'AUREVILLY..	Les Diaboliques.
olonel BARATIER...	Epopées Africaines. Au Congo
aurice BARRÈS, *e l'Académie française*	Le Jardin de Bérénice. Du Sang, de la Volupté et de la mort
istan BERNARD....	Mémoires d'un Jeune homme rangé
an BERTHEROY....	La Danseuse de Pompéï. Le Double amour.
ouis BERTRAND.....	Pépète le bien-aimé.
NET-VALMER......	Les Métèques.
aul BOURGET, *e l'Académie française*	Cruelle énigme. André Cornélis.
enry BORDEAUX, *e l'Académie française*	L'Amour qui passe. Le Pays natal. L'Amour en fuite. Le Lac noir. La Petite Mademoiselle. La Peur de Vivre.
arcel BOULENGER..	Couplées.
émir BOURGES......	Sous la Hache.
ené BOYLESVE...... *e l'Académie française*	La Leçon d'amour dans un Parc. Mademoiselle Cloque.
dolphe BRISSON.....	Florise Bonheur.
ichel CORDAY......	Vénus ou les Deux Risques. Les Embrasés. Les Demi-fous.
lphonse DAUDET...	L'Evangéliste. Les Rois en exil.
éon DAUDET.........	Les deux Etreintes. Le Partage de l'Enfant. Les Morticoles.
aul DÉROULÈDE....	Chants du Soldat.
ucien DESCAVES....	Sous-Offs.
enri DUVERNOIS...	Crapotte. Nounette.
eorges d'ESPARBÈS.	La Légende de l'Aigle. La Guerre en dentelles.
erdinand FABRE....	L'Abbé Tigrane.
laude FERVAL.......	L'Autre Amour. Vie de Château. Ma Figure. Ciel Rouge.
éon FRAPIÉ..........	L'Institutrice de Province.
héophile GAUTIER..	Le Capitaine Fracasse (1er vol.). Le Capitaine Fracasse. (2e vol.).
. et J. de GONCOURT.	Renée Mauperin. Germinie Lacerteux. Sœur Philomène.
ustave GUICHES....	Céleste Prudhomat.
YP.....................	Le Cœur de Pierrette. La bonne Galette. Totote. La Fée. Maman. Doudou. La Meilleure Amie.
yriam HARRY......	La Divine Chanson.
Abel HERMANT.......	Les Transatlantiques. Souvenirs du Vicomte de Courpière Monsieur de Courpière marié. La Carrière. Le Sceptre. Le Cavalier Miserey. Chronique du Cadet de Coutras. Les Confidences d'une Aïeule. Le Char de l'Etat. Coutras, Soldat.
Paul HERVIEU, *de l'Académie française*	Flirt. L'Inconnu. L'Armature. Peints par eux-mêmes. Les Yeux verts et les Yeux bleus. L'Alpe homicide. Le Petit Duc. Deux Plaisanteries.
Charles Henry HIRSCH.	Eva Tumarche et ses Amis.
Henri LAVEDAN, *de l'Académie française*	Sire. Le Nouveau Jeu. Leurs Sœurs. Les Jeunes. Le Lit. Les Marionnettes.
Jules LEMAITRE, *de l'Académie française*	Un Martyr sans la Foi.
Pierre LOUŸS..........	Aphrodite. Les Aventures du roi Pausole. La Femme et le Pantin. Contes choisis. Les Chansons de Bilitis.
Maurice MAINDRON..	Blancador l'Avantageux.
Paul MARGUERITTE.	L'Avril. Amants. La Tourmente. L'Essor. Pascal Gefosse. Ma Grande. Le Cuirassier blanc. La Force des Choses.
Octave MIRBEAU.....	L'Abbé Jules. Sébastien Roch.
Eugène MONTFORT..	La Turque.
Lucien MUHLFELD...	La Carrière d'André Tourette.
Marcel PRÉVOST, *de l'Académie française*	L'Automne d'une Femme. Cousine Laura. Chonchette. Lettres de Femmes. Le Jardin secret. Mademoiselle Jaufre. Les Demi-Vierges. La Confession d'un Amant. L'Heureux Ménage. Nouvelles Lettres de Femmes. Le Mariage de Julienne. Lettres à Françoise. Le Domino Jaune. Dernières Lettres de Femmes. La Princesse d'Erminge. Le Scorpion. M. et Mme Moloch. La Fausse Bourgeoise. Pierre et Thérèse. Femmes. Lettres à Françoise Mariée.
Michel PROVINS......	Dialogues d'Amour. Comment elles nous prennent. Le Professeur d'Amour.
Henri de RÉGNIER, *de l'Académie française*	Le Bon plaisir. Le Mariage de Minuit.
Jules RENARD........	L'Ecornifleur. Histoires naturelles.
Jean RICHEPIN, *de l'Académie française*	La Glu. Les débuts de César Borgia. La chanson des Gueux.
Ch. ROBERT-DUMAS.	Amour Sacré.
Édouard ROD..........	La Vie privée de Michel Tessier. Les Roches blanches.
André THEURIET, *de l'Académie française*	La Maison des deux Barbeaux. Péché Mortel.
Pierre VEBER.........	L'Aventure.

www.ingramcontent.com/pod-product-compliance
Ingram Content Group UK Ltd.
Pitfield, Milton Keynes, MK11 3LW, UK
UKHW020320180726
13839UKWH00002B/505